OS TRÊS ESTIGMAS DE PALMER ELDRITCH

OS TRÊS ESTIGMAS DE PALMER ELDRITCH

PHILIP K. DICK

TRADUÇÃO
LUDMILA HASHIMOTO

ALEPH

em que nos retorcemos e encolhemos

**feito minhocas
num saco
de papel,**

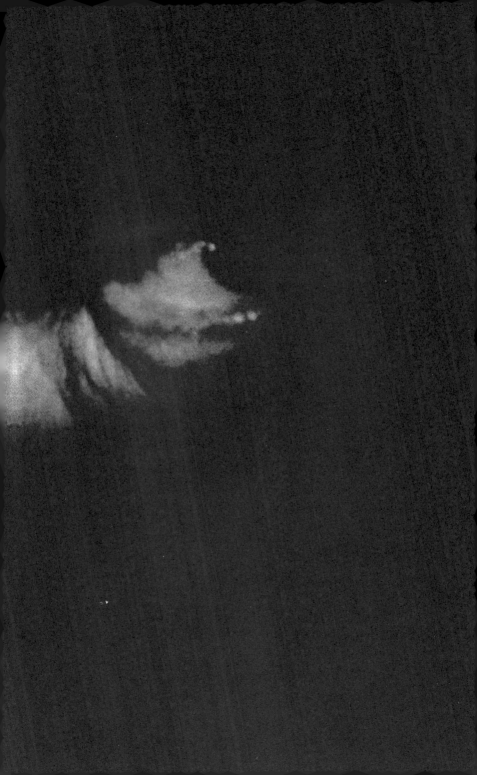

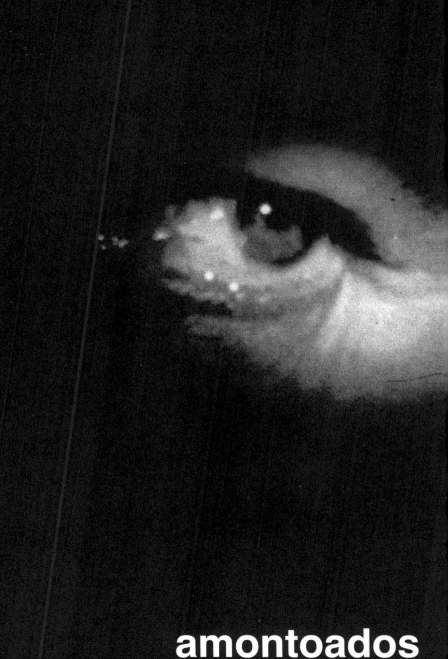

amontoados longe da luz do dia.

Quer dizer, afinal, você tem de levar em conta que somos feitos somente de pó. Há de se reconhecer que não é muita coisa como ponto de partida, e não deveríamos esquecer isso. Mas mesmo levando em consideração que, quer dizer, é meio que um mau começo, não estamos nos saindo tão mal. Então, pessoalmente, tenho fé de que, mesmo nesta péssima situação que enfrentamos, vamos conseguir chegar lá. Me entenderam?

De um audiomemorando interno enviado a consultores de Pré-Moda da Ambientes Pat Insolente SA, ditado por Leo Bulero imediatamente após seu retorno de Marte.

1

Com a cabeça doendo de forma anormal, Barney Mayerson acordou e se viu num quarto desconhecido num prédio de condaptos desconhecido. Ao seu lado, com as cobertas até os ombros nus e macios, dormia uma garota nada familiar, respirando levemente pela boca; o cabelo, uma confusão branca feito algodão.

Aposto que estou atrasado para o trabalho, disse a si mesmo. Saiu da cama, cambaleou e parou com os olhos fechados, para evitar o enjoo. Até onde sabia, estava a algumas horas de carro do escritório. Talvez não estivesse nem nos Estados Unidos. Mas *estava* na Terra. A gravidade que o fizera oscilar era familiar e normal.

E ali na sala ao lado, perto do sofá, avistou uma mala já bem conhecida, a do seu psiquiatra, o dr. Smile.

Descalço, andou até a sala de estar e sentou-se ao lado da mala. Abriu-a, apertou alguns dispositivos e ligou o dr. Smile. Os medidores começaram a registrar dados, e o mecanismo emitiu um zumbido.

— Onde estou? — Barney perguntou. — E qual a distância até Nova York?

Essa era a questão principal. Viu agora um relógio na parede da cozinha do condapto. Marcava 7h30. Nem um pouco tarde.

O mecanismo, que era a extensão portátil do dr. Smile, conectado por microrrelê ao computador propriamente dito localizado no subsolo do prédio de condaptos do próprio Barney em Nova York, o Renome 33, declarou em tom metálico:

– Ah, sr. Bayerson.

– Mayerson – corrigiu Barney, alisando o cabelo com dedos trêmulos. – O que se lembra de ontem à noite? – Agora notou, com intensa aversão física, garrafas meio vazias de bourbon e água com gás, limões, cervejas amargas e formas de gelo no aparador da cozinha. – Quem é essa garota?

Dr. Smile disse:

– A garota na cama é a srta. Rondinella Fugate. Roni, como pediu que você a chamasse.

Soava vagamente familiar e, estranhamente, de alguma forma, relacionada ao seu trabalho.

– Ouça – ia dizendo à mala, mas, no quarto, a garota começou a se movimentar. No mesmo instante, ele desligou o dr. Smile e se levantou, sentindo-se vulnerável e constrangido, vestindo apenas a cueca.

– Está de pé? – a garota perguntou, sonolenta. Remexeu-se e ficou sentada de frente para ele. Muito bonita, concluiu Barney, com lindos olhos grandes.

– Que horas são? Já fez o café?

Ele marchou até a cozinha e acionou o fogão, que começou a esquentar a água da cafeteira. Enquanto isso, ouviu uma porta fechar; ela havia entrado no banheiro. Barulho de água. Roni estava tomando banho.

Novamente na sala, ele voltou a ligar o dr. Smile.

– O que ela tem a ver com a Ambientes P. I.? – perguntou.

– A srta. Fugate é sua nova assistente. Chegou ontem da China Popular, onde trabalhou para a Ambientes P. I. como consultora de Pré-Moda daquela região. No entanto, a srta. Fugate, ainda que talentosa, é muito inexperiente, e o sr. Bulero decidiu que um curto período como sua assistente... Eu ia dizer "sob sua supervisão", mas isso poderia ser mal interpretado, uma vez que...

– Ótimo – disse Barney. Entrou no quarto, encontrou suas roupas – tinham sido deixadas, sem dúvida por ele, numa pilha no chão

– e começou a se vestir com cuidado. Ainda se sentia péssimo, e mantinha o esforço para não ceder e ficar extremamente enjoado.

– Está certo – disse ao dr. Smile ao voltar para a sala, abotoando a camisa. – Eu me lembro do memorando de sexta-feira sobre a srta. Fugate. O talento dela é inconstante. Fez a escolha errada naquele item da Janela Panorâmica da Guerra Civil dos Estados Unidos... imagina, achou que seria um sucesso estrondoso na China Popular. – Ele riu.

Ela abriu uma fresta na porta do banheiro. Ele viu Roni de relance, rosada, suave e limpa, secando-se.

– Me chamou, querido?

– Não – ele disse. – Estava falando com o meu médico.

– Todo mundo comete erros – disse o dr. Smile, um pouco vagamente.

Barney disse:

– Como foi que eu e ela acabamos... – ele apontou para o quarto.

– Depois de tão pouco tempo?

– Química – disse o dr. Smile.

– Ah, vá.

– Bom, ambos são precogs. Vocês previram que iam acabar se dando bem, envolvendo-se eroticamente. Então, depois de alguns drinques, os dois concluíram: para que esperar? "A vida é curta, a arte é..."– A mala parou de falar porque Roni Fugate apareceu, nua, passou por perto dela, e Barney voltou mais uma vez para o quarto. Seu corpo era esguio, ereto, um porte realmente soberbo, ele notou, seios pequenos, empinados, com mamilos menores que duas ervilhas cor-de-rosa. Ou melhor, duas pérolas rosadas, corrigiu-se.

Roni Fugate disse:

– Era para ter perguntado ontem à noite: por que você está consultando um psiquiatra? E, meu Deus, você o carrega para todo lugar, não o largou nem uma vez... e o deixou ligado direto até... – Ela ergueu uma sobrancelha e o encarou com um olhar penetrante.

– Pelo menos eu desliguei nessa hora – observou Barney.

– Você me acha bonita? – Ficando na ponta dos pés, ela se esticou toda de uma vez, estendeu os braços acima da cabeça e, para o assombro dele, começou a fazer uma série intensa de exercícios, pulando e saltando, os seios balançando.

– Certamente – ele murmurou, perplexo.

– Eu pesaria uma tonelada – disse Roni Fugate, ofegante – se não fizesse esses exercícios da Ala Militar da ONU todas as manhãs. Vá servir o café, sim, querido?

Barney disse:

– Você é mesmo a minha nova assistente na Ambientes P. I.?

– Sim, claro. Quer dizer que não se lembra? Mas imagino que você seja como muitos precogs de alto nível: vê o futuro tão bem que tem apenas uma vaga lembrança do passado. Você se lembra exatamente de que a respeito de ontem à noite? – Ela fez uma pausa nos exercícios, arfando.

– Ah – ele disse vagamente –, acho que de tudo.

– Ouça. O único motivo para você andar carregando um psiquiatra por aí é que deve ter recebido sua notificação de recrutamento. Certo?

Após uma pausa, ele fez que sim com a cabeça. *Disso* ele se lembrava. O envelope verde e azul familiar havia chegado uma semana atrás. Na próxima quarta-feira, ele faria o exame mental no hospital militar da ONU no Bronx.

– Ele ajudou? Ele... – ela apontou para a mala – ...te deixou louco o suficiente?

Voltando-se para a extensão portátil do dr. Smile, Barney disse:

– Deixou?

A mala respondeu:

– Infelizmente, você ainda está bastante viável, sr. Mayerson. É capaz de lidar com dez freuds de estresse. Sinto muito. Mas ainda temos alguns dias, acabamos de começar.

Roni Fugate foi ao quarto, pegou a calcinha e começou a vesti-la.

– Pense bem – ela disse, refletindo. – Se for convocado, sr. Mayerson, e enviado para as colônias... talvez eu fique com o seu emprego. – Ela sorriu, mostrando dentes alinhados, magníficos.

Era uma possibilidade deprimente, e a habilidade de precog dele não o ajudou: a consequência apresentava-se de modo apropriado, em equilíbrio perfeito nas escalas de causa e efeito resultantes.

– Você não dá conta do meu emprego – ele disse. – Não conseguiu dar conta dele nem na China Popular, que é uma situação relativamente simples em termos de separação de pré-elementos. – Mas, algum dia, ela conseguiria. Sem dificuldade, ele previu isso. Era jovem e transbordava talento nato: tudo o que precisava para se igualar a ele, e ele era o melhor no ramo, eram alguns anos de experiência. Foi ficando completamente desperto à medida que tomava consciência da própria situação. Tinha boas chances de ser convocado, e, mesmo se não fosse, Roni Fugate poderia muito bem roubar seu ótimo e desejável emprego, o qual ele havia conquistado gradualmente, progredindo ao longo de um período de treze anos.

Solução peculiar para uma situação tão sinistra, ter ido para a cama com ela. Ele se perguntou como havia chegado a isso.

Curvado sobre a mala, disse em voz baixa para o dr. Smile:

– Gostaria que me dissesse por que diabos, com tudo tão complicado, eu decidi...

– Posso responder essa – Roni Fugate disse do quarto. Havia colocado um suéter verde-claro, um tanto justo, e o abotoava diante do espelho da sua penteadeira. – Você me informou ontem à noite, depois do seu quinto bourbon com água. Você disse... – ela fez uma pausa, os olhos faiscantes – ... é deselegante. O que você disse foi o seguinte: "Se não pode com eles, junte-se a eles". Só que o verbo que usou, lamento dizer, não foi "juntar".

– Hmm – Barney disse e foi para a cozinha servir-se de café. De qualquer jeito, não estava longe de Nova York. Era óbvio que, se a srta. Fugate era uma colega da Ambientes P. I., ele estava a uma distância razoável do trabalho. Eles poderiam ir juntos. Fascinante. Será que o chefe, Leo Bulero, aprovaria se soubesse? Haveria alguma política da empresa quanto a funcionários dormindo juntos? Havia regras sobre quase todas as outras coisas... mas escapava à sua compreensão como um homem que passava a vida nas praias turísticas da Antártida ou nas clínicas de Terapia E da Alemanha conseguia encontrar tempo para inventar dogmas para todo tipo de assunto.

Algum dia, disse a si mesmo, vou viver como Leo Bulero, em vez de ficar preso na cidade de Nova York num calor de 80 graus... Abaixo dele, sentiu uma pulsação, o chão tremeu. O sistema de resfriamento do prédio havia sido ativado. O dia começou. Do outro lado da janela da cozinha, o sol quente e hostil tomou forma atrás dos outros prédios de condaptos avistáveis. Fechou os olhos contra a luz. Seria mais um dia escaldante, tudo bem, provavelmente chegando à marca de 20 wagners. Não precisava ser um precog para prever isso.

No prédio de condaptos 492, número terrivelmente alto, nos arredores de Marilyn Monroe, Nova Jersey, Richard Hnatt tomava o café da manhã com indiferença enquanto, com algo maior que indiferença, dava uma olhada nas medições da síndrome do tempo do dia anterior no homeojornal da manhã.

A geleira-chave, Ol' Skintop, havia recuado 4,62 grables durante as últimas 24 horas. E a temperatura ao meio-dia em Nova York havia excedido a do dia anterior em 1,46 wagner. Além disso, a umidade, com a evaporação dos oceanos, havia aumentado 16 selkirks. Então, as coisas estavam mais quentes e mais úmidas. A grande procissão da natureza tinha sido acionada, e em que direção? Hnatt empurrou o jornal para o lado e pegou a correspondência que tinha sido entregue antes do amanhecer... já fazia algum tempo que os carteiros não saíam para derreter à luz do dia.

A primeira conta que chamou a sua atenção foi a fraude rateada do resfriamento do condapto. Ele devia ao condapto 492 exatamente dez peles e meia pelo consumo do mês passado – um aumento de três quartos em relação a abril. Algum dia, disse a si mesmo, vai ficar tão quente que *nada* vai impedir este lugar de derreter. Lembrou-se do dia em que sua coleção de discos LP fundiu-se, formando uma massa disforme, pelos idos de '04, devido a uma restrição orçamentária da rede de resfriamento. Agora ele tinha fitas de óxido de ferro. Elas não derretiam. E, naquele momento, todos os periquitos e beija-flores venusianos do prédio haviam caído mortos. E a tartaruga do vizinho ferveu até secar. É claro que isso tinha sido durante o dia, e todo mundo – pelo menos os homens – estava no trabalho. As esposas, no entanto, tinham se reunido no nível mais baixo da subsuperfície, achando (lembrava-se de Emily lhe contando isso) que o momento fatal, enfim, havia chegado. Não dali a um século, mas *ali*, naquele instante. A Caltech tinha errado nas previsões... só que, é claro, não tinha. Tratava-se apenas de um cabo de alimentação quebrado do pessoal da concessionária de Nova York. Trabalhadores robôs haviam aparecido rapidamente e resolvido o problema.

Na sala de estar, sua esposa estava sentada com o avental azul, pintando com meticulosidade uma peça de cerâmica crua com esmalte; a língua para fora e os olhos brilhando... o pincel movia-se com destreza, e ele já podia ver que essa ficaria boa. A visão de Emily trabalhando fez com que ele se lembrasse da tarefa que se encontrava diante dele, hoje, a qual não via com prazer.

Ele disse, aborrecido:

– Talvez devêssemos esperar para abordá-lo.

Sem levantar os olhos, Emily disse:

– Nunca teremos uma coleção melhor do que esta para apresentar a ele.

– E se ele disser não?

– Vamos prosseguir. O que você esperava, que fôssemos desistir só porque meu antigo marido não é capaz de prever, ou não quer prever, se essas novas peças serão bem-sucedidas em termos de mercado?

Richard Hnatt disse:

– Você o conhece, eu não. Ele não é vingativo, é? Não guardaria rancor? – Também, que rancor o ex-marido de Emily poderia guardar? Ninguém havia feito nenhum mal a ele. Muito pelo contrário, na verdade; ao menos era o que ele entendia a partir do relato de Emily.

Era estranho ouvir falar de Barney Mayerson o tempo todo sem nunca tê-lo conhecido, sem nunca ter tido contato direto com ele. Agora isso ia ter fim, pois Hnatt tinha um encontro marcado com Mayerson às nove da manhã, no escritório do homem, na Ambientes P. I. Mayerson, é claro, estaria no controle da situação. Poderia dar uma leve olhada na exposição de cerâmicas e rejeitá-las sem critérios claros. Não, ele diria, a Ambientes P. I. não está interessada numa míni disso. Acredite na minha habilidade precog, no meu talento e experiência no mercado de Pré-Moda. E Richard Hnatt iria embora, a coleção de vasos debaixo do braço, sem ter nenhum outro lugar para onde ir.

Ao olhar pela janela, viu com aversão que já estava quente demais para a resistência humana. Os túneis de pedestres tinham ficado vazios de repente, uma vez que todos haviam se retirado por proteção. Eram oito e meia, e ele tinha de sair agora. Levantou-se e dirigiu-se ao armário do corredor para pegar o chapéu de safári e o aparelho de resfriamento obrigatório. Por lei, o aparelho tinha de ficar preso às costas de todas as pessoas a caminho do trabalho, até o cair da noite.

– Tchau – ele disse à esposa, ao parar diante da porta.

– Tchau, e muita sorte. – Ela havia ficado ainda mais envolvida com a pintura elaborada, e ele percebeu de súbito que isso demonstrava o grau de tensão dela. Emily não podia se permitir parar por um momento sequer. Richard abriu a porta e saiu para o corredor, sentindo o vento frio do aparelho portátil entrando em ação com um ruído atrás dele.

– Ah – disse Emily, quando ele começou a fechar a porta. Dessa vez, ela levantou a cabeça, tirando o longo cabelo castanho dos olhos. – Me vidfona assim que tiver uma resposta, qualquer que seja.

– OK – ele disse, e fechou a porta.

Descendo a rampa, no cofre do prédio, Hnatt abriu seu compartimento cofre particular e levou-o a uma sala reservada. Lá, retirou a caixa de exibição contendo a amostra de cerâmicas que deveria mostrar a Mayerson.

Logo depois, estava a bordo de um carro de trabalho interprédios com isolamento térmico, a caminho do centro de Nova York e da Ambientes P. I., o grande edifício de cimento sintético pálido que deu origem a Pat Insolente e a todos os itens do seu mundo em miniatura. A boneca, ele refletiu, que havia conquistado o homem enquanto o homem, ao mesmo tempo, conquistava os planetas do sistema Sol. Pat Insolente, a obsessão dos colonizadores. Que perspectiva da vida colonial... o que mais era preciso saber sobre aqueles infelizes que, sob as leis seletivas do serviço da ONU, tinham sido expulsos da Terra, tendo que começar vida nova como estrangeiros em Marte, Vênus, Ganimedes ou onde mais os burocratas da ONU imaginassem que pudessem ser despejados... e, de algum modo, sobreviver?

E nós achamos que está ruim aqui, disse a si mesmo.

O indivíduo no assento ao lado, um homem de meia-idade usando o chapéu de safári cinza e a camisa sem mangas com short vermelho-vivo, populares entre os executivos, comentou:

– Vai ser mais um dia quente.

– Sim.

– O que você tem aí nessa caixa grande? Um piquenique para uma barraca de colonizadores marcianos?

– Cerâmicas – disse Hnatt.

– Aposto que dá para queimá-las só de deixá-las ao ar livre ao meio-dia. – O executivo deu uma risadinha, depois pegou o homeojornal da manhã e abriu na primeira página. – Relato de pouso forçado de nave alheia ao sistema Sol em Plutão – ele disse. – Equipe sendo enviada para encontrá-la. Você acha que são *coisas*? Não suporto essas coisas de outros sistemas estelares.

– É mais provável que seja uma de nossas próprias naves enviando informações – disse Hnatt.

– Já viu uma coisa de Proxima?

– Só fotos.

– Terrível – disse o executivo. – Se encontrarem essa nave avariada em Plutão e for uma coisa, espero que seja exterminada a laser. Afinal, temos uma lei contra a entrada delas no nosso sistema.

– Certo.

– Posso ver suas cerâmicas? Estou no ramo de gravatas. A gravata Werner feita à mão por simulação, numa variedade de cores titânicas. Estou usando uma, viu? As cores são, na verdade, uma forma de vida primitiva que importamos e cultivamos aqui em Terra. A maneira exata como estimulamos sua reprodução é nosso segredo de fabricação, sabe, como a fórmula da Coca-Cola.

Hnatt disse:

– Por uma razão parecida, não posso lhe mostrar estas cerâmicas, por mais que eu quisesse. São novas. Eu as estou levando para um precog de Pré-Moda da Ambientes P. I. Se ele quiser miniaturizá-las para os ambientes de Pat Insolente, vamos fazer negócio: é só uma questão de jogar a informação para o disc-jóquei da P. I.... como é o nome dele?... que circula Marte. E assim por diante.

– As gravatas Werner feitas à mão fazem parte dos ambientes de Pat Insolente – informou o homem. – O namorado dela, Walt, tem um armário cheio delas. – Ele sorriu, radiante. – Quando a Ambientes P. I. decidiu miniaturizar nossas gravatas...

– Foi com Barney Mayerson que você falou?

– *Eu* não falei com ele, foi o nosso gerente de vendas regional. Dizem que Mayerson é difícil. Ele parte do que parece ser um impulso e, uma vez que decide, é irreversível.

– Ele alguma vez se engana? Recusa itens que viram moda?

– Claro. Ele pode ser um precog, mas é humano. Vou lhe dizer uma coisa que pode ajudar. Ele é muito desconfiado em relação às mulheres. Seu casamento acabou há alguns anos e ele nunca superou. Sabe, a esposa dele ficou grávida *duas vezes,* e a diretoria do prédio de condaptos, acho que é o 33, reuniu-se e votou pela expulsão do casal porque tinham violado o código do prédio. Bom, você sabe como é o 33. Sabe como é difícil ir para qualquer um desses prédios de numeração baixa. Então, em vez de desistir do condapto, ele decidiu se divorciar da esposa e deixá-la se mudar, levando os filhos. Depois, parece que ele concluiu que havia errado e ficou amargurado. Culpou a si mesmo, naturalmente, por ter cometido um erro desses. Um erro natural, no entanto. Pelo amor de Deus, o que você ou eu não daríamos para ter um condapto no 33 ou no 34? Ele nunca mais se casou. Talvez seja neocristão. Mas seja como for, quando for tentar vender suas cerâmicas a ele, tenha muito cuidado com a maneira que vai lidar com o ângulo feminino. Não diga "isso vai agradar às mulheres" nem nada do gênero. A maioria dos itens de varejo é comprada...

– Obrigado pela dica – disse Hnatt, levantando-se. Carregando a caixa de cerâmicas, seguiu pelo corredor até a saída. Suspirou. Ia ser difícil, talvez até impossível. Não ia ser capaz de superar as circunstâncias que precediam, e muito, sua relação com Emily e seus vasos, e isso era fato.

Por sorte, conseguiu apanhar um táxi. Enquanto era levado pelos cruzamentos do centro, leu o seu próprio homeojornal, particularmente a matéria de destaque sobre a nave que acreditavam ter retornado de Proxima e espatifado nos desertos congelados de Plutão – mal explicado! Já se havia cogitado tratar-se do famoso industrial interplanetário Palmer Eldritch, que foi para o sistema Prox uma década atrás a convite do Conselho Prox de tipos humanoides. Eles queriam que Eldritch modernizasse suas autofábricas seguindo o padrão terrano. Nunca mais se teve notícia dele. Agora, isso.

Provavelmente seria melhor para a Terra que não fosse Eldritch de volta, concluiu. Palmer Eldritch era um profissional que trabalhava sozinho, frenético e estonteante demais. Havia conseguido milagres ao começar a produção das autofábricas nos planetas colônias, mas... como sempre, tinha ido longe demais, maquinou demais. Bens de consumo se acumularam em lugares pouco promissores, onde não existiam colonizadores para utilizá-los. Eles haviam se tornado montanhas de entulho à medida que o tempo os corroía pouco a pouco, inexoravelmente. Tempestades de neve, se é que era possível acreditar que algo assim ainda existia em algum lugar... mas havia lugares frios. Frios demais, na verdade.

– Seu destino, Vossa Eminência – o táxi autônomo informou, parando diante de uma estrutura grande, mas com sua maior parte na subsuperfície. A Ambientes P. I., com empregados entrando de forma conveniente pelas muitas rampas termoprotegidas.

Pagou o táxi, desceu e atravessou rapidamente um pequeno espaço aberto até uma rampa, segurando a caixa com as duas mãos. Por pouco tempo, a luz do sol nua tocou-o, e ele sentiu – ou imaginou – que estava fritando. Assado como uma rã, perdendo todos os fluidos vitais, pensou ao chegar seguro à rampa.

Logo estava na subsuperfície, recebendo a permissão de uma recepcionista para entrar no escritório de Mayerson. As salas, frias e pouco iluminadas, convidavam-no a relaxar, mas ele não relaxou. Segurou a caixa de amostras com mais força, enrijeceu-se e, embora não fosse neocristão, murmurou uma oração prolixa.

– Sr. Mayerson – disse a recepcionista, mais alta que Hnatt e impressionante em seu vestido de corpete abaixo do busto e sandálias de salto alto, dirigindo-se não a Hnatt, mas ao homem sentado à mesa. – Este é o sr. Hnatt – informou ao sr. Mayerson. – Este é o sr. Mayerson, sr. Hnatt. – Atrás do sr. Mayerson, havia uma garota usando um suéter verde-claro, com cabelos absolutamente brancos. O cabelo era longo demais, e o suéter, apertado demais. – Esta é a srta. Fugate, sr. Hnatt. Assistente do sr. Mayerson. Srta. Fugate, este é o sr. Richard Hnatt.

Diante da mesa, Barney Mayerson continuou examinando um documento, sem registrar a entrada de ninguém, e Richard Hnatt aguardou em silêncio, sentindo uma mistura de emoções. A raiva tocou-o, alojada na traqueia e no peito, e, claro, *Angústia*. Em seguida, acima até mesmo das outras sensações, um fio de curiosidade crescente. Então, esse era o ex-marido de Emily, o qual, se fosse para acreditar no vendedor de gravatas vivas, ainda remoía com pesar, amargor, o remorso de ter acabado com o casamento. Mayerson era um homem bastante robusto, de trinta e tantos anos e cabelo pouco comum – e não particularmente de bom gosto – solto e ondulado. Parecia entediado, mas não havia nenhum sinal de hostilidade nele. Mas talvez ainda não tivesse...

– Vamos ver os seus vasos – Mayerson disse de repente.

Colocando a caixa de amostras sobre a mesa, Richard Hnatt abriu-a, retirou os artigos de cerâmica um por um, arrumou-os e depois recuou.

Após uma pausa, Barney Mayerson disse:

– Não.

– "Não"? – disse Hnatt. – Não, o quê?

Mayerson disse:

– Não vão conseguir. – Pegou o documento e voltou a lê-lo.

– Quer dizer que decidiu assim, e pronto? – disse Hnatt, incapaz de acreditar que a decisão já tinha sido tomada.

– Exatamente assim – concordou Mayerson. Não tinha mais nenhum interesse na amostra de cerâmicas. Até onde sabia, Hnatt já havia guardado os vasos e saído.

A srta. Fugate disse:

– Com licença, sr. Mayerson.

Olhando para ela, Barney Mayerson disse:

– O que foi?

– Lamento dizer, sr. Mayerson – disse a srta. Fugate. Ela foi até os vasos, pegou um, segurou-o com as duas mãos, sentindo o peso, esfregando a superfície esmaltada. – Mas tenho uma impressão claramente diferente da sua. Sinto que essas peças de cerâmica farão sucesso.

Hnatt olhou para ela, depois para ele.

– Deixa eu ver esse – Mayerson apontou para um vaso cinza-escuro. Hnatt o entregou a ele de imediato. Mayerson segurou o vaso por alguns instantes. – Não – disse finalmente. Franziu a testa desta vez. – Ainda não tenho nenhuma impressão de que este item vai estourar. Na minha opinião, está enganada, srta. Fugate. – Colocou o vaso de volta na mesa. – No entanto – disse a Richard Hnatt –, devido à discordância entre mim e a srta. Fugate... – Esfregou o nariz, pensativo. – Deixe essa amostra comigo por alguns dias. Voltarei a dar atenção a ela. – Era óbvio, no entanto, que não daria.

A srta. Fugate estendeu o braço e pegou uma peça pequena, de formato estranho, e segurou-a contra o peito de maneira quase afetuosa.

– Esta aqui em particular. Recebo emanações muito poderosas desta. Esta é a que fará o maior sucesso.

Com uma voz calma, Barney Mayerson disse:

– Está louca, Roni. – Em seguida, ficou muito, muito nervoso. A expressão violenta e carregada. – Videofonarei para você – disse a Richard Hnatt – quando tomar minha decisão final. Não vejo nenhuma razão para mudar de ideia, então, não fique otimista. Na verdade, nem precisa deixá-las aqui. – E lançou um olhar duro e severo para a srta. Fugate, sua assistente.

2

No escritório, às dez da manhã, Leo Bulero, presidente do conselho administrativo da Ambientes P. I., recebeu uma videoligação – que estava esperando – dos Oficiais da Lei Triplanetários, uma agência de polícia particular. Ele os havia contratado minutos depois de ficar sabendo do acidente em Plutão com a nave intersistemas que voltava de Prox.

Ouviu o relato sem dar muita atenção, porque, apesar da gravidade da notícia, tinha outros assuntos em mente.

Foi uma idiotice, considerando o fato de que a Ambientes P. I. pagava impostos anuais enormes à ONU em troca de imunidade, mas, idiotice ou não, uma nave de guerra do Departamento de Controle de Narcóticos da ONU havia apreendido uma carga inteira de Can-D perto da calota polar norte de Marte, no valor de quase um milhão de peles, vinda das plantações fortemente vigiadas em Vênus. Obviamente, o dinheiro da extorsão não estava chegando às pessoas certas dentro da hierarquia complicada da ONU.

Mas não havia nada que ele pudesse fazer a respeito. A ONU era uma mônada sem janelas, sobre a qual ele não tinha nenhuma influência.

Ele podia, sem dificuldade, perceber as intenções do Departamento de Controle de Narcóticos: queria que a Ambientes P. I. entrasse com um processo visando recuperar a carga da nave, pois isso demonstraria que a droga ilegal, Can-D, mascada por tantos colonizadores, era cultivada, processada e distribuída por uma subsidiária oculta da Ambientes P. I. Assim, concluiu Bulero, por mais valiosa que fosse a carga da nave, melhor seria abandoná-la do que tentar recuperá-la.

– As conjecturas do homeojornal estavam corretas – Felix Blau, chefe da agência de polícia, estava explicando na vidtela. – É Palmer Eldritch, e ele parece estar vivo, ainda que muito ferido. Sabemos que uma nave da ONU daquela linha o está levando para um hospital de base, de localização, é claro, não revelada.

– Hmm – disse Leo Bulero, acenando com a cabeça.

– Porém, quanto ao que Eldritch encontrou no sistema Prox...

– Vocês nunca descobrirão – disse Leo. – Eldritch não dirá e vai acabar aí.

– Um fato de interesse foi relatado – disse Blau. – A bordo da nave, Eldritch tinha... ainda tem... uma cultura de líquen mantida cuidadosamente, muito semelhante ao líquen titânico do qual a Can-D é derivada. Achei, tendo em vista o... – Blau fez uma interrupção tática.

– Existe alguma forma de destruir essas culturas de líquen? – Foi um impulso instintivo.

– Infelizmente, os funcionários de Eldritch já chegaram aos destroços da nave. Sem dúvida, resistiriam a esforços nesse sentido. – Blau pareceu solidário. – É claro que poderíamos tentar... não uma solução contundente, mas talvez pudéssemos pagar para ter acesso.

– Tente – disse Leo, embora concordasse; era, sem dúvida, uma perda de tempo e esforços. – Não tem aquela lei, aquele decreto maior da ONU, contra a importação de formas de vida de outros sistemas? – Com certeza, seria conveniente se os militares da ONU pudessem ser induzidos a bombardear os destroços da nave de Eldritch. No bloco de notas, rabiscou um lembrete para si mesmo: ligar para advogados, apresentar queixas à ONU sobre importação de liquens alienígenas. – Falo com você mais tarde – disse a Blau e desligou. Talvez faça uma reclamação direta, decidiu. Apertando uma tecla do interfone, disse à secretária:

– Me ponha em contato com a ONU, alto escalão, em Nova York. Peça para falar com o secretário Hepburn-Gilbert em pessoa.

De imediato, estava em contato com o astucioso político indiano que havia se tornado secretário da ONU no ano anterior.

– Ah, sr. Bulero – Hepburn-Gilbert sorriu timidamente –, deseja fazer uma queixa quanto à apreensão daquele carregamento de Can-D, que...

– Não sei de nada sobre nenhum carregamento de Can-D – disse Leo. – Isso tem a ver com uma questão completamente diferente. Vocês se deram conta do que Palmer Eldritch está tramando? Ele trouxe liquens de fora de Sol para o nosso sistema. Poderia ser o começo de mais uma epidemia, como a que tivemos em 98.

– Percebemos isso. No entanto, o pessoal de Eldritch alega ser um líquen de Sol, que o sr. Eldritch levou com ele em sua viagem a Prox e que agora está trazendo de volta... era fonte de proteína para ele, eles alegam. – Os dentes brancos do indiano brilharam com uma superioridade radiante. O fraco pretexto divertiu-o.

– Acredita nisso?

– É claro que não. – O sorriso de Hepburn-Gilbert aumentou.

– O que o interessa nessa questão, sr. Bulero? Tem uma preocupação, er, ah, especial com liquens?

– Sou um cidadão do sistema Sol com espírito comunitário. E insisto para que tomem providências.

– Estamos tomando – disse Hepburn-Gilbert. – Fizemos investigações... designamos o sr. Lark, você o conhece, para tratar desse detalhe. Vê?

A conversa resultou numa conclusão frustrante, e Leo Bulero, por fim, desligou, sentindo-se cansado de políticos. Conseguiam tomar medidas contundentes quando se tratava *dele*, mas quando se tratava de Palmer Eldritch... Ah, sr. Bulero, arremedou para si mesmo, isso é outra coisa.

Sim, ele conhecia Lark. Ned Lark era chefe do Departamento de Narcóticos da ONU e o homem responsável pela apreensão desse último carregamento de Can-D. Envolvê-lo nesta controvérsia com Eldritch havia sido uma manobra do secretário. O que a ONU estava tentando causar aqui era um *quid pro quo*. Eles iriam fazer corpo mole, não agiriam contra Eldritch a menos que, e até que, Leo Bulero tomasse alguma medida para reduzir seus carregamentos de Can-D. Ele sentia isso, mas não podia, é claro, provar. Afinal, Hepburn-Gilbert, aquele político sorrateirozinho de pele escura e pouco evoluído, não havia chegado a *dizer* isso.

É nisso que você acaba se envolvendo quando fala com a ONU, refletiu Leo. Políticos afro-asiáticos. Um pântano. É administrada, ocupada e dirigida por estrangeiros. Ficou olhando com raiva para a vidtela vazia.

Enquanto pensava no que fazer, sua secretária, a srta. Gleason, ligou o interfone e disse:

– Sr. Bulero, o sr. Mayerson está no escritório externo. Gostaria de alguns minutos com o senhor.

– Mande-o entrar. – Ficou contente em poder fazer uma pausa.

No instante seguinte, seu especialista no campo da moda de amanhã entrou, carrancudo. Silenciosamente, Barney Mayerson sentou-se diante de Leo.

– O que te aflige, Mayerson? – perguntou Leo. – Fale. É para isso que estou aqui, pode chorar no meu ombro. Me diga o que é, que eu seguro a sua mão. – Ele usou um tom embaraçoso.

– Minha assistente. A srta. Fugate.

– Sim, fiquei sabendo que está dormindo com ela.

– Não é essa a questão.

– Ah, sei – disse Leo. – Esse é só um aparte pouco importante.

– Só quis dizer que estou aqui para tratar de outro aspecto do comportamento da srta. Fugate. Tivemos uma discordância básica há pouco. Um vendedor...

Leo disse:

– Você rejeitou algo, e ela discordou.

– Sim.

– Vocês, precogs. – Notável. Talvez houvesse futuros alternados. – Então, quer que eu a obrigue a sempre apoiá-lo no futuro.

Barney Mayerson disse:

– Ela é minha assistente. Isso significa que deve fazer o que eu mando.

– Bom... dormir com você não é uma ação bastante clara nesse sentido? – Leo riu. – No entanto, ela deveria apoiá-lo enquanto os vendedores estiverem presentes; daí, se tiver algum receio, deveria expressá-lo em particular, depois.

– Eu nem chegaria a tanto. – A fisionomia de Barney ficou ainda mais carregada.

Com um tom penetrante, Leo disse:

– Sabe, porque faço aquela Terapia E, tenho um lobo frontal enorme. Sou praticamente um precog também, de tão avançado. Foi um vendedor de vasos? Cerâmicas?

Com uma relutância gigantesca, Barney assentiu.

– São vasos da sua ex-mulher – disse Leo. As cerâmicas dela estavam vendendo bem. Ele tinha visto anúncios delas nos homeojornais, por parte de uma das lojas de objetos de arte mais inacessíveis de Nova Orleans, aqui na Costa Leste, e de São Francisco. – Eles vão estourar, Barney? – Ele observou seu precog. – *A srta. Fugate estava certa?*

– Nunca vão estourar, essa é a verdade incontestável. – O tom de Barney, no entanto, era insípido. O tom errado, concluiu Leo, para o que ele estava dizendo. Sem vitalidade demais. – É o que prevejo – disse Barney, obstinado.

– OK – Leo acenou com a cabeça. – Vou aceitar o que está dizendo. Mas se os vasos dela virarem uma sensação e não tivermos minis deles disponíveis para os ambientes dos colonizadores... – Ele refletiu. – Você pode encontrar a sua parceira de cama ocupando a sua cadeira também.

Levantando-se, Barney disse:

– Vai orientar a srta. Fugate, então, quanto à atitude que ela deve tomar? – Ele enrubesceu. – Vou reformular a pergunta – murmurou, quando Leo começou a gargalhar.

– OK, Barney. Vou baixar a bola dela. Ela é jovem, vai sobreviver. E você está envelhecendo, precisa manter a dignidade, não aceitar que ninguém discorde de você. – Ele também se levantou. Foi até Barney e lhe deu um tapa nas costas. – Mas ouça. Pare de se corroer por dentro. Esqueça essa sua ex-esposa, OK?

– Já esqueci.

– Existem outras mulheres – disse Leo, pensando em Scotty Sinclair, sua amante no momento. Scotty, nesse exato instante, loura e frágil, mas abundante nos seios, passava o tempo na sua casa satélite a oitocentos quilômetros em apogeu, esperando que ele liquide o trabalho da semana. – A oferta é infinita. Não são como os primeiros selos de carta dos Estados Unidos ou a pele da trufa, que usamos como dinheiro. – Ocorreu-lhe, então, que poderia aliviar a situação disponibilizando a Barney uma de suas ex-amantes descartadas, mas ainda aproveitáveis. – Vamos fazer o seguinte – ele começou, mas Barney cortou-o na mesma hora com um movimento feroz da mão. – Não? – perguntou Leo.

– Não. De todo modo, estou enrolado com Roni Fugate. Uma de cada vez é o suficiente para qualquer homem normal. – Barney encarou o chefe com um olhar severo.

– Concordo. Nossa, eu mesmo só consigo ficar com uma de cada vez. Você acha o quê, que eu tenho um harém lá nas Terras de Winnie-ther-Pooh? – Ficou alterado.

– A última vez que estive lá – disse Barney –, foi naquela sua festa de aniversário em janeiro passado...

– Ah. Festas. Isso é outra história. O que acontece durante uma festa não conta. – Acompanhou Barney até a porta do escritório. – Sabe, Mayerson, ouvi um boato sobre você, do qual não gostei. Alguém o viu carregando uma daquelas extensões tipo mala de um computador psiquiátrico de condapto... *você recebeu uma notificação de recrutamento?*

Silêncio. Depois, finalmente, Barney assentiu.

– E não ia nos contar nada disso? – disse Leo. – Quando íamos ficar sabendo? No dia em que embarcasse na nave para Marte?

– Vou conseguir escapar.

– Claro, todo mundo consegue. É assim que a ONU consegue povoar quatro planetas, seis luas...

– Não vou passar no exame mental – disse Barney. – Minha habilidade de precog me diz que não vou. Ela está me ajudando. Não consigo suportar freuds de estresse suficientes para eles... Olha para mim. – Mostrou as mãos. Tremiam de modo perceptível. – Olha a minha reação ao comentário inofensivo da srta. Fugate. Olha a minha reação diante de Hnatt trazendo os vasos de Emily. Olha...

– OK – disse Leo, mas ainda estava preocupado. Em geral, as notificações de recrutamento previam um período de apenas noventa dias até a convocação, e a srta. Fugate dificilmente estaria pronta para assumir o cargo de Barney tão cedo. É claro que ele poderia transferir Mac Ronston de Paris – mas até Ronston, após quinze anos, não era do mesmo calibre que Barney Mayerson. Ele tinha a experiência, mas talento não pode ser acumulado. Tinha que existir, como se vindo de Deus.

A ONU está realmente me provocando, pensou Leo. Questionou se a notificação de Barney, chegando naquele momento específico, seria apenas uma coincidência ou mais uma forma de sondar seus pontos fracos. Neste último caso, concluiu, não seria nada bom. E não há como pressionar a ONU para dispensá-lo.

E só porque forneço a Can-D àqueles colonizadores, disse a si mesmo. Quer dizer, alguém tem que fazer. Necessitam dele. Caso contrário, de que adiantariam os ambientes de Pat Insolente para eles?

Além disso, era uma das operações de comércio mais lucrativas do sistema Sol. Muitas peles de trufa estavam envolvidas.

A ONU também sabia disso.

* * *

Ao meio-dia e meia, horário de Nova York, Leo Bulero almoçava com uma nova garota que acabara de entrar para o staff de secretárias. Pia Jurgens, sentada diante dele no compartimento isolado do Raposa Roxa, comia com precisão, com movimentos regulares do maxilar pequeno e elegante. Era ruiva, e ele gostava de ruivas. Quando não eram terrivelmente feias, tinham uma beleza quase sobrenatural. A srta. Jurgens era do segundo tipo. Bem que poderia arrumar um pretexto para transferi-la para as Terras de Winnie-ther-Pooh... supondo que Scotty não rejeitasse a ideia, claro. O que não parecia muito provável no momento. Scotty sabia impor suas vontades, o que era sempre perigoso numa mulher.

Pena que não consegui empurrar Scotty para Mayerson, disse a si mesmo. Resolveria dois problemas de uma vez. Deixaria Barney mais seguro psicologicamente, e eu ficaria livre para...

Bobagem!, pensou. Barney precisa ficar *inseguro*, senão é tão útil aqui quanto em Marte. Foi por isso que contratou aquela mala falante. Não entendo mesmo o mundo moderno, é óbvio. Ainda estou vivendo no século 20, quando os psicanalistas deixavam as pessoas *menos* propensas ao estresse.

– É sempre quieto assim, sr. Bulero? – perguntou a srta. Jurgens.

– Não. – Pensou: Será que eu conseguiria afetar o padrão de comportamento de Barney? Ajudá-lo a se tornar... qual é a palavra?... menos viável?

Mas não era tão fácil quanto parecia. Avaliou a ideia de modo instintivo, usando o lobo frontal expandido. Você não pode deixar uma pessoa saudável doente só por meio de uma ordem.

Ou pode?

Pediu licença e foi atrás do garçom robô. Pediu para levarem um vidfone até a sua mesa.

Alguns instantes depois, estava em contato com a srta. Gleason, no escritório.

– Ouça, quero falar com a srta. Rondinella Fugate, da equipe do sr. Mayerson, assim que eu voltar. E o sr. Mayerson não deve ficar sabendo. Entendeu?

– Sim, senhor – disse a srta. Gleason, tomando nota.

– Eu ouvi – disse a srta. Jurgens, quando ele desligou. – Sabe, eu poderia contar para o sr. Mayerson. Eu o vejo quase todo dia no...

Leo riu. A ideia de Pia Jurgens jogando fora o futuro promissor que se abria diante dela, ali, cara a cara com ele, divertiu-o.

– Ouça – ele disse, acariciando a mão dela –, não se preocupe, não é nada no espectro da natureza humana. Termine o seu croquete de rã ganimediana e vamos voltar ao escritório.

– O que eu quis dizer – disse a srta. Jurgens, constrangida – é que me parece meio estranho que você seja tão aberto diante de outra pessoa, de alguém que mal conhece. – Ela o encarou, e os seios já excessivamente cheios e provocantes destacaram-se ainda mais, com a indignação expandindo o peito.

– É claro que a resposta é: para conhecê-la melhor – disse Leo, ávido. – Já mascou Can-D? – perguntou, enfático. – Deveria. Apesar de ser viciante. É uma experiência de verdade. – Ele, obviamente, mantinha sempre um estoque, nível AA, em Winnie-ther-Pooh. Quando havia convidados reunidos, ela sempre era servida para dar um colorido a mais ao que normalmente seria tedioso. – O motivo da minha pergunta é que você parece ser o tipo de mulher que possui uma imaginação ativa, e a reação à Can-D depende... varia de acordo com a capacidade criativa de pessoas com a imaginação fértil assim.

– Eu gostaria de experimentar algum dia – disse a srta. Jurgens. Ela olhou ao redor, baixou a voz e inclinou-se para perto dele. – Mas é ilegal.

– É mesmo? – Ficou olhando para ela.

– Sabe que é – a garota pareceu ressentida.

– Ouça – disse Leo. – Posso conseguir uma para você. – Ele, é claro, mascaria com ela. De comum acordo, a mente dos usuários fundia-se, tornando-se uma nova unidade, ou, pelo menos, essa era a experiência. Algumas sessões de Can-D em conjunto e ele ficaria sabendo de tudo o que havia para saber sobre Pia Jurgens. Havia algo nela, além da óbvia enormidade anatômica, física, que o fascinava. Desejava estar mais perto dela. – Não usaremos um ambiente. – Por ironia, ele, o criador e produtor do micromundo de Pat Insolente, preferia usar Can-D no vácuo. O que um terrano teria a ganhar com um ambiente, uma vez que se tratava de uma míni das condições obtidas numa cidade terrana normal? Para colonizadores numa lua enorme e devastada por ventanias, amontoados no nível inferior de uma cabana entre cristais de metano congelado, era diferente. Pat Insolente e seu ambiente eram uma passagem de volta ao mundo em que haviam nascido. Mas ele, Leo Bulero, estava de saco cheio do mundo em que havia nascido e no qual ainda vivia. E nem as Terras de Winnie-ther-Pooh, com todas as suas distrações fantásticas e não tão fantásticas, preenchia esse vazio. No entanto...

– A Can-D – ele disse à srta. Jurgens – é ótima, e não admira que seja proibida. É como religião. A Can-D é a religião dos colonizadores. – Deu uma risadinha. – Um pedaço, mastigado por quinze minutos e... – fez um gesto amplo com a mão – nada de cabana. Nada de metano congelado. Ela proporciona uma razão para viver. Não valem a pena o risco e o custo?

E o que existe de igual valor para nós?, ele se perguntou e ficou melancólico. Ao produzir os ambientes de Pat Insolente, ao cultivar e distribuir a base de líquen para o produto final embalado que chegava ao consumidor como Can-D, ele tornava a vida suportável para mais de um milhão de pessoas exiladas de Terra contra a própria vontade. Mas que diabos conseguia em troca? Minha vida, pensou, é dedicada aos outros, e estou começando a me cansar. Não é o suficiente. Tinha o satélite, onde Scotty o aguardava. Havia, como sempre, os detalhes emaranhados de seus dois grandes negócios, um legal, o outro não... mas a vida não era mais que isso?

Ele não sabia. Ninguém sabia, porque, assim como Barney Mayerson, estavam todos envolvidos em suas diferentes imitações dele. Barney com sua srta. Rondinella Fugate, réplica de segunda categoria de Leo Bulero e da srta. Jurgens. Para onde quer que olhasse, era a mesma coisa. Provavelmente até Ned Lark, o chefe do Departamento de Narcóticos, levava esse tipo de vida... provavelmente, era o caso de Hepburn-Gilbert, que certamente tinha uma atriz sueca de segunda, alta e loira, com peitos do tamanho de bolas de boliche e igualmente firmes. Até mesmo Palmer Eldritch. Não, ele se deu conta de repente. Palmer Eldritch, não. Ele encontrou algo diferente. Está no sistema Prox há dez anos, pelo menos, entre a ida e a volta. *O que ele encontrou?* Algo que compensava o esforço, que compensava o acidente sem volta em Plutão?

– Viu os homeojornais? – perguntou à srta. Jurgens. – Sobre a nave em Plutão? Um em um bilhão, esse Eldritch. Não tem ninguém como ele.

– Li – disse a srta. Jurgens – que ele era praticamente doido.

– Claro. Dez anos da vida dele, toda aquela angústia, e para quê?

– Pode ter certeza de que ele conseguiu um bom retorno pelos dez anos – disse a srta. Jurgens. – É louco, mas é esperto. Sabe cuidar de si, como todo mundo. Não é *tão* doido assim.

– Gostaria de conhecê-lo – disse Leo Bulero. – Falar com ele, nem que seja por apenas um minuto. – Resolveu, então, fazer isso, ir até o hospital onde Palmer Eldritch estava, entrar no quarto do homem à força ou por meio de suborno e descobrir o que ele encontrou.

– Eu achava – disse a srta. Jurgens – que quando as primeiras naves deixaram o nosso sistema rumo a outra estrela... lembra disso?... eu achava que ouviríamos que... – Ela hesitou. – É tão bobo, mas eu era só uma criança na época, quando Arnoldson fez a primeira viagem a Prox e voltou. Eu era criança quando ele *voltou*, na verdade. Cheguei a pensar que talvez, tendo ido tão longe, ele iria... – Ela abaixou a cabeça para não encontrar o olhar fixo de Leo Bulero. – Que ele iria encontrar Deus.

Leo pensou: eu também achava isso. E era adulto na época. Tinha trinta e poucos anos. Como comentei com Barney em diversas ocasiões.

E, pensou, ainda acredito nisso, até hoje. A respeito do voo de dez anos de Palmer Eldritch.

* * *

Depois do almoço, de volta ao seu escritório na Ambientes P. I., ele encontrou Rondinella Fugate pela primeira vez. Não é feia, ele pensou ao fechar a porta do escritório. Belo corpo, e que olhos maravilhosos, brilhantes. Parecia nervosa. Cruzou as pernas, alisou a saia e observou-o disfarçadamente, enquanto ele se sentou diante da mesa, de frente para ela. Muito jovem, notou Leo. Uma criança capaz de levantar a voz e contradizer seu superior se achasse que ele estava errado. Comovente...

– Sabe por que está aqui em meu escritório? – ele indagou.

– Acho que está irritado porque discordei do sr. Mayerson. Mas eu realmente senti o futuro na linha vital daquelas cerâmicas. Então, o que mais eu poderia fazer? – Começou a levantar-se, suplicante, depois voltou a sentar.

Leo disse:

– Acredito em você. Mas o sr. Mayerson é sensível. Se estiver morando com ele, sabe que ele tem um psiquiatra portátil que carrega para onde quer que vá. – Abriu a gaveta da escrivaninha e tirou uma caixa de Cuesta Reys, da melhor qualidade. Ofereceu a caixa à srta. Fugate, que aceitou, agradecida, um charuto escuro e delgado. Ele também pegou um. Acendeu o dela e o próprio, e recostou-se na cadeira. – Sabe quem é Palmer Eldritch?

– Sim.

– Consegue usar seus poderes de precog para algo que não seja a previsão em Pré-Moda? Durante cerca de um mês, os homeojornais mencionarão a localização de Palmer Eldritch regularmente. Gostaria que você antevisse esses jornais e me dissesse onde o homem está no momento. Sei que é capaz. – É melhor que seja, disse a si mesmo, se quiser manter o emprego aqui. Esperou, fumando o charuto, observando a garota e pensando consigo mesmo, com uma leve inveja, que se ela fosse tão boa de cama quanto parecia...

A srta. Fugate disse com uma voz suave e hesitante:

– Tenho apenas uma impressão vaga demais, sr. Bulero.

– Bem, estou pronto para ouvi-la assim mesmo. – Ele pegou uma caneta.

Levou alguns minutos e, como ela reiterou, a impressão não era muito clara. No entanto, ele já tinha, no bloco de notas, as palavras: Hospital de Veteranos James Riddle, Base III, Ganimedes. Uma instalação da ONU, claro. Mas isso ele tinha previsto. Não era um fator impeditivo. Ainda poderia encontrar uma maneira de entrar.

– E não foi internado com esse nome – disse a srta. Fugate, pálida e debilitada do esforço da previsão. Ela acendeu novamente o charuto, que havia apagado. Sentada com as costas retas na cadeira, cruzou as pernas flexíveis mais uma vez. – Os homeojornais dirão que Eldritch foi registrado no hospital como sr... – Ela fez uma pausa, apertou os olhos e suspirou. – Puxa vida. Não consigo decifrar. Uma sílaba. Frent. Brent. Não, acho que é Trent. Sim, é Eldon Trent. – Sorriu, aliviada. Os olhos grandes brilharam com uma satisfação ingênua, infantil. – Tiveram muito trabalho para mantê-lo escondido. E o estão interrogando, os jornais dirão. Então, é óbvio, está consciente. – Franziu a testa, de repente. – Espere. Estou vendo uma manchete. Estou no meu próprio condapto, sozinha. É de manhã cedo, e estou lendo a primeira página. Céus!

– O que está escrito? – Leo perguntou, inclinando-se para a frente, tenso. Pôde sentir o desânimo da garota.

A srta. Fugate sussurrou:

– As manchetes dizem que Palmer Eldritch está morto. – Ela pestanejou, olhou à sua volta com espanto, depois se voltou para ele aos poucos. Observou-o com uma mistura confusa de medo e incerteza, recuando de modo perceptível. Afastou-se dele, encolhendo-se na cadeira, os dedos entrelaçados. – E o senhor é acusado de matá-lo, sr. Bulero. Sério, é o que diz a manchete.

– Está dizendo que eu vou *assassiná-lo*?

Ela fez que sim com a cabeça.

– Mas... não é certeza. Eu só capto coisas em alguns dos futuros... entende? Quer dizer, nós, precogs... – Gesticulou.

– Eu sei. – Estava familiarizado com precogs. Afinal, Barney Mayerson trabalhava para a Ambientes P. I. há treze anos, e alguns dos outros por mais tempo ainda. – Poderia acontecer – disse, num tom áspero. Por que eu faria algo assim?, perguntou a si mesmo. Não havia como saber agora. Talvez depois que entrasse em contato com Elritch, conversasse com ele... como era evidente que faria.

A srta. Fugate disse:

– Acho que não deveria tentar falar com o sr. Eldritch, tendo em vista o futuro possível, não concorda, sr. Bulero? Quer dizer, o risco existe... é muito grande. Cerca de... eu diria... perto de quarenta.

– O que é "quarenta"?

– Por cento. Quase metade das possibilidades. – Agora mais tranquila, ela fumava o charuto e o encarava. Os olhos, escuros e intensos, brilhavam enquanto o observava, sem dúvida especulando com grande curiosidade por que ele faria tal coisa.

Ele se levantou e foi até a porta do escritório.

– Obrigado, srta. Fugate. Agradeço seu auxílio nessa questão. – Aguardou, indicando claramente esperar que ela saísse.

No entanto, a srta. Fugate permaneceu sentada. Ele enfrentava agora a mesma firmeza característica que perturbara Barney Mayerson.

– Sr. Bulero – ela disse calmamente –, realmente acho que tenho que ir à polícia da ONU para falar sobre isso. Nós, precogs...

Ele fechou a porta do escritório.

– Vocês, precogs – ele disse –, se preocupam demais com a vida dos outros. – Mas ela estava no controle da situação. Ele se perguntou o que ela poderia fazer com o que sabia.

– Talvez o sr. Mayerson seja convocado – disse a srta. Fugate. – Você sabia disso, claro. Vai tentar influenciá-los para que ele seja dispensado?

Com sinceridade, respondeu:

– Tinha alguma intenção de ajudá-lo a se livrar disso, sim.

– Sr. Bulero – ela disse com a voz baixa e firme –, vou fazer um acordo com o senhor. Deixe que o convoquem. Então, serei sua consultora Pré-Moda em Nova York. – Ela aguardou. Leo Bulero não disse nada. – O que me diz? – ela perguntou. Era evidente que não estava acostumada a esse tipo de negociação. Mas pretendia ir adiante, se possível. Afinal, ele refletiu, todo mundo, até o manipulador mais sagaz, tinha que começar de alguma forma. Talvez ele estivesse testemunhando a fase inicial do que viria a ser uma carreira brilhante.

E então, ele se lembrou de algo. Lembrou por que ela havia sido transferida do escritório de Pequim para trabalhar como assistente de Barney Mayerson em Nova York. Suas previsões tinham se revelado irregulares. Algumas – muitas delas, na verdade – tinham se revelado equivocadas.

Talvez a previsão da manchete apontando-o como o suposto assassino de Palmer Eldritch – presumindo que ela estivesse sendo sincera, que realmente tivesse previsto isso – fosse apenas mais um de seus erros. A precognição imperfeita que a levara até ali.

Em voz alta, ele disse:

– Deixe-me pensar no assunto. Me dê alguns dias.

– Até amanhã de manhã – disse a srta. Fugate, com firmeza.

Leo riu.

– Entendo por que Barney estava tão irritado. – E Barney provavelmente sentiu, com sua própria habilidade precog, pelo menos de forma nebulosa, que a srta. Fugate ia dar um golpe decisivo nele, comprometendo totalmente o seu cargo. – Ouça. – Ele andou até ela. – Você é amante de Mayerson. O que acha de abrir mão disso? Posso deixar um satélite inteiro à sua disposição. – Supondo, é claro, que conseguisse arrancar Scotty de lá.

– Não, obrigada – disse a srta. Fugate.

– Por quê? – ele ficou perplexo. – A sua carreira...

– Gosto do sr. Mayerson – ela disse. – E não tenho interesse particular em cabeç... – ela se conteve. – Em homens que evoluíram nessas clínicas.

Mais uma vez, ele abriu a porta do escritório.

– Eu a informarei amanhã de manhã.

Enquanto a via passar pela porta e entrar na sala da secretária, pensou: O tempo necessário para entrar em contato com Ganimede e Palmer Eldritch. Saberei mais, então. Saberei se a sua previsão tem mais chances de ser espúria ou não.

Fechou a porta, foi de imediato até a mesa e apertou o botão do vidfone que o conectava com o mundo externo. Para a telefonista da cidade de Nova York, disse:

– Me passe para o Hospital dos Veteranos James Riddle, na Base III de Ganimedes. Quero falar com o sr. Eldon Trent, um paciente. Direto com ele. – Deu seu nome e número, e desligou. Sacudiu o gancho e discou o número do Espaçoporto de Kennedy.

Fez reserva para a nave expressa que partia de Nova York para Ganimedes naquela noite, depois ficou andando pelo escritório, aguardando o retorno da ligação do Hospital dos Veteranos James Riddle.

Cabeça de bolha, pensou. Ela era capaz de se referir ao próprio patrão assim.

Dez minutos depois, o telefone tocou.

– Sinto muito, sr. Bulero – a telefonista desculpou-se. – O sr. Trent não pode receber ligações, por ordens médicas.

Então, Rondinella Fugate estava certa. Existia um Eldon Trent no Hospital de Veteranos James Riddle, e tinha todas as chances de ser Palmer Eldritch. Com certeza, valia a pena fazer a viagem. As probabilidades pareciam favoráveis.

...pareciam favoráveis, pensou de modo tortuoso, para que eu me encontre com Eldritch, tenha algum tipo de discussão com ele, Deus sabe o quê, e acabe causando a sua morte. Um homem que neste momento nem conheço. E vou ser acusado, não vou sair impune. Que perspectiva!

Mas sua curiosidade foi atiçada. Em todas as suas atividades diversas, nunca havia sentido a necessidade de matar alguém sob qualquer circunstância. O que quer que fosse acontecer entre ele e Palmer Eldritch tinha de ser algo singular. Definitivamente, a viagem para Ganimedes era indicada.

Seria difícil voltar atrás agora. Porque ele tinha uma intuição clara de que aquilo acabaria sendo o que ele esperava. E Rondinella Fugate havia dito apenas que ele seria acusado de assassinato, não havia dados quanto a uma condenação efetiva.

Condenar um homem da estatura dele por um crime capital, mesmo por intermédio das autoridades da ONU, não seria tão fácil.

Estava disposto a deixá-los tentar.

3

Num bar bem perto da Ambientes P. I., Richard Hnatt tomava uma Tequila Sour, a caixa de amostras sobre a mesa. Sabia muito bem que não havia nada de errado com os vasos de Emily. Havia mercado para o trabalho dela. O problema tinha que ter relação com o ex-marido e sua posição de poder.

E Barney Mayerson havia lançado mão desse poder.

Tenho que ligar para Emily e contar a ela, Hnatt disse a si mesmo. Levantou-se de repente.

Um homem bloqueou seu caminho, um tipo peculiar, redondo com pernas finas.

– Quem é você? – disse Hnatt.

O homem oscilava feito um brinquedo na sua frente, enquanto procurava algo no bolso, como se coçasse um micro-organismo familiar com inclinações parasíticas que sobreviveram ao teste do tempo. Mas o que finalmente retirou foi um cartão de visitas.

– Estamos interessados nas suas cerâmicas, sr. Hatt. Natt. Não sei como se pronuncia.

– Icholtz – disse Hnatt, lendo o cartão. Havia apenas o nome, nenhuma outra informação, nem mesmo um número de vidfone. – Mas o que tenho comigo são apenas amostras. Eu lhe darei os nomes dos revendedores de varejo que têm nossa linha no estoque. Mas estas...

– São para mínis – disse, balançando a cabeça, o sr. Icholtz, o homem que parecia de brinquedo. – E é o que queremos. Pretendemos miniaturizar suas cerâmicas, sr. Hnatt. Acreditamos que Mayerson esteja errado... elas estarão na moda, e muito em breve.

Hnatt encarou-o.

– Vocês querem mínis delas e não são da Ambientes P. I.? – Mas ninguém mais fazia mínis. Todos sabiam que a Ambientes P. I. tinha monopólio.

Sentando-se à mesa, ao lado da caixa de amostras, o sr. Icholtz tirou a carteira e começou a contar peles.

– Elas vão atrair muito pouca publicidade no começo. Mas depois... – Ele ofereceu a Hnatt o maço de peles de trufas marrons e amarrotadas que serviam como moeda no sistema Sol: a única molécula, um aminoácido proteico singular que não podia ser reproduzido pelos Impressores, as formas de vida Biltong utilizadas no lugar de linhas de montagem automatizadas em muitas das indústrias da Terra.

– Terei que ver com minha esposa – disse Hnatt.

– Você não é o representante da sua firma?

– S-sim – ele aceitou a pilha de peles.

– O contrato – Icholtz apresentou um documento, que estendeu sobre a mesa. Entregou-lhe uma caneta. – Ele nos dá exclusividade.

Ao se curvar para assinar, Richard Hnatt viu o nome da empresa de Icholtz no contrato. Fabricantes de Chew-Z de Boston. Nunca tinha ouvido falar. Chew-Z... fazia-o lembrar de outro produto, não sabia exatamente qual. Somente depois que assinou e que Icholtz destacou sua cópia, ele se lembrou.

A droga alucinógena ilegal, Can-D, usada nas colônias em conjunção com os ambientes de Pat Insolente.

Ele teve uma intuição surgida de uma profunda inquietação. Mas era tarde demais para recuar. Icholtz estava recolhendo a caixa de amostras. O conteúdo pertencia agora aos Fabricantes de Chew-Z de Boston, Estados Unidos, Terra.

– Como... posso entrar em contato com vocês? – perguntou Hnatt, quando Icholtz afastou-se da mesa.

– Não vai entrar em contato conosco. Se precisarmos de você, vamos ligar. – Icholtz deu um breve sorriso.

Como ele ia contar para Emily? Hnatt contou as peles, leu o contrato, percebeu aos poucos exatamente como Icholtz havia lhe pagado. Era o suficiente para proporcionar férias de cinco dias para ele e Emily na Antártida, numa das grandes e frias cidades de turismo frequentadas pelos ricos de Terra, onde, sem dúvida, Leo Bulero e outros como ele passavam o verão... e ultimamente o verão durava o ano inteiro.

Ou... refletiu. Poderia servir para algo melhor ainda. Poderia colocá-los no estabelecimento mais seletivo do planeta, supondo que ele e a esposa quisessem. Poderiam voar para as Alemanhas e se internar numa das clínicas de Terapia E do dr. Willy Denkmal. Uau, pensou.

Ele se fechou na cabine vidfônica do bar e ligou para Emily.

– Faça as malas. Vamos para Munique. Para... – ele escolheu o nome de uma clínica aleatória, tinha visto o anúncio em revistas exclusivas de Paris. – Para Eichenwald – ele disse. – O dr. Denkmal é...

– Barney aceitou – disse Emily.

– Não. Mas tem outra pessoa no ramo de miniaturas agora, além da Ambientes P. I. – Ele se empolgou. – É, Barney nos rejeitou, e daí? Nos saímos melhor com essa nova empresa. Deve ser grande. Te vejo daqui meia hora. Vou providenciar as acomodações no voo expresso da TWA. Pense nisto: Terapia E para nós dois.

Em voz baixa, Emily disse:

– Pensando bem, não tenho certeza se quero evoluir.

Gaguejando, ele disse:

– Claro que quer. Sabe, poderia salvar nossa vida, e, se não a nossa, a dos nossos filhos... nossos filhos potenciais que talvez venhamos a ter um dia. E mesmo se só ficarmos lá por pouco tempo e só evoluirmos um pouco, veja as portas que se abrirão para nós. Seremos *personae gratae* em todo lugar. *Você* conhece pessoalmente alguém que tenha feito Terapia E? Lemos sobre fulano de tal nos homeojornais o tempo todo, pessoas da sociedade... mas...

– Não quero aquele pelo todo em mim – disse Emily. – E não quero que expandam minha cabeça. Não. Não vou para a clínica Eichenwald. – Ela parecia completamente decidida, o rosto estava plácido.

Ele disse:

– Então eu vou sozinho. – Ainda seria um bom investimento; afinal, era ele quem negociava com os compradores. E poderia ficar pelo dobro do tempo, evoluir em dobro... supondo que os tratamentos fizessem efeito. Algumas pessoas não respondiam à terapia, mas quase sempre a culpa não era do dr. Denkmal. A capacidade de evoluir não é igual para todos. Quanto a si mesmo, tinha certeza. Evoluiria de forma notável, se igualaria aos figurões, até ultrapassaria alguns deles, em relação à conhecida crosta calosa que Emily, devido a um preconceito infundado, chamou de "pelos".

– O que devo fazer enquanto você estiver fora? Vasos?

– Isso – ele disse, porque os pedidos iam chegar rápido e aos montes. Caso contrário, os Fabricantes de Chew-Z de Boston não teriam nenhum interesse na miniaturização. Obviamente, empregavam seus próprios precogs de Pré-Moda, como a Ambientes P. I. fazia. Mas logo se lembrou de que Icholtz havia dito *muito pouca publicidade no início*. Isso significava, ele se deu conta, que a nova firma não tinha uma rede de disc-jóqueis circulando pelas luas e planetas colonizados. Diferentemente da Ambientes P. I., eles não tinham nenhum Allen ou Charlotte Faine a quem divulgar as notícias.

Mas estabelecer satélites de disc-jóqueis levava tempo. Isso era natural.

Ainda assim, ficou apreensivo. Pensou de repente, em pânico: Seria uma firma ilegal? Talvez a Chew-Z, assim como a Can-D, seja proibida. Talvez eu tenha nos metido em algo perigoso.

– Chew-Z – disse em voz alta para Emily. – Já ouviu falar?

– Não.

Ele pegou o contrato e examinou-o mais uma vez. Que roubada, pensou. Como fui me meter nessa? Se aquele maldito Mayerson tivesse aceitado os vasos...

Às dez da manhã, uma buzina assustadora e familiar tirou Sam Regan do sono, e ele xingou a nave da ONU que pairava acima. Sabia que a barulheira era proposital. A nave, circulando acima da cabana Chances de Catapora, queria ter certeza de que os colonizadores – e não apenas animais nativos – pegariam os pacotes a serem lançados.

Vamos pegá-los, Sam Regan murmurou para si mesmo, enquanto fechava o zíper do macacão de isolamento, vestia botas de cano alto e seguia irritado, o mais devagar possível, na direção da rampa.

– Ele chegou cedo hoje – reclamou Tod Morris. – E aposto que são só os produtos básicos, açúcar e alimentos como banha... nada de interessante como, por exemplo, bala*.

Com os ombros contra a tampa no alto da rampa, Norman Schein empurrou-a. A luz do sol brilhante e fria espalhou-se sobre eles, ofuscando sua visão.

A nave da ONU cintilava acima deles, com o céu negro ao fundo, como se pendesse de um fio desajeitado. Bom piloto, nessa queda de velocidade, concluiu Tod. Conhece a área do Crescente de Fineburg. Ele acenou para a nave da ONU e a buzina soltou mais uma vez o ruído estrondoso, fazendo-o tapar os ouvidos com as mãos.

Um projétil deslizou da parte inferior da nave, estendeu estabilizadores e espiralou até o solo.

– Merda – Sam Regan disse, com nojo. – São produtos alimentícios, e eles estão sem paraquedas. – Virou as costas, desinteressado.

---

* No original, *candy*. Trocadilho com o nome da droga Can-D. [N. de T.]

Como o andar de cima está deprimente hoje, pensou, observando a paisagem marciana. Triste. Por que viemos para cá? Tivemos que vir, fomos forçados. O projétil da ONU já havia pousado. O casco rachado, rasgado pelo impacto, e os três colonizadores podiam ver tambores. Pareciam ser duzentos quilos de sal. Sam Regan sentiu-se ainda mais desanimado.

– Ei – disse Schein, andando na direção do projétil e espiando.

– Acho que estou vendo algo que podemos usar.

– Parece que tem rádios nessas caixas – disse Tod. – Rádios de transistores. – Pensativo, foi atrás de Schein. – Talvez possamos usá-los para algo novo em nossos ambientes.

– Os meus já têm rádio – disse Schein.

– Bom, construa um cortador de grama automático com as peças – disse Tod. – Isso você não tem, tem? – Conhecia bem o ambiente de Pat Insolente de Schein. Os dois casais, ele e a esposa, e Schein e esposa, haviam feito uma fusão de boa parte, tornando-os compatíveis.

Sam Regan disse:

– Eu quero os rádios, porque posso usá-los. – O ambiente dele não tinha o controle remoto de garagem que Schein e Tod tinham. Ele estava consideravelmente em desvantagem em relação a eles. É claro que todos aqueles itens poderiam ser comprados. Mas suas peles tinham acabado. Sam tinha usado seu estoque completo para suprir uma necessidade que considerou mais urgente. Tinha comprado, de um traficante, uma quantidade bastante grande de Can-D. Estava enterrada, escondida na terra abaixo do seu compartimento de dormir, no nível mais baixo do abrigo coletivo.

Ele acreditava. Afirmava o milagre da tradução – o momento quase sagrado em que os artefatos em miniatura do ambiente deixavam de simplesmente representar a Terra, mas *se transformavam* na Terra. E ele e os outros, unidos na fusão habitação-boneca por meio da Can-D, eram transportados para fora do tempo e do espaço local. Muitos dos colonizadores ainda não eram adeptos. Para eles, os ambientes eram meros símbolos de um mundo que nenhum deles poderia mais vivenciar. Mas, um por um, os incrédulos se aproximavam.

Mesmo naquela hora, de manhã tão cedo, estava ansioso para voltar ao subsolo, mastigar uma fatia de Can-D do seu tesouro guardado e juntar-se aos companheiros no momento mais solene que poderiam ter.

Para Tod e Norm Schein, disse:

– Algum dos dois gostaria de buscar trânsito? – Esse era o termo técnico que usavam para a participação. – Vou voltar para baixo. Podemos usar a minha Can-D. Divido com vocês.

Um incentivo como esse não poderia ser ignorado. Tod e Norm pareceram tentados.

– Tão cedo? – disse Norm Schein. – Acabamos de sair da cama. Mas acho que não tem nada para fazer mesmo. – Chutou com desânimo uma draga de areia semiautônoma enorme. Estava estacionada perto da entrada do abrigo há dias. Ninguém tinha tido energia para ir até a superfície e terminar as operações de limpeza iniciadas no começo do mês. – Mas parece errado – murmurou. – Deveríamos estar aqui em cima, trabalhando nos nossos jardins.

– E que jardim vocês têm – disse Sam Regan, com um grande sorriso. – O que é essa coisa que estão cultivando lá? Tem nome?

Norm Schein, com as mãos nos bolsos do macacão, andou sobre o solo arenoso e solto, com sua vegetação esparsa, até a horta da qual um dia cuidara com dedicação. Parou para olhar para as fileiras, com esperança de que mais das sementes especialmente preparadas tivessem brotado. Nenhuma tinha.

– Chard suíço – disse Tod, para encorajá-lo. – Certo? Por mais que tenha passado por mutações, ainda reconheço as folhas.

Norm arrancou uma folha e a mastigou, cuspindo-a em seguida. A folha era amarga e estava coberta de areia.

Helen Morris saiu do abrigo, tremendo à luz fria de Marte.

– Temos uma pergunta – disse aos três homens. – Eu disse que os psicanalistas lá da Terra estavam cobrando cinquenta dólares a hora, e Fran disse que era por apenas quarenta e cinco minutos. – Explicou: – Queremos colocar um analista no nosso ambiente e queremos acertar isso, porque é um item autêntico, feito na Terra e enviado para cá, se é que lembram aquela nave de Bulero que passou na outra semana...

– Lembramos – disse Norm Schein, mal-humorado. Os preços que os homens de Bulero tinham pedido. E o tempo todo, em seu satélite, Allen e Charlotte Faine falavam tão bem dos diferentes itens, aguçando o apetite de todos.

– Pergunte aos Faines – disse Tod, o marido de Helen. – Entre em contato com eles via rádio da próxima vez que o satélite passar. – Olhou para o relógio de pulso. – Daqui a uma hora. Eles têm todos os dados sobre itens autênticos. Na verdade, esse dado em particular deveria ter sido incluído no item, bem na caixa. – Isso o perturbava porque, é claro, as peles dele – dele e de Helen juntas – tinham sido usadas para pagar pelo boneco minúsculo do psicanalista do tipo humano, incluindo o divã, a mesa, o carpete e a estante com livros impressionantes e incrivelmente bem miniaturizados.

– Você fez análise quando ainda estava na Terra – Helen disse a Norm Schein. – Quanto era cobrado?

– Bom, eu ia mais à terapia de grupo – disse Norm. – Na Clínica Estadual de Higiene Mental de Berkeley, e cobravam de acordo com o que você podia pagar. E é claro que Pat Insolente e o namorado vão a um analista particular. – Andou ao lado da horta cuja propriedade tinha sido transferida de forma solene a ele, passando entre as fileiras de folhas denteadas, todas as quais eram, em algum grau, retalhadas e devoradas por pragas microscópicas nativas. Se pudesse encontrar uma planta saudável, que não tivesse sido tocada, seria o suficiente para recuperar o ânimo. Inseticidas da Terra simplesmente não tinham dado conta do recado ali. As pragas nativas aumentaram. Tinham esperado dez mil anos, aguardando o momento propício, quando alguém apareceria com a tentativa de cultivar a terra.

Tod disse:

– É melhor dar uma regada.

– É – Norm Schein concordou. Foi andando desanimado na direção do sistema de bombeamento hidráulico da cabana Chances de Catapora. Estava ligado à rede de irrigação deles, agora parcialmente preenchida pela areia e que atendia a todos os jardins do abrigo. Antes da irrigação, vinha a remoção da areia, ele lembrou. Se não ligassem logo a grande draga Classe A, não conseguiriam irrigar nem se quisessem. E ele não queria muito.

No entanto, não podia fazer como Sam Regan e simplesmente dar as costas para a situação lá de cima, voltar para baixo e ficar mexendo em seu ambiente, construindo ou inserindo itens, fazendo melhorias... ou, como Sam propôs, pegar um tanto da Can-D cuidadosamente escondida e começar a comunicação. Temos responsabilidades, ele se deu conta.

Para Helen, disse:

– Peça à minha esposa para subir aqui. – Ela poderia dar as coordenadas enquanto ele operava a draga. Fran tinha um bom olho.

– Vou chamá-la – Sam Regan concordou e voltou correndo para baixo. – Ninguém quer vir junto?

Ninguém o seguiu. Tod e Helen Morris tinham ido inspecionar a própria horta, e Norm Schein estava ocupado, tirando a capa protetora da draga, na preparação para acioná-la.

Lá embaixo, Sam Regan buscava Fran Schein. Encontrou-a agachada diante do ambiente de Pat Insolente que os Morris e Schein mantinham juntos, concentrada no que estava fazendo.

Sem olhar para ele, Fran disse:

– Pat Insolente foi até o centro da cidade no novo Ford conversível com capô de metal, estacionou e colocou uma moeda no parquímetro, já fez as compras e agora está no consultório do analista lendo *Fortune*. Mas quanto ela paga? – Ela ergueu o olhar, pôs o cabelo longo e escuro para trás e sorriu para ele. Sem dúvida, Fran era a pessoa mais bela e dramática do abrigo coletivo. Ele observou isso agora, e estava longe de ser a primeira vez.

Ele disse:

– Como pode ficar mexendo nesse ambiente sem mastigar... – Olhou ao redor. Os dois pareciam estar sozinhos. Abaixando-se, disse para ela num tom suave: – Vem, vamos mastigar uma Can-D de primeira. Como você e eu já fizemos. OK? – O coração disparou enquanto esperava a resposta dela. Lembranças da última vez em que os dois tinham sido traduzidos em uníssono fizeram com que se sentisse fraco.

– Helen Morris vai...

– Não, estão ligando a draga, lá em cima. Não vão voltar em menos de uma hora. – Pegou Fran pela mão, ajudando-a a levantar-se. – A coisa que vem num embrulho todo marrom – disse, guiando-a do compartimento para o corredor – deveria ser usada, não apenas enterrada. Fica velha e estraga. Perde a força. – E pagamos muito por essa força, pensou, deprimido. Demais para deixar que seja desperdiçada. Embora alguns – não daquele abrigo – afirmassem que o poder de assegurar a transição não vinha da Can-D, mas da precisão do ambiente. Para ele, essa era uma visão sem sentido, mas tinha seus adeptos.

Enquanto entravam no compartimento de Sam Regan às pressas, Fran disse:

– Eu mastigo em sintonia com você, Sam, mas não vamos fazer nada enquanto estivermos lá na Terra que... você sabe. Que não faríamos aqui. Quer dizer, só porque somos Pat e Walt, e não nós mesmos, isso não nos dá o direito. – Franziu a testa em advertência, reprovando a conduta anterior dele e por levá-la até ali mesmo sem perguntar.

– Então, você admite que vamos mesmo para a Terra. – Haviam discutido essa questão, que era fundamental, muitas vezes. Fran tendia a aceitar a versão de que a tradução era apenas da aparência, do que os colonizadores chamavam de *acidentes*, as meras manifestações externas dos lugares e objetos envolvidos, não as essências.

– Acredito – Fran disse devagar, desvencilhando seus dedos dos dele e parando diante da porta do compartimento – que se for um jogo da imaginação, da alucinação induzida por drogas, ou uma tradução real de Marte para as circunstâncias da Terra feita por uma agência da qual nada sabemos... – Mais uma vez, ela o encarou com uma expressão severa. – Acho que deveríamos nos abster. Para não contaminarmos a experiência da comunicação. – Vendo-o remover com cuidado a cama de metal da parede e colocar um gancho alongado dentro da cavidade, disse: – Deveria ser uma experiência purificadora. Perdemos nosso corpo carnal, nossa corporiedade, como dizem. E vestimos um corpo imperecível, pelo menos por algum tempo. Ou para sempre, se você acredita, como alguns, que está fora do tempo e do espaço, que é eterno. Não concorda, Sam? – Suspirou. – Sei que não concorda.

– Espiritualidade – ele disse com aversão enquanto pescava o pacote de Can-D da cavidade sob o compartimento. – Uma negação da realidade, e o que se consegue em troca? Nada.

– Admito – disse Fran, ao se aproximar para vê-lo abrir o pacote – que não posso *provar* que se consiga alguma coisa melhor em troca, devido à abstenção. Mas uma coisa eu sei. O que você e outros sensualistas entre nós não percebem é que, quando mastigamos Can-D e saímos do corpo, *morremos*. E ao morrermos, perdemos o peso do... – hesitou.

– Diga – pediu Sam, enquanto abria o pacote. Com uma faca, cortou uma tira da massa de fibras marrons, resistentes, que lembravam plantas.

Fran disse:

– Pecado.

Sam Regan gargalhou.

– OK... pelo menos você é ortodoxa. – Porque a maioria dos colonizadores concordaria com Fran. – Mas – disse, recolocando o pacote no lugar seguro – não é por isso que eu mastigo. Não quero perder nada... quero ganhar alguma coisa. – Fechou a porta do compartimento e retirou agilmente seu ambiente de Pat Insolente. Em seguida, estendeu-o no chão e colocou cada objeto no lugar, agindo com avidez. – Algo que normalmente não podemos ter – acrescentou, como se Fran não soubesse.

O marido dela – ou a esposa dele ou ambos ou todos no abrigo inteiro – poderia aparecer enquanto ele e Fran estivessem no estado de tradução. E os dois corpos estariam sentados a uma distância apropriada um do outro. Nenhum ato incorreto poderia ser observado, por mais lascivos que fossem os observadores. Havia um consenso legal, não era possível provar nenhuma coabitação, e especialistas em direito entre as autoridades dominantes da ONU em Marte e nas outras colônias haviam tentado – e fracassado. Enquanto traduzidos, podia-se cometer incesto, assassinato, qualquer coisa, e, do ponto de vista jurídico, o ato permanecia como uma mera fantasia, nada além de um desejo impotente.

Esse fato extremamente interessante fez com que ele se habituasse ao uso de Can-D. Para ele, a vida em Marte tinha poucas alegrias.

– Eu acho – disse Fran – que você está me tentando a pecar.

Ao se sentar, ela pareceu triste. Os olhos grandes e escuros, inutilmente fixos num ponto no centro do ambiente, perto do enorme guarda-roupa de Pat Insolente. Distraída, Fran começou a mexer num casaco de visom, sem dizer nada.

Ele deu a ela metade de uma tira de Can-D, depois colocou o pedaço dele na boca e mastigou com voracidade.

Ainda parecendo desolada, Fran também mastigou.

Ele era Walt. Tinha uma nave esporte Jaguar XXB com velocidade máxima de vinte e quatro mil quilômetros por hora. Suas camisas vinham da Itália, e os sapatos eram feitos na Inglaterra. Ao abrir os olhos, procurou a pequena TV relógio da GE na cabeceira. Ligaria automaticamente, no canal do programa matinal do grande palhaço de notícias, Jim Briskin. Com a peruca vermelha flamejante, Briskin já começava a se formar na tela. Walt sentou-se e tocou um botão que fez a cama girar e mudar para uma posição que lhe dava apoio para sentar. Recostou-se para assistir, por um momento, o programa que estava passando.

– Estou aqui na esquina da Van Ness com a Market, no centro de São Francisco – disse Briskin num tom agradável –, e estamos prestes a assistir à inauguração do novo e impressionante prédio de condaptos subterrâneo, Sir Francisco Drake, o primeiro *inteiramente subsuperficial*. Conosco, para inaugurar este prédio, bem aqui ao meu lado, está essa figura encantadora de balada e...

Walt desligou a TV, levantou-se e foi descalço até a janela. Puxou a persiana, viu a rua do início de manhã radiante e quente de São Francisco, as colinas e as casas brancas. Era manhã de sábado, e ele não tinha que ir trabalhar em Palo Alto, na Ampex SA. Em vez disso – e a ideia soava muito bem na sua cabeça – tinha um encontro com sua garota, Pat Christensen, que tinha um apartamento pequeno e moderno em Potrero Hill.

Era sempre sábado.

No banheiro, jogou água no rosto, depois passou creme de barbear e começou a fazer a barba. E, enquanto se barbeava, olhando para as feições familiares no espelho, viu um bilhete pendurado, com a sua própria letra.

ISTO É UMA ILUSÃO. VOCÊ É SAM REGAN, COLONIZADOR EM MARTE. APROVEITE SEU TEMPO DE TRADUÇÃO, GAROTO. LIGUE PARA PAT JÁ!

E o bilhete estava assinado por Sam Regan.

Uma ilusão, pensou, fazendo uma pausa no barbear. De que forma? Tentou se lembrar. Sam Regan e Marte, um abrigo de colonizador sombrio... sim, conseguia distinguir a imagem vagamente, mas parecia remota, adulterada e nada convincente. Deu de ombros, terminou de se barbear, intrigado agora, e um pouco deprimido. Está bem, supondo que o bilhete esteja certo, talvez ele até se lembrasse desse outro mundo, daquela quase vida sombria de exílio involuntário num ambiente artificial. E daí? Por que ele teria que destruir isto? Estendeu a mão, arrancou o bilhete, amassou e jogou na calha de lixo do banheiro.

Assim que acabou de fazer a barba, vidfonou para Pat.

– Ouça – ela disse de imediato, enérgica. Na tela, os cabelos loiros brilhavam: ela tinha acabado de secá-los. – Não quero te ver, Walt. Por favor. Porque sei o que tem em mente, e não estou interessada. Entendeu? – Os olhos azuis acinzentados estavam frios.

– Hmm – ele disse, abalado, tentando pensar numa resposta. – Mas o dia está maravilhoso... temos que sair. Ir ao Parque Golden Gate, talvez.

– Vai ficar quente demais para sair de casa.

– Não – ele discordou, irritado. – Só mais tarde. Ei, podíamos andar na praia, molhar os pés nas ondas. OK?

Ela hesitou, visivelmente.

– Mas aquela conversa que tivemos antes...

– Não teve conversa nenhuma. Não te vejo há uma semana, desde o sábado passado – usou o tom mais firme e cheio de convicção possível. – Passo aí daqui a meia hora para te pegar. Coloque o seu maiô, sabe, o amarelo. O espanhol de amarrar na nuca.

– Ai – ela disse com desdém –, aquele está completamente fora de moda agora. Tenho um novo, da Suécia, você ainda não viu. Vou usar esse, se for permitido. A moça da A&F não tinha certeza.

– Fechado – ele disse e desligou.

Meia hora depois, ele pousou no campo elevado do prédio de condaptos dela.

Pat usava um suéter e calça. O maiô, ela explicou, estava por baixo. Carregando uma cesta de piquenique, ela o seguiu rampa acima, até a nave estacionada. Ansiosa e linda, seguiu apressada na frente dele, batendo as sandálias no chão. Estava tudo funcionando como ele esperava. O dia ia ser ótimo afinal, depois que suas apreensões evaporaram... e graças a Deus que tinham evaporado.

– Espere até você ver este maiô – ela disse ao entrar na nave estacionada, a cesta no colo. – É muito ousado. Quase não existe: na verdade, você meio que precisa ter fé para acreditar nele. – Quando ele entrou, ao seu lado, ela se recostou nele. – Andei pensando na conversa que tivemos... deixa eu terminar. – Ela pôs os dedos nos lábios dele, silenciando-o. – Eu *sei* que aconteceu, Walt.

Mas, num certo sentido, você está certo. Na verdade, a sua atitude é a certa. Deveríamos tentar obter o máximo possível disto. Nosso tempo já é curto demais... pelo menos é o que me parece. – Ela deu um sorriso melancólico. – Então, dirija o mais rápido que puder. Quero chegar ao oceano.

Quase imediatamente, estavam baixando no estacionamento da ponta da praia.

– Vai ficar mais quente – Pat disse, séria – a cada dia. Não vai? Até ficar insuportável. – Ela tirou o suéter, depois, remexendo-se no assento da nave, conseguiu tirar a calça. – Mas não vamos viver tanto... cinquenta anos vão se passar até que ninguém mais possa sair de casa ao meio-dia. Como dizem, sejam como os cachorros loucos e os ingleses*. Mas não estamos nessa situação ainda. – Abriu a porta e saiu de maiô. E estava certa antes, era preciso ter fé em coisas invisíveis para sequer distinguir o maiô. Era perfeitamente satisfatório, para os dois.

Juntos, ele e ela caminharam pela areia compacta e molhada, observando águas-vivas, conchas e cascalhos, os fragmentos lançados pelas ondas.

– Em que ano estamos? – Pat perguntou de repente, parando. O vento soprou os cabelos soltos para trás, que subiram numa massa de nuvem amarela, clara e cintilante, extremamente limpa, com cada fio separado.

Ele disse:

– Bom, acho que é... – E não conseguia se lembrar. Escapou à sua memória. – Droga – disse, contrariado.

– Bom, não importa. – De braços dados com ele, ela seguiu andando. – Olha, tem um canto isolado ali adiante, depois daquelas pedras. – Aumentou o ritmo do movimento. O corpo ondulava à medida que os músculos fortes e tesos esticavam-se contra o vento, a areia e a velha e conhecida gravidade de um mundo perdido há

---

* Referência à música "Mad dogs and englishmen", de Noël Coward, famosa pela frase "Mad dogs and englishmen go out in the midday sun" ("Cachorros loucos e ingleses saem ao sol do meio-dia"). [N. de E.]

muito tempo. – Eu sou a... como é mesmo? Fran? – perguntou de súbito. Passou pelas pedras, a espuma e a água rolando sobre seus pés e tornozelos. Rindo, saltou, arrepiando-se com o calafrio repentino. – Ou sou Patricia Christensen? – Passou as duas mãos no cabelo. – Este é loiro; então, devo ser Pat. Pat Insolente. – Desapareceu atrás das pedras. Ele logo foi atrás, seguindo-a com dificuldade. – Eu era Fran – ela disse sobre o ombro –, mas isso não importa agora. Posso ter sido qualquer uma antes, Fran ou Helen ou Mary, e não importaria agora. Certo?

– Não – ele discordou, alcançando-a. Ofegante, disse: – É importante que você seja Fran. Em essência.

– "Em essência."– Ela se jogou na areia. Deitada e apoiada no cotovelo, desenhou com movimentos bruscos, por meio de uma pedra preta e afiada, formando linhas fundas e chanfradas. Quase no mesmo instante, jogou a pedra longe e sentou-se de frente para o mar. – Mas os acidentes... são Pat. – Pôs as mãos sobre os seios e, em seguida, ergueu-os languidamente, com uma expressão de perplexidade. – Estes são de Pat. Não meus. Os meus são menores, eu me lembro.

Ele se sentou ao lado dela, sem dizer nada.

– Estamos aqui – ela disse no mesmo instante – para fazer o que não podemos fazer na cabana. Lá onde deixamos nosso corpo corruptível. Desde que nosso ambiente fique no lugar, isto... – Ela apontou para o oceano, depois se tocou mais uma vez, incrédula. – Não pode se deteriorar, pode? Vestimos a imortalidade. – De uma só vez, ela se deitou na areia e fechou os olhos, com um braço sobre o rosto. – E já que estamos aqui e podemos fazer coisas que nos são negadas na cabana, sua teoria diz que *devemos* fazer essas coisas. Devemos aproveitar a oportunidade.

Ele se debruçou sobre ela e a beijou na boca.

Dentro da cabeça dele, uma voz pensou:

– Mas eu posso fazer isto a qualquer hora. – E, nos membros do seu corpo, uma autoridade divergente se impôs. Ele se sentou, afastando-se da garota. – Afinal – pensou Norm Schein –, sou casado com ela. – E riu.

– Quem disse que podia usar os meus ambientes? – pensou Sam Regan, com raiva. – Saia do meu compartimento. E aposto que a Can-D é minha também.

– Você nos ofereceu – respondeu o co-habitante do seu corpomente. – Então, decidi aceitar o convite.

– Estou aqui também – pensou Tod Morris. – E se quer saber minha opinião...

– Ninguém pediu sua opinião – Norm Schein pensou, nervoso. – Na verdade, ninguém o convidou para vir. Por que não volta lá para cima, onde deveria estar, e vai mexer naquele seu jardim decadente que não serve pra nada?

Tod Morris pensou calmamente:

– Estou com Sam. Não tenho chances de fazer isso, a não ser aqui. – Com o poder da sua vontade, combinado com o de Sam, mais uma vez, Walt inclinou-se sobre a garota deitada. Mais uma vez, beijou-a na boca, e desta vez com força, com uma agitação crescente.

Sem abrir os olhos, Pat disse em voz baixa:

– Estou aqui também. É a Helen. – Acrescentou: – E Mary também. Mas não estamos usando a sua Can-D, Sam. Trouxemos uma que já tínhamos. – Envolveu-o com os braços, enquanto as três habitantes de Pat Insolente juntavam-se em uníssono, num único empenho. Pego de surpresa, Sam Regan interrompeu o contato com Tod Morris. Juntou-se ao esforço de Norm Schein, e Walt afastou-se de Pat Insolente.

As ondas do mar batiam nos dois, enquanto eles se reclinavam em silêncio na praia, duas figuras contendo a essência de seis pessoas. Dois em seis, pensou Sam Regan. O mistério repetiu-se, como era possível? A velha pergunta de novo. Mas tudo o que me importa, pensou, é se estão usando toda a minha Can-D. E aposto que estão. Não me importa o que dizem: não acredito neles.

Pat Insolente levantou-se e disse:

– Bom, estou vendo que é melhor eu dar um mergulho. A coisa não está fluindo aqui. – Entrou na água, chapinhando para longe deles, que ficaram sentados no corpo, vendo-a ir embora.

– Perdemos nossa chance – pensou Tod Morris, amargo.

– Minha culpa – admitiu Sam. Unindo-se, ele e Tod conseguiram se levantar. Deram alguns passos na direção da garota e, em seguida, com a água até os tornozelos, pararam.

Sam Regan já podia sentir o poder da droga perder o efeito. Sentiu-se fraco, receoso e amargamente inconsolável diante da constatação. Droga, rápido demais, disse a si mesmo. Tudo acabado, de volta à cabana, ao poço em que nos retorcemos e encolhemos feito minhocas num saco de papel, amontoados longe da luz do dia. Pálidos, esbranquiçados e horrorosos. Estremeceu.

...estremeceu e viu, mais uma vez, seu compartimento com a cama minúscula, o lavatório, a mesa, o fogão... e, em forma de montes inertes e caídos, os cascos vazios de Tod e Helen Morris, Fran e Norm Schein, da sua própria esposa, Mary, de olhos abertos e vazios. Virou o rosto, horrorizado.

No chão, entre eles, estavam os seus ambientes. Olhou para baixo e viu os bonecos, Walt e Pat, posicionados à beira do oceano, perto do Jaguar estacionado. Sabia que Pat Insolente usava o maiô sueco quase invisível e que, ao lado deles, repousava uma cestinha de piquenique.

E, perto dos ambientes, um embrulho todo marrom que antes continha Can-D. Os cinco tinham mastigado o que existia dele, e ao olhar agora, contra a vontade, ele ainda via um fio fino de xarope marrom brilhante escorrendo da boca frouxa e inerte de cada um.

Diante dele, Fran Schein agitou-se, abriu os olhos, gemeu. Focalizou o olhar nele e deu um suspiro de cansaço.

– Eles nos pegaram – ele disse.

– Demoramos demais. – Ela se levantou sem firmeza, cambaleou e quase caiu. Ele também ficou de pé logo e a segurou. – Você estava certo. Deveríamos ter feito na mesma hora, já que tínhamos a intenção. Mas... – Ela o deixou segurá-la brevemente. – Gosto das preliminares. Passear pela praia, mostrar a você o maiô que não é maiô nenhum. – Sorriu um pouco.

Sam disse:

– Eles ficarão fora por mais alguns minutos, aposto.

De olhos arregalados, Fran disse:

– Sim, tem razão. – Escapuliu dele, foi até a porta e puxou-a. Saiu para o corredor. – No nosso compartimento – avisou. – Rápido!

Satisfeito, ele a seguiu. Era divertido demais. Ele se contorceu, dando risada. À frente, a garota subia a rampa até o nível dela da cabana. Ele a alcançou, segurou-a, quando chegaram ao compartimento. Juntos, entraram caindo, rolando de rir e arrastando-se pelo chão duro de metal até baterem na parede.

Vencemos, afinal, ele pensou, enquanto abriu o sutiã com habilidade, desabotoou a camisa dela, abriu o zíper da saia e tirou os sapatos sem cadarço que pareciam chinelos num único movimento veloz. Ele estava ocupado por toda parte, e Fran suspirava, desta vez, não de cansaço.

– Melhor eu trancar a porta. – Ele se levantou, correu até a porta e fechou-a, trancando com segurança. Fran, enquanto isso, livrava-se das roupas abertas.

– Volta – ela pediu com urgência. – Não fique só olhando. – Amontoou as roupas com pressa, os sapatos por cima, como dois pesos de papel.

Ele desceu de volta ao seu lado, e os dedos rápidos e inteligentes dela começaram a correr por ele. Com os olhos escuros acesos, ela não parava, para o deleite dele.

E bem ali, na sua residência sombria em Marte. No entanto... ainda conseguiram fazer do jeito antigo, do único jeito: por meio da droga trazida por traficantes furtivos. A Can-D tinha possibilitado aquilo. Eles continuavam exigindo dela. De modo algum estavam livres.

Quando os joelhos de Fran prenderam as laterais dele, Sam pensou: E de modo algum queremos ser livres. Na verdade, é o contrário. Enquanto suas mãos desciam pela barriga lisa e trêmula dela, ele pensou: Poderíamos até usar um pouco mais.

4

No balcão da recepção do Hospital de Veteranos James Riddle, na Base III de Ganimedes, Leo Bulero tirou o chapéu-coco caro de pele de wub, feito à mão, para a garota de uniforme branco e engomado, e disse:

– Vim para visitar um paciente, o sr. Eldon Trent.

– Sinto muito, senhor – começou a moça, mas ele a interrompeu.

– Diga a ele que Leo Bulero está aqui. Entendeu? Leo Bulero. – E viu o registro por trás da mão dela. Viu o número do quarto de Eldritch. Quando a garota se virou para o painel de ligação, ele seguiu na direção do número indicado. Que esperar, que nada, disse a si mesmo. Viajei milhões de quilômetros e quero ver o homem ou a coisa, o que quer que seja.

Um soldado da ONU, armado com um fuzil, parou-o diante da porta; um homem muito jovem, com olhos claros e frios, como os de uma garota. Olhos que diziam não, com ênfase, até mesmo para ele.

– OK – rosnou Leo. – Entendi. Mas, se ele soubesse quem está aqui fora, ia dizer para me deixar entrar.

Ao seu lado, perto do ouvido, assustando-o, uma voz feminina aguda disse:

– Como descobriu que meu pai está aqui, sr. Bulero?

Ele se virou e viu uma mulher bastante robusta, de trinta e poucos anos. Examinou-o atentamente, e ele pensou: esta é Zoe

Eldritch. Não tinha como eu não saber. Aparece o suficiente nas colunas sociais dos homeojornais.

Um oficial da ONU aproximou-se.

– Srta. Eldritch, se quiser, podemos retirar o sr. Bulero do prédio. É só nos dizer.

Ele sorriu com satisfação para Leo, e Leo identificou-o de imediato. Era o chefe da divisão jurídica da ONU, superior de Ned Lark, Frank Santina. Olhos escuros, alerta, somaticamente vibrante, Santina mudou o olhar de Leo para Zoe Eldritch, aguardando a resposta.

– Não – disse Zoe Eldritch, finalmente. – Pelo menos não agora. Não antes que eu saiba como descobriu que meu pai está aqui. Não teria como ele saber. Teria, sr. Bulero?

Santina murmurou:

– Através de um de seus precogs de Pré-Moda, provavelmente. Não foi, sr. Bulero?

No mesmo instante, Leo fez que sim, com relutância.

– Sabe, srta. Eldritch – explicou Santina –, um homem como Bulero pode pagar por qualquer coisa que queira, por qualquer espécie de talento. Portanto, estávamos esperando por ele. – Apontou para os dois guardas armados e uniformizados diante da porta de Palmer Eldritch. – Por isso precisamos sempre de dois desses. Conforme tentei explicar.

– Não existe nenhuma possibilidade de fazer negócio com Eldritch? – perguntou Leo. – Foi para isso que vim. Não tenho nada ilegal em mente. Acho que vocês estão todos loucos, ou, então, estão tentando esconder alguma coisa. Talvez estejam com a consciência pesada. – Encarou-os, mas não percebeu nada. – É mesmo Palmer Eldritch que está aí dentro? Aposto que não. – Mais uma vez, não teve resposta. Nenhum dos dois reagiu à zombaria. – Estou cansado. A viagem foi longa até aqui. Que se dane. Vou comer alguma coisa e encontrar um quarto de hotel para dormir por dez horas e esquecer isto.

Virou-se e saiu com arrogância.

Nem Santina nem a srta. Eldritch tentaram detê-lo. Decepcionado, ele seguiu andando, sentindo um ódio sufocante.

Obviamente, teria de chegar a Palmer Eldritch por alguma agência intermediária. Talvez, pensou, Felix Blau e sua polícia particular poderiam conseguir acesso ali. Valia a pena tentar. Mas, quando ficava deprimido assim, nada parecia importar. Por que não fazer o que havia dito, comer e descansar o suficiente, esquecer a ideia de entrar em contato com Eldritch por ora? Eles todos que fossem para o inferno, pensou, ao sair do prédio do hospital e chegar à calçada para procurar um táxi. Aquela filha dele, pensou. Cara de durona, parecia lésbica, de cabelo curto e sem maquiagem. Ugh.

Encontrou um táxi e seguiu pelo ar por algum tempo, enquanto refletia.

Usando o vidsistema do táxi, entrou em contato com Felix, na Terra.

– Fico contente que tenha ligado – disse Felix, assim que viu de quem era a ligação. – Tem uma organização que começou a operar em Boston sob circunstâncias estranhas. *Parece* ter nascido da noite para o dia, completamente intacta, incluindo...

– O que ela está fazendo?

– Estão se preparando para comercializar algo. Os equipamentos estão lá, inclusive três satélites, semelhantes ao seu, um em Marte, um em Io e um em Titã. O rumor que ouvimos é de que estão se preparando para entrar no mercado com um produto para competir diretamente com os seus Ambientes de Pat Insolente. Vai se chamar Boneca Connie Companheira. – Deu um breve sorriso. – Não é bonitinho?

Leo disse:

– E quanto ao... você sabe. O aditivo.

– Nenhuma informação a respeito. Supondo que haja um, estaria além do escopo legal das operações de venda, presume-se. Um acessório míni teria alguma utilidade sem o... "aditivo"?

– Não.

– Então, isso parece responder à questão.

Leo disse:

– Liguei para saber se você pode fazer com que eu entre para falar com Palmer Eldritch. Eu o localizei aqui na Base III em Ganimedes.

– Você se recorda do meu relatório sobre a importação que Eldritch fez de um líquen semelhante ao usado na fabricação de Can-D. Já lhe ocorreu que essa nova organização de Boston pode ter sido montada por Eldritch? Embora pareça cedo demais para isso. No entanto, ele pode ter feito uma transmissão de rádio anos atrás para a filha.

– Tenho que vê-lo – disse Leo.

– Está no Hospital James Riddle, suponho. Achamos que estaria lá. Aliás, já ouviu falar num homem chamado Richard Hnatt?

– Nunca.

– Um representante dessa nova organização de Boston encontrou-se com ele e fechou algum tipo de negócio. Esse representante, Icholtz...

– Que confusão – disse Leo. – E nem consigo chegar a Eldritch. Santina não sai de perto da porta, junto com aquela filha sapatão de Palmer. – Ninguém ia conseguir passar por aqueles dois, concluiu.

Deu a Felix Blau o endereço de um hotel na Base III, no qual havia deixado a bagagem, e desligou.

Aposto que ele está certo, disse a si mesmo. Palmer Eldritch é o concorrente. Que sorte a minha: eu tinha que estar bem no ramo em que Eldritch, ao voltar de Prox, decidiu entrar. Por que eu não poderia estar fazendo sistemas de orientação de foguetes, competindo apenas com a GE e com a Dinâmica Geral?

Ele passou a se questionar a respeito do líquen que Eldritch havia trazido. Um aperfeiçoamento da Can-D, talvez. Mais barata de se produzir, capaz de criar traduções de duração e intensidade maiores. Nossa!

Refletindo, entre uma ideia e outra, uma lembrança bizarra lhe veio à mente. Uma organização, procedente da República Árabe

Unida. Assassinos de aluguel treinados. Teriam grandes chances contra Palmer Eldritch... um homem desses, uma vez que estivesse decidido...

No entanto, a precognição de Rondinella Fugate persistia. No futuro, ele seria acusado pelo assassinato de Palmer Eldritch.

Era evidente que encontraria um meio, apesar dos obstáculos.

Estava com uma arma tão pequena, tão intangível, que até a revista mais minuciosa não seria capaz de encontrar. Há algum tempo, um cirurgião de Washington, DC, costurou-a na língua: um dardo envenenado de alta velocidade, autoguiado, feito a partir de modelos soviéticos... mas amplamente aperfeiçoado. Uma vez que atingia a vítima, ele se autodestruía, sem deixar vestígios. O veneno também era original, não restringia o funcionamento cardíaco ou respiratório. Na verdade, não era um veneno, mas um vírus filtrável que se multiplicava na corrente sanguínea da vítima, causando a morte em até quarenta e oito horas. Era cancerígeno, importado de uma das luas de Urano, e ainda desconhecido de modo geral. Tinha lhe custado muito caro. Tudo o que precisava fazer era ficar à distância de um braço da futura vítima e espremer manualmente a base da língua, projetando-a simultaneamente na direção da vítima. Então, se ele pudesse ver Eldritch...

E é melhor eu planejar isso, percebeu, antes que essa nova empresa de Boston inicie a produção. Antes que consiga funcionar sem Eldritch. Como qualquer erva daninha, tinha que ser arrancada cedo, ou nunca mais.

Quando chegou ao quarto de hotel, fez uma ligação para a Ambientes P. I., para saber se havia alguma mensagem ou acontecimento vitais que exigissem sua atenção.

– Sim – disse a srta. Gleason, assim que o reconheceu. – Há uma ligação urgente de uma tal de senhorita Impatience White... se é que é esse o nome, se entendi direito. Aqui está o número. É de Marte.

Ela segurou o papel diante da vidtela.

A princípio, Leo não conseguiu se lembrar de nenhuma mulher chamada White. Depois, identificou-a... e sentiu medo. Por que *ela* teria ligado?

– Obrigado – murmurou, e desligou de imediato. Deus, se a divisão jurídica da ONU tivesse monitorado a ligação... Impy White, que operava de Marte, era uma grande traficante de Can-D.

Com enorme relutância, ligou para o número.

De rosto pequeno e olhar penetrante, uma beleza do tipo mignon, Impy White surgiu na vidtela. Ela a havia imaginado muito mais musculosa. Parecia muito pequena, mas feroz.

– Sr. Bulero, assim que eu terminar...

– Não tem outra maneira? Nenhum canal? – Existia um método pelo qual Conner Freeman, chefe da operação venusiana, poderia entrar em contato com ele. A srta. White poderia ter se comunicado por intermédio do superior.

– Visitei uma cabana hoje de manhã, sr. Bulero, no sul de Marte, com um carregamento. Os colonizadores o recusaram. Alegando que tinham gasto todas as peles deles num novo produto. Do mesmo tipo de... que vendemos. Chew-Z. E...

Leo Bulero desligou. E ficou tremendo em silêncio, pensando.

Não posso ficar confuso, disse a si mesmo. Afinal, sou uma variedade humana evoluída. Então, é isso. Esse é o novo produto da firma de Boston. Derivado do líquen de Eldritch. Tenho que partir desse pressuposto. Ele está lá, deitado na cama do hospital, a menos de dois quilômetros de mim, dando ordens, sem dúvida, por meio de Zoe, e não tem droga nenhuma que eu possa fazer. A operação está toda montada e funcionando. Já demorei demais. Até esta coisa na minha língua, percebeu. É inútil agora.

Mas vou ter alguma ideia, ele sabia. Sempre tenho.

Esse não era o fim da Ambientes P. I., não exatamente.

A única coisa a pensar era: o que ele *podia* fazer? A resposta lhe escapava, e isso não ajudava a diminuir o estado de alarme nervoso e o suor.

Venha, ideia oriunda do desenvolvimento cortical artificialmente acelerado, disse, em oração. Deus, ajude-me a superar meus inimigos, aqueles desgraçados. Talvez, se lançar mão dos meus precogs de Pré-Moda, Roni Fugate e Barney... talvez eles possam sugerir algo. Especialmente o profissional experiente, Barney. Ele não foi envolvido em nada disso, ainda.

Mais uma vez, fez uma ligação para a Ambientes P. I. na Terra. Desta vez, pediu o departamento de Barney Mayerson.

Então se lembrou do problema de Barney Mayerson com a convocação, sua necessidade de desenvolver uma incapacidade para lidar com o estresse, para não ir parar numa cabana em Marte.

Desgostoso, Leo Bulero pensou: vou fornecer essa prova. Para ele, a ameaça de ser convocado já acabou.

Quando a ligação veio de Leo Bulero em Ganimedes, Barney Mayerson estava sozinho no escritório.

A conversa não durou muito. Quando desligou, olhou para o relógio e ficou admirado. Cinco minutos. Pareceu um grande intervalo na sua vida.

Levantou-se, tocou o botão do interfone e disse:

– Não deixe ninguém entrar por enquanto. Nem mesmo... especialmente a srta. Fugate.

Foi até a janela e ficou observando a rua quente, brilhante e vazia.

Leo estava jogando o problema todo em suas mãos. Foi a primeira vez que viu o chefe perder as forças. Imagina, pensou, Leo Bulero desequilibrado... diante da primeira concorrência que enfrentava. Simplesmente não estava acostumado. A existência da nova empresa de Boston o havia – por ora – desorientado completamente. O homem virou uma criança.

Leo ia acabar saindo dessa, mas enquanto isso... *o que posso ganhar com a situação?* Barney Mayerson perguntou-se e não obteve resposta de imediato. Posso ajudar Leo... mas o que, exatamente, Leo pode fazer por mim? Essa pergunta era mais do seu agrado. Na verdade, tinha de ver a coisa dessa forma. O próprio Leo o ensinara a pensar assim, ao longo dos anos. Seu chefe não ia querer que fosse de outra forma.

Ficou sentado, meditando por algum tempo e, em seguida, conforme Leo havia orientado, voltou sua atenção para o futuro. E, enquanto fazia isso, refletiu sobre a própria convocação. Tentou ver exatamente como a situação ia se concluir.

Mas sua convocação era um assunto banal demais, uma partícula ínfima, para ser registrada nos anais públicos relevantes. Não podia esquadrinhar nenhuma manchete de homeojornal, nem ouvir noticiários... no caso de Leo, no entanto, a questão era diferente. Porque ele previu diversas matérias de destaque em homeojornais relativos a Leo e Palmer Eldritch. Tudo, claro, estava indistinto, e as alternativas apresentavam-se numa profusão caótica. Leo encontraria Eldritch. Leo não o encontraria. E... nisso ele se concentrou com toda a atenção... Leo acusado pelo assassinato de Palmer Eldritch. Santo deus, o que *isso* significava?

Significava, ele descobriu num exame mais minucioso, exatamente o que dizia a matéria. E se Leo fosse preso, julgado e condenado, isso poderia significar o fim da Ambientes P. I. enquanto empresa que pagava salários. Portanto, o término de uma carreira pela qual ele já havia sacrificado tudo na vida, o casamento e a mulher que... até hoje!... amava.

Era evidente que seria uma vantagem para ele, uma necessidade mesmo, alertar Leo. E até mesmo essa informação poderia ser transformada em vantagens.

Ligou para Leo.

– Consegui a sua notícia.

– Ótimo – Leo abriu um sorriso. O rosto rosado, longo e coroado pela crosta cerebral irradiava alívio. – Prossiga, Barney.

– Logo haverá uma situação que você pode explorar. Poderá encontrar Palmer Eldritch, não lá no hospital, mas em outro lugar. Ele será removido de Ganimedes por vontade própria. – Acrescentou com cuidado, sem querer revelar demais os dados que havia coletado. – Haverá uma desavença entre ele e a ONU. Ele os está usando agora, enquanto está incapacitado, para se proteger. Mas quando estiver bom...

– Detalhes – Leo disse logo, erguendo a cabeça, alerta.

– Tem algo de que eu gostaria em troca.

– O quê? – O rosto visivelmente evoluído de Leo escureceu.

– Em troca da minha informação sobre a data e o local exatos em que poderá chegar com êxito a Palmer Eldritch.

Entre dentes, Leo disse:

– E o que você quer, pelo amor de deus? – Encarou Barney, apreensivo. A Terapia E não o ajudara a ter tranquilidade.

– Um quarto de um por cento do seu rendimento bruto. Da Ambientes P. I. ... sem contar os rendimentos de qualquer outra fonte. – O que significava a rede de plantação em Vênus, onde a Can-D era obtida.

– Valha-me Deus – disse Leo, retomando o fôlego com dificuldade.

– E tem mais.

– O que você quer mais? Você já vai estar rico!

– Quero uma reestruturação da hierarquia dos consultores de Pré-Moda. Cada um permanecerá no posto atual, realizando suas tarefas como tem sido feito, mas com a seguinte alteração: todas as decisões serão encaminhadas para mim, para a revisão final. Darei a última ordem em relação às determinações deles. Assim, não representarei mais nenhuma região específica. Você pode entregar Nova York a Roni assim que...

– Fome de poder – disse Leo, com a voz rouca.

Barney deu de ombros. Quem se importava com o nome disso? Representava o auge de sua carreira, era o que contava. E estavam todos querendo o mesmo, inclusive Leo. Na verdade, Leo era o primeiro de todos.

– OK – disse Leo, acenando com a cabeça. – Você pode supervisionar todos os outros consultores de Pré-Moda, isso não significa nada para mim. Agora me diga como, onde e quando...

– Você pode se encontrar com Palmer Eldritch daqui a três dias. Uma das naves dele, sem identificação, partirá de Ganimedes depois de amanhã levando-o para o território de sua propriedade em

Luna. Lá, ele continuará a recuperação, mas não mais em território da ONU. Frank Santina não terá mais nenhuma autoridade nessa questão, então, pode se esquecer dele. No dia 23, em sua propriedade, Eldritch receberá repórteres e lhes passará a versão dele do que aconteceu na viagem. Estará de bom humor... pelo menos é o que será relatado. Aparentemente saudável, feliz por estar se recuperando de forma satisfatória... contará uma longa história sobre...

– Só me diga como entrar. Ainda haverá um sistema de segurança dos rapazes dele.

– A Ambientes P. I., olha só, distribui um jornal especializado quatro vezes por ano, *A Alma da Miniaturização*. A escala de atividade é tão pequena, que você, provavelmente, nem sabe que ele existe.

– Está querendo dizer que eu deveria ir como repórter de um periódico da nossa empresa? – Leo olhou-o fixamente. – Posso conseguir acesso à propriedade dele com *esse* argumento? – Pareceu ofendido. – Que droga. Eu não precisava te pagar por esse lixo de informação. Seria anunciado amanhã ou depois... se os repórteres de homeojornais estiverem lá, deverá haver divulgação.

Barney deu de ombros. Não se deu ao trabalho de responder.

– Acho que você me pegou – disse Leo. – Eu estava ansioso demais. Bem – acrescentou num tom filosófico –, talvez você possa me contar que explicação ele vai dar aos repórteres. O que ele encontrou no sistema Prox, afinal? Fala alguma coisa sobre os liquens que trouxe de lá?

– Fala. Afirma que são uma forma benigna, aprovada pelo Departamento de Controle de Narcóticos da ONU, que substituirá... – hesitou – certos derivados perigosos muito utilizados hoje e que causam dependência. E...

– E – Leo concluiu, empedernido – vai anunciar a formação de uma empresa para distribuir seu produto livre de narcóticos.

– Sim – disse Barney. – Chamado Chew-Z, com o slogan: *Saiba exigir, mastigue Chew-Z.*

– Ai, pelamordedeus!

– Foi tudo armado pelo intersistema rádio-laser há muito tempo, por meio da filha dele, com a aprovação de Santina e Lark, da ONU. Na verdade, com a aprovação do próprio Hepburn-Gilbert. Eles veem isso como uma forma de pôr um fim no comércio de Can-D.

Ficaram em silêncio.

– OK – disse Leo, com a voz rouca, após algum tempo. – É uma pena que você não tenha previsto isso alguns anos atrás, mas que se dane... você é um empregado, e ninguém lhe deu essa ordem.

Barney deu de ombros.

Com a cara fechada, Leo desligou.

É isso aí, Barney disse a si mesmo. Violei a Regra Número Um do manual de como subir na empresa: nunca diga ao seu superior algo que ele não queira ouvir. Eu me pergunto quais serão as consequências.

De repente, o vidfone voltou a ligar. Mais uma vez, a expressão carregada de Leo Bulero começou a se formar.

– Ouça, Barney. Acabo de ter uma ideia. Não vai te agradar, então, esteja prevenido.

– Estou. – Ele se preparou.

– Esqueci de contar, e não deveria ter esquecido, que falei com a srta. Fugate antes, e ela sabe de... certos eventos no futuro relacionados a mim e a Palmer Eldritch. Eventos que, de qualquer forma, caso ela se sinta incomodada – e ser supervisionada por você é algo que a incomodaria –, poderão fazer com que ela tenha um ataque e nos prejudique. Na verdade, fiquei pensando que, potencialmente, todos os meus consultores de Pré-Moda poderiam se deparar com essa informação; portanto, a ideia de serem todos inspecionados por você...

– Esses "eventos" – interrompeu Barney – têm a ver com a sua prisão pelo assassinato em primeiro grau de Palmer Eldritch, certo?

Leo resmungou, arfou e ficou olhando para ele, emburrado. Por fim, relutante, fez que sim com a cabeça.

– Não vou deixar que dê para trás no acordo que acabou de fazer comigo – disse Barney. – Você me fez certas promessas, e espero que...

– Mas – Leo choramingou – aquela menina tonta... ela é inconstante, vai correr para os policiais da ONU. Barney, estou nas mãos dela!

– Nas minhas também – ele observou calmamente.

– É, mas eu te conheço há anos. – Leo parecia estar pensando rápido, avaliando a situação por meio do que adorava chamar de seus poderes de conhecimento-evoluído-do-próximo-estágio-do-*homo-sapiens*, ou algo do tipo. – Você é meu camarada. Não faria isso que ela faria. De qualquer modo, ainda posso te oferecer a porcentagem do rendimento que você pediu. OK? – Encarou Barney com ansiedade, mas com uma determinação incrível. Estava decidido. – Podemos acertar isso, então?

– Já está acertado.

– Mas, droga, eu já disse, esqueci que...

– Se não cumprir a promessa – disse Barney –, eu me demito. E vou oferecer minha habilidade em outro lugar. – Tinha trabalhado por muito tempo para voltar atrás e ceder.

– Você? – disse Leo, descrente. – Quer dizer que não está falando só sobre ir à polícia da ONU, está falando em... mudar de lado e ficar com Palmer Eldritch?!

Barney não disse nada.

– Seu traidor duma figa – disse Leo. – Então, é isso o que acontece com a gente quando tentamos sobreviver numa situação como esta? Olha, não tenho tanta certeza se Palmer aceitaria você. Provavelmente, já tem seu pessoal de Pré-Moda fechado. E se tiver, já deve saber das notícias, que eu vou... – ele se conteve. – É, vou arriscar. Acho que você tem aquele pecado grego... como é que se chama? *Hubris*? Arrogância sem limites, como tinha Satã. Vá encontrar o seu limite, Barney. Ou melhor, faça o que quiser. Não me importa. E muito boa sorte, companheiro. Me mantenha informado sobre como vai se sair, e da próxima vez que se sentir inclinado a chantagear alguém...

Barney cortou a conexão. A tela transformou-se num cinza disforme. Cinza, pensou, como o mundo dentro de mim e à minha volta, como a realidade. Levantou-se e andou de um lado para o outro, rígido, as mãos nos bolsos da calça.

Minha melhor opção, concluiu, a esta altura – Deus me livre – seria me unir a Roni Fugate. Porque é dela que Leo tem medo, e com razão. Deve haver uma galáxia inteira de coisas que ela faria, e eu não. E Leo sabe disso.

Voltou a se sentar, tinha pedido para localizarem Roni, que finalmente foi chamada para comparecer em seu escritório.

– Oi – ela disse, animada, colorida com o vestido de seda estilo Pequim, sem sutiã. – O que foi? Tentei falar com você há um minuto, mas...

– Você realmente nunca – ele disse –, mas nunca está completamente vestida. Fecha a porta.

Ela fechou a porta.

– No entanto, para ser justo, você estava ótima na cama ontem à noite.

– Obrigada. – O rosto jovem e claro brilhou.

– Você prevê *com clareza* que nosso chefe vai assassinar Palmer Eldritch? Ou há dúvida?

Engolindo em seco, ela baixou a cabeça e murmurou:

– Você realmente transpira talento. – Sentou-se e cruzou as pernas, que estavam, ele notou, nuas. – É claro que há dúvida. Em primeiro lugar, acho uma idiotice da parte do sr. Bulero, porque, é claro, isso significa o fim da carreira dele. Os homeojornais não sabem... não saberão os motivos, então, não posso adivinhar. Seria algo monstruoso e terrível, não acha?

– O fim da carreira dele – disse Barney – e também da sua e da minha.

– Não, querido – disse Roni –, não acho. Vamos pensar um pouco. O sr. Palmer Eldritch vai substituí-lo no ramo de mínis. Não é esse o provável motivo do sr. Bulero? E isso não nos diz algo sobre a realidade econômica que está por vir? Mesmo com o sr. Eldritch morto, eu diria que a organização dele irá...

– Então, passamos a trabalhar com Eldritch e pronto?

Retorcendo o rosto para se concentrar, Roni disse, com esforço:

– Não, não quis dizer *exatamente* isso. Mas temos que ter cuidado para não perdermos com o sr. Bulero. Não podemos ser arrastados e afundar com ele... ainda tenho anos pela frente e, num grau um pouco menor, você também.

– Obrigado – ele disse com acidez.

– O que temos que fazer agora é planejar com cautela. E se precogs não forem capazes de planejar o futuro...

– Dei a Leo informações que possibilitarão um encontro entre ele e Eldritch. Já lhe ocorreu que os dois juntos podem formar uma associação? – Ele a encarou fixamente.

– Não... vejo nada disso à frente. Nenhuma matéria de homeojornal nesse sentido.

– Deus – ele disse com desprezo –, isso não vai sair nos homeojornais.

– Oh. – Contida, ela assentiu com a cabeça. – É, acho que não.

– E se acontecesse – ele disse –, não teríamos para onde ir, uma vez que teríamos deixado Leo e corrido para Eldritch. Ele conseguiria nos ter de volta e sob as condições dele. Seria melhor deixarmos o ramo de Pré-Moda de vez. – Isso era óbvio para ele, e viu, pela expressão no rosto de Roni Fugate, que era óbvio para ela também. – Se entramos em contato com Palmer Eldritch...

– "Se"? Temos que.

Barney disse:

– Não, não temos. Podemos ir levando do jeito que estamos. – Como empregados de Leo Bulero, caso ele afunde ou se erga, ou mesmo se desaparecer por completo, pensou consigo. – Vou dizer o que mais podemos fazer. Podemos falar com todos os outros consultores de Pré-Moda que trabalham para a Ambientes P. I. e formar uma associação nossa. – Era uma ideia que ele cogitava há anos. – Uma espécie de sindicato, com monopólio. Aí poderemos ditar condições para Leo e Eldritch.

– A não ser que – disse Roni – Eldritch tenha consultores de Pré-Moda próprios, claro. – Sorriu para ele. – Você não tem nenhuma ideia clara do que fazer, tem, Barney? Dá para ver. Que vergonha. E trabalha há tantos anos. – Balançou a cabeça com tristeza.

– Dá para ver por que Leo estava tão hesitante diante da ideia de se opor a você.

– Porque eu digo a verdade? – Ela ergueu as sobrancelhas. – Sim, talvez. Todo mundo tem medo da verdade. Você, por exemplo... não gosta de encarar o fato de que disse não para aquele pobre vendedor de vasos só para se vingar da mulher que...

– Cala a boca – ele disse, irado.

– Sabe como aquele vendedor de vasos provavelmente está neste momento? Contratado por Eldritch. Você fez a ele – e à sua ex-mulher – um favor. Ao passo que, se tivesse dito sim, teria vinculado o homem a uma empresa em declínio e eliminado as chances dos dois de... – Ela se calou. – Estou fazendo você se sentir mal.

Com um gesto, ele disse:

– Acontece que isso não é relevante para o assunto pelo qual a chamei aqui.

– Está certo. – Ela assentiu. – Você me chamou aqui para pensarmos numa maneira de trairmos Leo Bulero juntos.

Desnorteado, ele disse:

– Olha...

– Mas é isso. Não é capaz de agir sozinho, precisa de mim. Eu não disse que não. Calma. Mas não acho que este seja o local ou o momento para discutir isso. Vamos esperar até chegarmos ao nosso condapto. Está bem? – Ela deu um sorriso radiante, de absoluta ternura.

– Está bem – ele concordou. Ela estava certa.

– Não seria triste – disse Roni – se este seu escritório estivesse grampeado? Pode ser que o sr. Bulero fique com uma gravação de tudo o que acabamos de dizer. – O sorriso dela permaneceu, até aumentou. Ele ficava fascinado. A garota não tinha medo de ninguém e de nada na Terra ou no sistema Sol inteiro, ele se deu conta.

Queria se sentir assim também. Porque havia um problema que o perseguia, o qual não havia comentado com Leo nem com ela, embora certamente estivesse perturbando Leo também... e deveria, se ela fosse tão racional quanto parecia, a estar perturbando da mesma forma.

Ainda não havia sido confirmado se o que retornara de Prox, a pessoa ou coisa que se acidentara em Plutão, era mesmo Palmer Eldritch.

5

Financeiramente aliviado pelo contrato com o pessoal da Chew-Z, Richard Hnatt ligou para algumas das clínicas de Terapia E do dr. Willy Denkmal nas Alemanhas. Escolheu a clínica central, em Munique, e começou a fazer planos para ele e Emily.

Agora estou com os grandes, disse a si mesmo, enquanto aguardava, com Emily, no saguão sofisticado, decorado com pele de gnoff. O dr. Denkmal, como era de costume, propôs fazer pessoalmente uma entrevista com os dois, embora, é claro, a terapia em si fosse conduzida pelos membros de sua equipe.

– Isso me deixa nervosa – sussurrou Emily. Estava com uma revista no colo, mas não conseguia ler. – É tão... artificial.

– Nossa – Hnatt disse com veemência –, é exatamente o que não é. É uma aceleração do processo evolutivo *natural* que já ocorre o tempo todo, mas geralmente é tão lento que não percebemos. Por exemplo, os nossos ancestrais das cavernas. Eram cobertos de pelos, não tinham queixo e tinham uma região frontal, em termos cerebrais, muito limitada. E tinham molares enormes e unidos para mastigar sementes cruas.

– OK – disse Emily, assentindo com a cabeça.

– Quanto mais longe ficarmos deles, melhor. De todo jeito, evoluíram para sobreviver na Era do Gelo. Nós evoluímos até a Era do Fogo, exatamente o contrário. Então, precisamos daquele tipo de pele quitinoso, daquela crosta e do metabolismo alterado que nos permite dormir ao meio-dia, e também da ventilação aperfeiçoada e o...

Do consultório saiu o dr. Denkmal, pequeno, no estilo rechonchudo da classe média alemã, de cabelos brancos e bigode a la Albert Schweitzer. Com ele, vinha outro homem, e Richard Hnatt viu, pela primeira vez em close, os efeitos da Terapia E. E não era como ver fotos nas colunas sociais do homeojornal. Nem um pouco.

A cabeça do homem fez Hnatt lembrar-se de uma fotografia que havia visto num livro didático. Na legenda da foto estava escrito *hidrocefálico*. O mesmo alargamento acima da linha da testa. Tinha o formato claramente abobadado e uma estranha aparência de fragilidade. Logo entendeu por que essas pessoas abastadas que tinham evoluído eram chamadas popularmente de *cabeças de bolha*. Parece prestes a estourar, pensou, impressionado. E... a crosta gigantesca. O cabelo havia dado lugar ao padrão mais escuro e uniforme da concha quitinosa. Cabeça de bolha? Parecia mais um coco.

– Sr. Hnatt – o dr. Denkmal disse a Richard Hnatt e fez uma pausa. – E Frau Hnatt também. Estarei com os senhores num instante. – Virou-se para o homem ao seu lado. – Foi apenas por sorte que conseguimos encaixar o senhor hoje, sr. Bulero, tão de última hora. De todo modo, não perdeu nem um pouco do que conquistou. Na verdade, ganhou.

Mas o sr. Bulero encarava Richard Hnatt fixamente.

– Já ouvi seu nome antes. Ah, sim. Felix Blau mencionou-o. – Seus olhos extremamente inteligentes ficaram sombrios, e ele disse: – Assinou recentemente um contrato com uma firma de Boston chamada... – O rosto alongado, distorcido como que por um espelho permanente com defeito ótico, retorceu-se. – Fabricantes de Chew-Z?

– V-vá se danar – Hnatt gaguejou. – Seu consultor de Pré-Moda nos rejeitou.

Leo Bulero encarou-o, depois deu de ombros e voltou-se para o dr. Denkmal.

– Nos vemos daqui a duas semanas.

– Duas?! Mas... – Denkmal fez um gesto de protesto.

– Na semana que vem eu não posso, estarei fora da Terra de novo. – Mais uma vez, Bulero encarou Richard e Emily Hnatt, demoradamente, depois se retirou a passos largos.

Vendo-o sair, o dr. Denkmal disse:

– Muito evoluído, esse homem. Tanto física quanto espiritualmente. – Voltou-se para os Hnatt. – Bem-vindos à Clínica Eichenwald. – E abriu um sorriso.

– Obrigada – disse Emily, nervosa. – Vai... doer?

– A nossa terapia? – O dr. Denkmal deu um riso contido, divertindo-se. – Nem um pouco, embora possa causar choque, no sentido figurado, no início. Uma vez que você passa por um crescimento da região cortical. Muitos conceitos novos e excitantes ocorrerão em sua mente, em especial de natureza religiosa. Ah, se Lutero e Erasmo estivessem vivos hoje... Suas controvérsias poderiam ser resolvidas com tanta facilidade agora, por meio da Terapia E. Ambos usariam a verdade, uma vez que *zum Beiszspiel* diz respeito à transubstanciação, assim, o *Blunt und...* – interrompeu-se com uma tosse. – Quero dizer, sangue e hóstia. Assim, na Missa. É muito parecido com os consumidores de Can-D, notaram a afinidade? Mas venham, vamos começar. – Deu um tapa nas costas de Richard Hnatt e levou os dois até o consultório, examinando Emily com o que pareceu a Richard um olhar muito pouco espiritual, cobiçoso.

Depararam-se com uma câmara gigante de dispositivos científicos e duas mesas de dr. Frankenstein, completas, com correias para braços e pernas. Diante da visão, Emily soltou um gemido e recuou.

– Nada a temer, Frau Hnatt. Como o choque eletroconvulsivo, causa certas reações musculares. Reflexos, sabe? – Denkmal deu uma risadinha. – Agora vocês têm que, bem, tirar a roupa. Cada um sozinho, claro. Depois, vestir aventais e *auskommen...* entendem? Terão o auxílio de uma enfermeira. Já estamos com as suas fichas médicas da Nord Amerika, conhecemos seus históricos.

Ambos bastante saudáveis, vigorosos, bons Nord Amerikanische. – Levou Richard Hnatt a uma sala menor, isolada por uma cortina. Deixou-o ali e voltou a Emily. Na sala contígua, Richard ouviu o dr. Denkmal conversar com Emily num tom tranquilizador, mas impositivo. A combinação pareceu um pouco teatral, e Hnatt sentiu ciúme, desconfiança e, em seguida, contrariedade. Não era muito como havia imaginado, o estilo não era grandioso o suficiente para o seu gosto.

No entanto, Leo Bulero havia saído daquele consultório, o que era uma prova de que o sucesso era autêntico. Bulero jamais se contentaria com pouco.

Animado, começou a se despir.

Em algum lugar fora da sua visão, Emily soltou um gritinho agudo.

Ele voltou a se vestir e saiu da sala contígua, nervoso e preocupado. Porém, encontrou o dr. Denkmal sentado à mesa, lendo as fichas médicas de Emily. Notou que ela estava fora, com uma enfermeira; então, estava tudo bem.

Nossa, pensou, estou tenso mesmo. Entrou de novo na salinha e voltou a tirar a roupa. As mãos, percebeu, estavam tremendo.

Logo, estava deitado, preso nas correias de uma das duas mesas; Emily, em condições semelhantes, ao seu lado. Ela também parecia assustada, estava muito pálida e quieta.

– Suas glândulas – explicou o dr. Denkmal, esfregando as mãos com ânimo e observando Emily com um ar de atrevimento –, serão estimuladas por isto, especialmente a Glândula de Kresy, que controla o grau de evolução, *nich Wahr*? Sim, você sabe isso, toda criança na escola sabe. Agora ensinam o que descobrimos aqui. Hoje, o que notarão não será o crescimento da concha quitinosa ou do escudo cerebral, nem a perda de unhas das mãos e dos pés. Não sabiam disso, aposto! Mas apenas uma leve, mas muito, muito importante mudança no lobo frontal... Será uma experiência ardente. Isso foi um trocadilho, entenderam? Vai arder em vocês, e será uma mudança intensa.

Mais uma vez, deu risada. Richard Hnatt ficou deprimido. Estava esperando feito um animal amarrado pelas quatro patas, sem saber ao certo o que fariam com ele. Bela maneira de se fazer contato profissional, disse a si mesmo, arrependido, e fechou os olhos.

Um atendente surgiu ao seu lado, de aparência loira, nórdica e nada inteligente.

– Tocamos *Musik* relaxante – disse o dr. Denkmal, apertando um botão. Um som multifônico, vindo de todos os cantos da sala, espalhou uma versão orquestral insípida de alguma ópera italiana, Puccini ou Verdi, Hnatt não sabia. – Agora *höre*, Herr Hnatt. – Denkmal curvou-se ao lado dele, subitamente sério. – Quero que entenda, de vez em quando, nesta terapia... como se diz? *A bala sai pelo outro lado do cano.*

– O tiro sai pela culatra – disse Hnatt, irritado. Já esperava por isso.

– Mas, na maior parte das vezes, somos bem-sucedidos. Isto, Herr Hnatt, é o que infelizmente acontece quando o tiro sai pela culatra: em vez de evoluir, a Glândula de Kresy é muito estimulada a... regredir. Está correto no seu idioma?

– Sim – resmungou Hnatt. – Regride quanto?

– Só um bocado. Mas pode ser desagradável. Notaríamos rápido, claro, e interromperíamos a terapia. E isso, em geral, faz a regressão parar. Mas... nem sempre. Às vezes, uma vez que a Glândula de Kresy é estimulada a... – Gesticulou. – Ela continua. Devo lhe dizer isso, caso você tenha receios. Certo?

– Vou arriscar – disse Richard Hnatt. – Acho. Todos arriscam, não? OK, vá em frente. – Virou o rosto, com dificuldade, e viu Emily, ainda mais pálida, assentindo de modo quase imperceptível, com o olhar vidrado.

O que provavelmente acontecerá, ele pensou, fatalista, é que um de nós dois evoluirá – provavelmente Emily – e o outro, eu, regredirá até o *sinanthropus*. De volta aos molares unidos, cérebro minúsculo, pernas curvadas e tendências canibalísticas. Vai ser um inferno fazer vendas desse jeito.

O dr. Denkmal empurrou um interruptor, assobiando feliz junto com a ópera.

E a Terapia E dos Hnatt havia começado.

Ele parecia sentir uma perda de peso, nada mais; pelo menos, não de início. Em seguida, a cabeça doeu como se um martelo batesse nela. Com a dor, veio, quase instantaneamente, uma compreensão nova e aguda. Ele e Emily estavam correndo um risco terrível, e não era justo com ela submetê-la a isso só para favorecer as vendas. Era óbvio que ela não queria aquilo. E se ela regredisse apenas a ponto de perder o talento com cerâmicas? Os dois estariam perdidos. A carreira dele dependia de Emily permanecer uma das melhores ceramistas do planeta.

– Pare – ele disse em voz alta, mas o som pareceu não sair. Ele não se ouviu, embora o aparelho fonador parecesse funcionar. Sentiu as palavras na garganta. Então, percebeu. Estava evoluindo, estava dando certo. O insight foi devido à mudança no metabolismo do cérebro. Se Emily estivesse bem, tudo estaria bem.

Também notou que o dr. Willy Denkmal era um pseudocharlatão de segunda, que todo o seu negócio se aproveitava da vaidade de mortais lutando para se tornar mais do que estavam habilitados a ser, e de um modo puramente mundano e transitório. Que se danassem as vendas, os contratos. Qual a importância disso em comparação com a possibilidade de evolução do cérebro humano a ordens inteiramente novas de concepção? Por exemplo...

Abaixo, havia o mundo sepulcral, o mundo imutável da causa e efeito, a esfera do demoníaco. No meio, estendia-se a camada do humano, mas, a qualquer instante, o homem poderia cair – descer como se afundasse – na camada infernal abaixo. Ou poderia ascender ao mundo etéreo acima, que constituía a terceira das camadas triplas. Sempre, no nível médio do humano, havia o risco de afundar. No entanto, a possibilidade de ascender estava diante dele. Qualquer aspecto ou sequência da realidade *poderia resultar numa das duas possibilidades,* a qualquer instante. Inferno e Céu, não após a morte, mas agora! Depressão e todas as doenças mentais eram a queda. E o outro lado... como era alcançado?

Por meio da empatia. Compreender o outro, não de fora, mas pelo interior. Por exemplo: alguma vez ele já havia olhado para os vasos de Emily como algo além de mercadorias para as quais existia um mercado? Não. O que eu deveria ter visto neles, ele se deu conta, é a intenção artística, o espírito que Emily revela de forma intrínseca.

E aquele contrato com os Fabricantes de Chew-Z, ele percebeu. Assinei-o sem consultá-la... Até que ponto pode ir a falta de ética? Eu a prendi a uma empresa a qual ela pode não querer como miniaturizadora de seus produtos... Não temos nenhum conhecimento do valor dos ambientes deles. Podem ser inferiores. Abaixo do padrão. Mas é tarde demais agora. O inferno está cheio de julgamentos tardios. E eles podem estar envolvidos na produção ilegal de uma droga de tradução. Isso explicaria o nome Chew-Z... corresponderia a Can-D. Mas... o fato de terem escolhido esse nome sugere claramente que não têm nada ilegal em mente.

Com uma intuição relâmpago, ele compreendeu. Alguém havia encontrado uma droga de tradução que satisfaz a agência de narcóticos da ONU. Essa agência já teria aprovado a Chew-Z, com permissão para sua distribuição no mercado aberto. Então, pela primeira vez, uma droga de tradução estaria disponível numa Terra totalmente policiada, e não apenas nas colônias remotas e sem controle.

E isso significava que os ambientes de Chew-Z – diferentemente dos de Pat Insolente – poderiam ser comercializados na Terra, junto com a droga. E à medida que o clima piorava ao longo dos anos, e o planeta tornava-se um lugar cada vez mais hostil, os ambientes venderiam mais rápido. O mercado que Leo Bulero controlava era desprezivelmente escasso em comparação ao que se abriria por fim – mas não ainda – diante dos Fabricantes de Chew-Z.

Então, no fim das contas, ele havia assinado um bom contrato. E... não era de admirar que a Chew-Z tivesse lhe pagado tão bem.

Era uma empresa grande, com grandes planos. Tinha, é claro, o suporte de um capital ilimitado.

E onde obteriam um capital ilimitado? Em nenhum lugar na Terra, intuiu isso também. Provavelmente de Palmer Eldritch, que havia retornado ao sistema Sol depois de uma união econômica com os proximanos. Eram eles que estavam por trás da Chew-Z. Então, em nome da oportunidade de arruinar Leo Bulero, a ONU estava permitindo que uma raça de fora do sistema Sol iniciasse atividades no sistema.

Era uma troca ruim, talvez até terminal.

Quando se deu conta, o dr. Denkmal estava lhe dando tapas para despertá-lo.

– Como está indo? – indagou Denkmal, observando-o. – Preocupações amplas, incluindo tudo?

– S-sim – ele disse, e conseguiu se sentar. Estava solto das correias.

– Então, não temos nada a temer – o dr. Denkmal disse e abriu um sorriso, os bigode branco estremecendo feito antenas. – Agora vamos verificar Frau Hnatt. – Uma assistente já estava soltando as correias dela. Emily sentou-se, grogue, e bocejou. O dr. Denkmal pareceu nervoso. – Como se sente, Frau?

– Bem – murmurou Emily. – Tive todo tipo de ideias para vasos. Uma atrás da outra. – Olhou timidamente para ele, primeiro, e depois para Richard. – Isso significa alguma coisa?

– Papel – disse o dr. Denkmal, pegando um bloco. – Caneta. – Entregou-os a Emily. – Registre suas ideias, Frau.

Tremendo, Emily rascunhou suas ideias para vasos. Parecia ter dificuldade para controlar a caneta, Hnatt notou. Mas isso deveria passar.

– Ótimo – disse Denkmal, quando ela terminou. Mostrou os esboços a Richard Hnatt. – Atividade cefálica altamente organizada. Inventividade superior, certo?   Os desenhos de vasos certamente eram bons, brilhantes até. Ainda assim, Hnatt sentiu que havia algo errado. Algo nos esboços. Mas foi só depois que deixaram a clínica, sob a cortina antitérmica do lado de fora do prédio, esperando o táxi jato expresso pousar, que ele percebeu o que era.

As ideias eram boas... mas Emily já as havia executado. Anos antes, quando desenhou os primeiros vasos apropriados para a venda: ela havia lhe mostrado os esboços e, depois, os próprios vasos, antes mesmo de se casarem. Ela não se lembrava disso? Era óbvio que não.

Perguntou-se por que ela não lembraria e o que isso significava. Ficou profundamente apreensivo.

Mas tinha estado continuamente apreensivo desde que recebeu o primeiro tratamento da Terapia E, primeiro quanto ao estado da humanidade e do sistema Sol em geral, e agora em relação à esposa. Talvez fosse apenas um sinal do que Denkmal chamara de "atividade cefálica altamente organizada", pensou consigo. Estimulação do mecanismo cerebral.

Ou... talvez não.

Ao chegar a Luna, segurando firme a credencial oficial de imprensa do jornal interno da Ambientes P. I., Leo Bulero encontrava-se espremido no meio de um grupo barulhento de repórteres de homeojornais, percorrendo a superfície cinzenta da lua num trator de superfície, rumo à propriedade de Palmer Eldritch.

– Sua credencial, senhor? – um guarda armado, mas sem o uniforme da ONU, gritou, quando ele se preparava para sair no estacionamento da propriedade. Nisso, Leo Bulero foi sendo pressionado na porta do trator enquanto, atrás dele, os repórteres de homeojornais legítimos movimentavam-se e reclamavam, impacientes, querendo descer. – Sr. Bulero – o guarda disse, sem pressa, e devolveu a identificação. – O sr. Eldritch espera por você. Venha por aqui.

Ele foi substituído de imediato por outro guarda, que começou a checar a identidade dos repórteres, um por um.

Nervoso, Leo Bulero acompanhou o primeiro guarda pelo tubo de ar pressurizado e aquecido a uma temperatura confortável até a propriedade.

À frente dele, bloqueando a passagem no tubo, surgiu outro guarda com uniforme da equipe de Palmer Eldritch. Ergueu o braço e apontou algo pequeno e brilhante para Leo Bulero.

– Ei – Leo protestou de leve, parando no meio do caminho. Girou, abaixou a cabeça e recuou alguns passos, cambaleando.

O raio, de uma variedade da qual ele nada conhecia, tocou-o, e ele caiu para a frente, abrindo os braços na tentativa de impedir a queda.

Quando recobrou a consciência, estava absurdamente atado a uma cadeira numa sala insípida. A cabeça zunia, e ele olhou ao redor com a visão turva, mas viu apenas uma mesinha no centro da sala, com um aparelho eletrônico em cima.

– Me tirem daqui – ele falou.

Na mesma hora, o aparelho eletrônico disse:

– Bom dia, sr. Bulero. Sou Palmer Eldritch. Soube que queria me ver.

– Esta é uma conduta desumana– disse Bulero. – Me fazer desmaiar e depois me amarrar deste jeito.

– Pegue um charuto. – O aparelho eletrônico projetou uma extensão que segurava um longo charuto verde. A ponta do charuto acendeu num sopro, e o pseudópode alongado ofereceu-o a Leo. – Trouxe dez caixas disso de Prox, mas só uma resistiu ao acidente. Não é tabaco, é superior ao tabaco. O que é, Leo? O que você queria?

– Você está dentro dessa coisa aí, Eldritch? Ou está em algum outro lugar, falando através dela?

– Contente-se com isso – disse a voz saída do dispositivo de metal sobre a mesa. Ainda estendia o charuto aceso. Em seguida, recolheu-o, apagou-o e jogou o que restou dentro de si mesmo. – Gostaria de ver os slides coloridos da minha viagem ao sistema Prox?

– Está de brincadeira.

– Não – disse Palmer Eldritch. – Você terá uma ideia do que eu andei enfrentando por lá. São slides em time-lapse 3-D, muito bons.

– Não, obrigado.

Eldritch disse:

– Encontramos um dardo embutido na sua língua. Foi removido. Mas pode ser que você tenha algo mais, pelo menos é o que suspeitamos.

– Está me dando muito crédito – disse Leo. – Mais do que eu deveria receber.

– Nos quatro anos em Prox, aprendi muito. Seis anos em trânsito, quatro residindo. Os proximanos vão invadir a Terra.

– Você está me enrolando – disse Leo.

– Consigo entender sua reação. A ONU, especialmente Hepburn-Gilbert, reagiu da mesma forma. Mas é verdade... não no sentido convencional, claro, mas de um modo mais profundo, irregular, que não entendo exatamente, muito embora tenha ficado entre eles por tanto tempo. Pode ter a ver com o aquecimento da Terra, até onde sei. Ou pode vir coisa pior.

– Vamos falar sobre aquele líquen que você trouxe.

– Eu o obtive ilegalmente. Os proximanos não souberam que eu peguei. Eles mesmos o usam, em orgias religiosas. Tal como os nossos índios faziam uso de mescal e peyote. Era por isso que queria falar comigo?

– Claro. Você está interferindo nos meus negócios. Sei que já montou uma organização, não foi? Que se dane essa história de proximanos invadindo nosso sistema. É com você que estou irritado, com o que está fazendo. Não pode pensar em outro ramo para entrar que não o de mínis para ambientes?

A sala explodiu no seu rosto. Uma luz branca desceu, encobrindo-o, e ele fechou os olhos. Deus, pensou. Não acredito mesmo nessa história dos proximanos. Ele só está tentando desviar nossa atenção daquilo que está tramando. Ou seja, é uma estratégia.

Abriu os olhos e se viu sentado num barranco gramado. Ao seu lado, uma garotinha brincava com um ioiô.

– Esse brinquedo – disse Leo Bulero – é comum no sistema Prox.

Seus braços e pernas, ele descobriu, estavam soltos. Levantou-se com movimentos rígidos e mexeu os membros.

– Qual o seu nome? – ele perguntou.

A garotinha disse:

– Mônica.

– Os proximanos – disse Leo –, ou pelo menos os de tipo humanoide, usam perucas e dentaduras.

Ele segurou um tufo dos cabelos loiros e brilhantes da criança e puxou.

– Ai – protestou a menina. – Você é malvado.

Ele a soltou, e ela recuou, ainda brincando com o ioiô, e encarou-o com um ar provocador.

– Desculpe – ele disse. O cabelo era real. Talvez ele não estivesse no sistema Prox. De todo modo, onde quer que estivesse, Palmer Eldritch estava tentando lhe dizer algo. – Vocês estão planejando invadir a Terra? – perguntou à menina. – Quer dizer, você não parece estar. – Será que Eldritch poderia ter entendido errado?, ele se perguntou. Entendido mal os proximanos? Afinal, pelo que sabia, Palmer não tinha evoluído, não possuía a compreensão expandida e poderosa resultante da Terapia E.

– Meu ioiô – disse a criança – é mágico. Posso fazer o que quiser com ele. O que vou fazer? Diga você. Você parece ser um homem bondoso.

– Me leve ao seu líder – disse Leo. – É uma piada velha, você não iria entender. Tem um século. – Olhou à sua volta e não viu nenhum sinal de habitação, apenas a planície gramada. Fresco demais para ser a Terra, notou. Acima, o céu azul. Ótimo ar, pensou. Denso. – Você sente pena de mim porque Palmer Eldritch vai se intrometer nos meus negócios, e, se o fizer, estarei arruinado? Terei que fazer uma espécie de acordo com ele. – Parece que matá-lo está fora de cogitação agora, disse a si mesmo, mal-humorado. – Mas não consigo pensar em nenhum acordo que ele aceitaria. Ele parece estar com todas as cartas na mão. Veja, por exemplo, como me fez vir parar aqui, e nem sei que lugar é este.

Não que isso importasse, pensou. Porque, onde quer que esteja, é um lugar controlado por Eldritch.

– Cartas – disse a menina. – Tenho um baralho na minha mala.

Ele não viu mala alguma.

– Onde?

Ajoelhada, a menina tocou alguns pontos do gramado. De repente, um trecho deslizou, recuando suavemente. Ela pôs a mão dentro da cavidade e retirou uma mala.

– Eu a deixo escondida – explicou. – Dos patrocinadores.

– O que significa isso, esses "patrocinadores"?

– Bom, para ficar aqui, é preciso ter um patrocinador. Todos nós temos. Acho que eles pagam por tudo, até ficarmos bem, aí vamos para casa, quando temos casa. – Sentou-se ao lado da mala e abriu-a... ou, pelo menos, tentou. O fecho não respondeu. – Droga – ela disse. – Mala errada. Esta é o dr. Smile.

– O psiquiatra? – perguntou Leo, alerta. – De um daqueles condaptos grandes? Está funcionando? Ligue-o.

Obediente, a menina ligou o psiquiatra.

– Olá, Mônica – disse a mala, com um som metálico. – Olá para você também, sr. Bulero. – Pronunciou o nome dele errado, com acento na última sílaba. – O que está fazendo aqui, senhor? É velho demais para estar aqui. He, he. Ou regrediu, devido à chamada Terapia E inadequada rggggg *click!* – A mala fez um zumbido de agitação. – Terapia em Munique? – concluiu.

– Eu me sinto muito bem – garantiu Leo. – Escuta, Smile, quem você conhece que eu conheça, que pode me tirar daqui? Diga o nome de alguém, qualquer um. Não posso mais ficar aqui, entendeu?

– Conheço um tal de sr. Bayerson – disse o dr. Smile. – Na verdade, estou com ele neste exato momento, por meio de uma extensão portátil, claro, bem no escritório dele.

– Não conheço ninguém chamado Bayerson – disse Leo. – Que lugar é este? Certamente algum tipo de campo de repouso para crianças doentes ou crianças pobres, ou alguma droga assim. Achei que fosse talvez o sistema Prox, mas se você está aqui, então, obviamente não é. Bayerson. – Ele se deu conta, então. – Caramba, você quer dizer Mayerson. Barney. Da Ambientes P. I.

– Sim, é isso – disse o dr. Smile.

– Entre em contato com ele – disse Leo. – Diga para falar com Felix Blau imediatamente, daquela Agência de Polícia Triplaneta, ou como quer que se chamem. Diga para ele pedir uma investigação a Blau, para descobrir exatamente onde estou e enviar uma nave para cá. Entendeu?

– Está bem – disse o dr. Smile. – Falarei com o sr. Mayerson agora mesmo. Ele está deliberando com a srta. Fugate, sua assistente, que também é amante e que hoje está usando... hmm. Estão falando sobre você neste exato momento. Mas é claro que não posso relatar o que estão dizendo. Regra da profissão médica, você deve saber. Ela está usando...

– Está bem, quem se importa?! – disse Leo, irritado.

– Com licença, só um minuto – disse a mala. – Enquanto me desconecto. – Pareceu ressentida. E, depois, houve silêncio.

– Tenho más notícias para você – disse a criança.

– O que foi?

– Eu estava brincando. Na verdade, esse não era o dr. Smile. É só um faz de conta, para não sentirmos solidão. Está vivo, mas não está conectado com ninguém fora de si. É o que chamam de estar ligado de forma intrínseca.

Ele sabia o que isso significava, o aparelho estava contido em si mesmo. Mas, então, como poderia saber de Barney e da srta. Fugate, até em termos de detalhes sobre a vida pessoal? Inclusive o que ela estava vestindo? A criança não estava dizendo a verdade, era óbvio.

– Quem é você? – ele perguntou – Mônica de quê? Quero saber seu nome completo.

Algo nela era familiar.

– Voltei – anunciou a mala, de repente. – Bem, sr. Bulero... – De novo, a pronúncia incorreta. – Discuti seu dilema com o sr. Mayerson, e ele entrará em contato com Felix Blau, como você pediu. O sr. Mayerson acha que se lembra de ter lido num homeojornal sobre um campo da ONU parecido com o que você está vivenciando, em algum lugar na região de Saturno, para crianças com deficiência mental. Talvez...

– Caramba – disse Leo –, essa menina não é deficiente.

No mínimo, era precoce. Não fazia sentido. Mas o que fazia sentido era a constatação de que Palmer Eldritch queria alguma coisa dele. Não era apenas uma questão de demonstrar a verdade. Era uma questão de intimidá-lo.

No horizonte, surgiu uma silhueta, imensa e cinza, inflando-se à medida que corria a uma velocidade incrível na direção deles. Tinha bigodes espetados, repulsivos.

– É um rato – disse Mônica, calmamente.

– Grande assim? – Em nenhum lugar do sistema Sol, em nenhuma das luas ou planetas, existia uma criatura tão enorme, selvagem. – O que vai fazer com a gente? – perguntou, sem entender por que ela não estava com medo.

– Ah – disse Mônica –, suponho que vá nos matar.

– E isso não te assusta? – Ouviu a própria voz virar um grito agudo. – Quer dizer, você quer morrer assim, e agora? Devorada por uma ratazana do tamanho de...

Pegou a garota com uma mão, catou o dr. Smile com a outra e começou a fugir do rato com dificuldade.

O rato os alcançou, passou por eles e foi embora. A silhueta foi diminuindo até finalmente desaparecer.

A menina prendeu o riso.

– Ele assustou você. Eu sabia que não ia nos ver. Não conseguem, são cegos para nós aqui.

– São?

Ele soube, então, onde estavam. Felix Blau não o encontraria. Ninguém o encontraria, mesmo que não parassem de procurar.

Eldritch havia lhe aplicado uma injeção intravenosa de uma droga de tradução, sem dúvida, Chew-Z. Esse lugar era um mundo inexistente, análogo à "Terra" irreal para a qual os colonizadores traduzidos iam quando mastigavam o produto dele, a Can-D.

E o rato, ao contrário de todo o resto, era genuíno. Ao contrário deles... Ele e essa menina tampouco eram reais. Pelo menos, não ali. Em algum lugar, seus corpos vazios e silenciosos pendiam feito sacos, por agora separados dos conteúdos cerebrais. Sem dúvida, seus corpos estavam na propriedade lunar de Palmer Eldritch.

– Você é Zoe – ele disse. – Não é? É assim que você queria ser, uma criancinha de novo, por volta dos oito anos. Certo? De longos cabelos loiros.

Até mesmo, ele se deu conta, com outro nome.

Tensa, a menina disse:

– Não existe ninguém chamada Zoe.

– Ninguém a não ser você. Seu pai é Palmer Eldritch, certo?

Com grande relutância, a criança assentiu com a cabeça.

– Este é um lugar especial para você? Ao qual vem com frequência?

– Este lugar é *meu* – disse a menina. – Ninguém vem aqui sem a minha permissão.

– Por que me deixou vir, então?

Sabia que ela não gostava dele. Não tinha gostado desde o início.

– Porque achamos que talvez você possa deter os proximanos no que quer que estejam fazendo.

– De novo isso – ele disse, simplesmente não acreditando nela. – Seu pai...

– Meu pai – disse a criança – está tentando nos salvar. Ele não queria trazer Chew-Z, eles o forçaram. Chew-Z é o agente por meio do qual nós seremos entregues a eles. Percebe?

– Como?

– Porque eles controlam certas áreas. Como esta, para onde você vai quando mastiga Chew-z.

– Você não parece estar sob o controle de nenhum alienígena. Veja o que está me dizendo.

– Mas estarei – disse a menina, acenando seriamente com a cabeça. – Em breve. Assim como meu pai está agora. Deram-na para ele em Prox. Ele está tomando há anos. É tarde demais para ele, e ele sabe disso.

– Me prove tudo isso – disse Leo. – Ou melhor, prove qualquer parte disso, uma que seja. Me dê algo verdadeiro de onde partir.

A mala, que ele ainda segurava, disse:

– O que Mônica está dizendo é verdade, sr. Bulero.

– Como você sabe? – ele perguntou, irritado com a mala.

– Porque – respondeu a mala – também estou sob a influência de Prox. É por isso que eu...

– Você não fez nada – disse Leo. Colocou a mala no chão. – Maldita Chew-z – disse aos dois, à mala e à menina. – Deixou tudo confuso. Não sei que diabos está acontecendo. Você não é Zoe... nem sequer sabe quem ela é. E você... não é o dr. Smile, não ligou para Barney, e ele não estava conversando com Roni Fugate. É tudo uma alucinação induzida pela droga. São os meus próprios temores em relação a Palmer Eldritch projetados por mim, essa bobagem sobre ele estar sob a influência de Prox, e você também. Quem já ouviu falar de uma mala sendo dominada pelas mentes de um sistema estelar alienígena?

Extremamente indignado, ele se afastou dos dois.

Sei o que está acontecendo, percebeu. Este é o modo de Palmer Eldritch ganhar o domínio da minha mente. É uma forma do que chamavam de lavagem cerebral. Ele está me deixando aterrorizado. Medindo seus passos com cuidado, seguiu sem olhar para trás.

Foi um erro quase fatal. Alguma coisa – que ele avistou na extremidade do seu campo de visão – lançou-se contra as suas pernas. Ele pulou para o lado e a coisa passou por ele, dando a volta de imediato; ao retomar a orientação, pegou-o novamente, fazendo-o de presa.

– Os ratos não conseguem vê-lo – gritou a menina –, mas os glucks conseguem! É melhor correr!

Sem enxergar com clareza – já tinha visto o suficiente –, ele correu.

E o que tinha visto não poderia ser culpa da Chew-Z. Porque não era uma ilusão, não era um artifício de Palmer Eldritch para amedrontá-lo. O gluck, ou o que quer que fosse, não tinha origem na Terra, nem em uma mente terrana.

Atrás dele, sem a mala, a menina correu também.

– E eu? – o dr. Smile gritou, aflito.

Ninguém voltou para pegá-lo.

Na vidtela, a imagem de Felix Blau disse:

– Processei o material que me deu, sr. Mayerson. A conclusão é que seu empregador, o sr. Bulero – que também é meu cliente – encontra-se, no momento, num pequeno satélite artificial que orbita a Terra, legalmente intitulado Sigma 14-B. Consultei os registros de propriedade, e parece pertencer a um fabricante de combustível de foguetes em St. George, Utah. – Consultou os papéis diante dele. – Robard Lethane Sales. Lethane é o nome comercial da marca e parece pertencer a Fabricantes de...

– OK – disse Barney Mayerson. – Entrarei em contato com eles.

Como, em nome de Deus, Leo Bulero tinha ido parar *lá*?

– Existe mais um item de possível interesse. Robard Lethane Sales estabeleceu sua empresa quatro anos atrás, no mesmo dia e mês em que a Fabricantes de Chew-Z de Boston foi fundada. Parece mais que mera coincidência, para mim.

– E quanto à retirada de Leo do satélite?

– Você poderia dar entrada num mandado de segurança para as Cortes, exigindo...

– Muito demorado – disse Barney. Sentiu uma responsabilidade profunda e ruim pelo que havia acontecido. Ficou evidente que Palmer Eldritch armou a coletiva com os repórteres como um pretexto para atrair Leo até a propriedade lunar; e ele, o precog Barney Mayerson, o homem que podia ver o futuro, tinha sido enganado e habilidosamente feito a sua parte para que Leo comparecesse.

Felix Blau disse:

– Posso lhe fornecer cerca de cem homens, de diversos escritórios da minha organização. E você deve ser capaz de conseguir mais cinquenta da Ambientes P. I. Poderia tentar cercar o satélite.

– E encontrá-lo morto.

– Verdade. – Blau pareceu aborrecido. – Bom, você poderia recorrer a Hepburn-Gilbert e solicitar assistência da ONU. Ou tentar entrar em contato... mas isso seria ainda mais arriscado... em contato com Palmer Eldritch ou o que quer que esteja tomando seu lugar, e lidar diretamente com a *coisa*. Ver se consegue negociar a volta de Leo.

Barney cortou a ligação. Discou de imediato o código para linhas extraplanetárias e disse:

– Quero falar com Palmer Eldritch em Luna. É uma emergência. Gostaria que se apressasse, senhorita.

Enquanto esperava a ligação ser completada, Roni Fugate disse do outro lado do escritório:

– Parece que não teremos tempo de passar para o lado de Eldritch.

– Parece mesmo.

Tudo tinha sido feito com tanta facilidade. Eldritch tinha deixado tudo por conta do adversário. E nós também, pensou, Roni e eu. Ele provavelmente vai nos pegar do mesmo jeito. Na verdade, Eldritch poderia estar até esperando nosso voo para o satélite. Isso explicaria por que liberou o dr. Smile para Leo.

– Eu me pergunto – disse Roni, brincando com o fecho da blusa – se deveríamos trabalhar para um homem tão esperto. Se é que é um homem. Me parece cada vez mais que não é Palmer que voltou, mas um deles. Acho que teremos que aceitar isso. Agora podemos esperar que a Chew-Z invada o mercado. Com sanção da ONU. – O tom era amargo. – E Leo, que pelo menos é um de nós e só quer ganhar algumas peles, estará morto ou longe daqui...

Ela olhava fixamente adiante, furiosa.

– Patriotismo – disse Barney.

– Autopreservação. Não quero acordar um dia e me ver mastigando a coisa, fazendo o que se faz quando se mastiga isso em vez de Can-D. Indo... com certeza, não para a terra de Pat Insolente.

A vidfonista disse:

– Estou com a srta. Zoe Eldritch na linha, senhor. Deseja falar com ela?

– OK – disse Barney, conformado.

Uma mulher vestida de forma elegante, olhar penetrante e cabelos cheios, puxados para trás num coque, olhava para ele na tela em miniatura.

– Sim?

– Sou Mayerson, da Ambientes P. I. O que temos que fazer para ter Leo Bulero de volta? – Esperou. Nenhuma resposta. – Sabe do que estou falando, não sabe?

No mesmo instante, ela disse:

– O sr. Bulero chegou aqui na propriedade e adoeceu. Está em repouso em nossa enfermaria. Quando estiver melhor...

– Posso enviar um médico oficial da empresa para examiná-lo?

– Claro – Zoe Eldritch não pestanejou.

– Por que não nos comunicou?

– Acabou de acontecer. Meu pai estava prestes a ligar. Não parece ser nada além de uma reação à mudança de gravidade. Na verdade, é muito comum em pessoas mais velhas que chegam aqui. Não tentamos equiparar nossa gravidade à da Terra, como fez o sr. Bulero no satélite dele, Terras de Winnie-ther-Pooh. Como pode ver, é algo bastante simples. – Deu um leve sorriso. – Você o terá de volta em algum momento hoje, no mais tardar. Suspeitou de alguma outra coisa?

– Desconfio – disse Barney – de que Leo não esteja mais em Luna. Que está num satélite da Terra chamado Sigma 14-B, pertencente a uma firma de St. George que pertence a vocês. Não é isso? E o que iremos encontrar na enfermaria da propriedade não será Leo Bulero.

Roni ficou olhando fixamente para ele.

– Esteja à vontade para ver por si mesmo – disse Zoe, inflexível. – *É* Leo Bulero, pelo menos até onde sabemos. É quem chegou aqui com os repórteres de homeojornais.

– Irei à propriedade – disse Barney. E sabia que estava cometendo um erro. Sua habilidade de precog lhe disse isso. E, no outro lado do escritório, Roni Fugate ficou de pé num pulo e parou, rígida. Sua habilidade tinha sido acionada também. Ele desligou o vidfone, virou-se para ela e disse: – Funcionário da Ambientes P. I. comete suicídio. Correto? Ou alguma frase parecida. Os homeo de amanhã de manhã.

– A frase exata... – começou Roni.

– Não quero saber a frase exata. – Mas soube que seria por exposição. Corpo de homem encontrado em rampa de pedestre a meio-dia. Morto por excesso de radiação solar. Em algum lugar r. centro de Nova York. Num ponto qualquer em que a organização de Eldritch o tinha largado. Em que o iriam largar.

Não precisava de sua habilidade de precog, desta vez. Porque não pretendia agir de acordo com a previsão.

O que o perturbou mais foi a foto na página do homeojornal, uma visão em close do corpo enrugado pelo sol.

Parou diante da porta do escritório e simplesmente permaneceu ali.

– Não pode ir – disse Roni.

– Não. – Não depois de pré-visualizar a foto. Leo, ele percebeu, ia ter que cuidar de si mesmo. Voltou à mesa e sentou-se.

– O único problema – disse Roni – é que, se ele chegar a voltar, vai ser difícil explicar a situação a ele.

– Eu sei. – Mas esse não era o único problema. Na verdade, isso quase não importava.

Porque Leo provavelmente não voltaria.

6

O gluck pegou-o pela perna e estava tentando sugá-lo. Havia penetrado em sua carne com tubos minúsculos, como cílios. Leo Bulero gritou. E então, de modo abrupto, lá estava Palmer Eldritch.

– Você estava enganado – disse Eldritch. – Eu *não* encontrei Deus no sistema Prox. Mas achei algo melhor. – Com um pedaço de pau, cutucou o gluck, que recolheu os cílios com relutância e contraiu-se até se desgrudar de Leo. Caiu no chão e foi para longe, à medida que Eldritch continuava a cutucá-lo. – Deus promete vida eterna. Eu posso mais que isso. *Eu posso cumprir a promessa.*

– Cumprir como? – Tremendo e debilitado pela sensação de alívio, Leo largou-se sobre a grama e sentou, ofegante.

– Por meio do líquen que estamos comercializando com o nome de Chew-Z – disse Eldritch. – A semelhança com o seu produto é ínfima, Leo. A Can-D está obsoleta, por que o que ela faz? Proporciona alguns momentos de fuga, nada além de fantasia. Quem quer isso? Quem precisa disso quando pode conseguir de mim a coisa genuína? – Acrescentou: – É o que estamos vivenciando agora.

– Foi o que presumi. E se imagina que as pessoas vão pagar peles por uma experiência como esta... – Leo apontou para o gluck, que ainda espreitava por perto, atento a ele e a Eldritch. – Não só está desprovido de corpo, mas perdeu a cabeça também.

– Esta é uma situação especial. Para provar a você que a coisa é autêntica. Nada supera a dor física e o terror nesse quesito. Os glucks mostraram-lhe com clareza absoluta que isto *não* é fantasia. Eles poderiam tê-lo matado de fato. E se você tivesse morrido aqui, essa seria a realidade. Não é como a Can-D, é? – Eldritch devia estar gostando da situação. – Quando descobri o líquen no sistema Prox, não pude acreditar. Já vivi cem anos, Leo, usando-o no sistema Prox sob a orientação dos médicos deles. Já tomei por via oral, intravenosa, em forma de supositório... Queimei e inalei a fumaça, diluí em água e fervi, aspirei os vapores: experimentei de todas as formas possíveis, e não me fez mal. O efeito nos proximanos é bem menor, nada parecido com o que causa em nós. Para eles, é menos estimulante do que o tabaco de mais alta qualidade que usam. Quer saber mais?

– Não particularmente.

Eldritch sentou-se por perto, repousou o braço artificial sobre os joelhos dobrados e ficou balançando o graveto de um lado para o outro, inspecionando o gluck, que ainda não havia partido.

– Quando retornarmos ao nosso antigo corpo – note o uso da palavra "antigo", um termo que não se aplicaria com a Can-D, e por uma boa razão –, *perceberá que nenhum tempo se passou*. Poderíamos ficar aqui cinquenta anos, e seria o mesmo. Voltaríamos à propriedade em Luna e encontraríamos tudo igual, e qualquer um que estivesse nos observando não veria nenhum lapso de consciência, como acontece com a Can-D, nenhum transe, nenhuma letargia. Ah, talvez um tremular de pálpebras. Uma fração de segundo, posso admitir.

– O que determina quanto tempo vamos permanecer aqui? – perguntou Leo.

– Nossa atitude. Não a quantidade usada. Podemos voltar a hora que quisermos. Portanto, a quantidade de droga usada não precisa ser...

– Não é verdade. Porque estou querendo sair daqui há algum tempo já.

– Mas você não construiu este... estabelecimento, aqui. Eu o construí, e ele é meu. Criei os glucks, esta paisagem... – Apontou com o graveto. – Cada mísera coisa que vê, inclusive seu corpo.

– Meu corpo? – Leo examinou a si mesmo. Era o seu corpo normal, familiar, conhecido por ele intimamente. Era dele, não de Eldritch.

– Determinei que você aparecesse aqui exatamente como é em nosso universo – disse Eldritch. – Sabe, esse é o aspecto da Chew-Z que atraiu Hepburn-Gilbert, que, é claro, é budista. Você pode reencarnar sob qualquer forma que deseje, ou que seja desejada para você, como nesta situação.

– Ah, por isso a participação da ONU, então. – Isso explicava muita coisa.

– Com Chew-Z, é possível passar de uma vida à outra, ser um inseto, um professor de física, um falcão, um protozoário, um fungo ameboide, uma prostituta na Paris de 1904, um...

– Até mesmo – disse Leo – um gluck. Qual de nós dois é aquele gluck ali?

– Eu lhe disse. Eu o criei a partir de uma porção de mim mesmo. Você poderia formar algo. Vá em frente... projete uma fração de sua essência. Ela tomará uma forma material própria. O que você fornece é o princípio racional. Lembra?

– Lembro.

Ele se concentrou e, no mesmo instante, formou-se, não muito longe, uma massa desajeitada de arames e grades, e extensões que lembravam grades.

– Que diabos é isso?

– Uma armadilha para glucks.

Eldritch pôs a cabeça para trás e riu.

– Muito bom. Mas, por favor, não construa uma armadilha para Palmer Eldritch. Ainda tem coisas que quero dizer.

Os dois observaram o gluck aproximar-se da armadilha, farejando desconfiado. Entrou, e a armadilha fechou de repente. O gluck ficou preso, e a armadilha expeliu-o. Um breve chiado, uma pequena coluna de fumaça, e o gluck tinha desaparecido.

Diante de Leo, um pequeno trecho do ar reluziu. De lá saiu um livro preto, que ele aceitou, folheou e, depois, satisfeito, pôs no colo.

– O que é isso? – perguntou Eldritch.

– Uma Bíblia do Rei Jaime. Achei que pudesse ajudar a me proteger.

– Não aqui – disse Eldritch. – Este é o meu domínio. – Apontou para a Bíblia, que desapareceu. – Você poderia ter o seu próprio domínio, claro, e enchê-lo de bíblias. Como todo mundo pode. Assim que nossas operações iniciarem. Teremos ambientes, claro, mas isso virá mais tarde, com nossas atividades terranas. E, ainda assim, trata-se de uma formalidade, um ritual para facilitar a transição. A Can-D e a Chew-Z serão comercializadas com os mesmos princípios, em concorrência aberta. Não reivindicaremos nada para a Chew-Z que você não exija para o seu produto. Não queremos assustar as pessoas; religião tornou-se um assunto delicado. Somente após algumas tentativas é que perceberão os dois aspectos distintos: a ausência de intervalo de tempo e o outro, talvez mais vital. Que não se trata de fantasia, que entram num universo genuíno.

– Muitas pessoas sentem isso em relação à Can-D – observou Leo. – Consideram-na uma profissão de fé de que estão de fato na Terra.

– Fanáticos – disse Eldritch com desprezo. – É óbvio que se trata de uma ilusão, pois não existe nenhuma Pat Insolente e nenhum Walt Essex, e, seja como for, a estrutura do mundo de fantasia é limitada aos artefatos instalados nos ambientes. Não podem usar a lavadora de louças na cozinha, a menos que uma míni dela tenha sido instalada antes. E uma pessoa que não esteja participando pode observar e ver que os dois bonecos não vão a lugar algum. Não há ninguém neles. Isso pode ser demonstrado...

– Mas você vai ter dificuldade para convencer essas pessoas – disse Leo. – Permanecerão leais à Can-D. Não existe nenhuma insatisfação real com Pat Insolente. Por que deixariam...

– Vou lhe dizer. Porque, por mais maravilhosos que Pat Insolente e Walt sejam por algum tempo, no final eles são forçados a voltar às cabanas. Sabe como é essa sensação, Leo? Experimente algum dia. Acorde numa cabana em Ganimedes depois de ter sido libertado por vinte, trinta minutos. É uma experiência que jamais esquecerá.

– Hmm.

– E tem mais uma coisa, que você também sabe o que é. Quando o breve período de escape termina, e o colonizador volta... não está apto a retomar a vida diária normal. Está pervertido. Mas se em vez de Can-D tiver mastigado...

Ele parou. Leo não estava ouvindo. Estava envolvido na construção de outro artefato no ar diante de si.

Um pequeno lance de escada apareceu, que ia dar num aro luminoso. A extremidade do lance de escada não podia ser vista.

– Aonde isso vai dar? – indagou Eldritch, com uma expressão irritada.

– Cidade de Nova York – disse Leo. – Vou me transportar de volta para a Ambientes P. I. – Levantou-se e andou até a escada. – Tenho um pressentimento, Eldritch, *de que algo está errado,* algum aspecto dessa Chew-Z. E só descobriremos o que é quando for tarde demais. – Começou a subir os degraus e lembrou-se da menina, Mônica. Perguntou-se se ela estaria bem, ali no mundo de Eldritch.

– E a criança? – Interrompeu a subida. Abaixo, mas parecendo estar longe, era possível ver Eldritch, ainda sentado na grama com o graveto. – Os glucks não a pegaram?

– Eu era a garotinha. É o que estou tentando lhe explicar. É por isso que digo que se trata de reencarnação genuína, o triunfo sobre a morte.

Surpreso, Leo disse:

– Então, a razão pela qual ela me era familiar... – parou e olhou mais uma vez.

Eldritch não estava mais sobre a grama. A criança, Mônica, com a mala carregada de dr. Smile, estava sentada no seu lugar. Ficou claro agora.

Ele estava dizendo – ela, eles estavam dizendo – a verdade.

Lentamente, Leo desceu a escada e voltou ao gramado.

* * *

A criança, Mônica, disse:

– Fico feliz que não vá embora, sr. Bulero. É bom ter alguém inteligente e evoluído assim para conversar. – Deu um tapinha na mala sobre a grama ao seu lado. – Voltei para pegá-lo. Ele estava morrendo de medo dos glucks. Estou vendo que encontrou algo para controlá-los. – Apontou com a cabeça para a armadilha de glucks que, agora vazia, aguardava mais uma vítima. – Muito engenhoso da sua parte. Eu não tinha pensado nisso. Só saí correndo feito louca. Uma reação de pânico diencefálica.

Leo disse, hesitante:

– Você é Palmer, mesmo? Quer dizer, lá no fundo? De verdade?

– Tome como exemplo a doutrina medieval de substância *versus* acidentes – a criança disse, num tom atencioso. – Meus acidentes são os desta menina, mas minha substância, assim como a do vinho e da hóstia na transubstanciação...

– OK – disse Leo. – Você é Eldritch, acredito em você. Mas ainda não gosto deste lugar. Esses glucks...

– Não culpe a Chew-Z por eles – disse a criança. – Culpe a mim. São um produto da minha mente, não do líquen. Todo novo universo criado tem que ser *agradável*? Gosto do meu mundo com glucks. Alguma coisa neles me atrai.

– Digamos que eu queira construir meu próprio universo – disse Leo. – Talvez haja algo cruel em mim também, algum aspecto da minha personalidade que não conheço. Isso me faria produzir algo ainda mais feio do que isso que você formou.

Pelo menos, com os ambientes de Pat Insolente a pessoa era limitada ao que era fornecido previamente, como o próprio Eldritch havia observado. E... havia certa segurança nisso.

– O que quer que fosse, poderia ser abolido – disse a criança, indiferente. – Se você percebesse não gostar. E se gostasse... – Ela deu de ombros. – Você o manteria, então. Por que não? Quem é prejudicado? Está sozinho no seu... – No mesmo instante, ela parou de falar, tapando a boca com a mão.

– Sozinho? – disse Leo. – Quer dizer que cada pessoa vai para um mundo subjetivo diferente? Não é como os ambientes, então, porque todos no grupo que ingerem Can-D vão para os ambientes, os homens em Walt, as mulheres em Pat Insolente. Mas isso significa que você não está aqui.

Ou, pensou, eu não estou aqui. Mas, nesse caso...

A criança observou-o atentamente, tentando avaliar sua reação.

– Não tomamos Chew-Z – disse Leo calmamente. – Isto tudo não é nada além de um pseudoambiente hipnagógico induzido de modo absolutamente artificial. Não estamos em nenhum lugar diferente de onde começamos. Ainda estamos na sua propriedade em Luna. A Chew-Z não cria nenhum novo universo, e você sabe disso. Não traz nenhuma reencarnação legítima. Isso tudo não passa de conversa fiada.

A menina ficou em silêncio. Mas não tirava os olhos dele, seus olhos queimavam, frios e brilhantes, sem piscar.

Leo disse:

– E aí, Palmer, o que a Chew-Z *realmente* faz?

– Eu lhe disse – a voz da criança ficou áspera.

– Isto nem é tão real quanto Pat, quanto o uso da nossa droga. E até *isso* está em aberto devido à questão da validade da experiência: sua autenticidade *versus* seu aspecto puramente hipnagógico ou alucinatório. Então, obviamente, não discutiremos mais este assunto. É evidente que se trata da segunda opção.

– Não – disse a criança. – E é melhor acreditar em mim, porque, do contrário, não vai sair vivo deste mundo.

– Não se pode morrer numa alucinação – disse Leo. – Assim como não se pode nascer de novo. Vou voltar para a Ambientes P. I.

Dirigiu-se para a escada mais uma vez.

– Vá, suba – a criança disse, atrás dele. – Olha como estou preocupada. Espere e veja aonde vai te levar.

Leo subiu os degraus e atravessou o aro luminoso.

Uma luz ofuscante e violentamente quente desceu sobre ele, que saiu correndo na rua desprotegida, até conseguir abrigo diante de uma porta próxima.

Um jato táxi, vindo dos prédios elevadíssimos, deu um mergulho, espiando-o.

– Corrida, senhor? Melhor ir para um local coberto, é quase meio-dia.

Ofegante, quase sem poder respirar, Leo disse:

– Sim, obrigado. Me leve à Ambientes P. I.

Entrou no táxi sem firmeza e largou-se no assento, arquejando no ar frio gerado pelo escudo antitérmico.

O táxi partiu. Logo estava descendo no campo anexo ao prédio central da empresa.

Assim que entrou na antessala do escritório, disse à srta. Gleason:

– Entre em contato com Mayerson. Descubra por que ele não fez nada para me resgatar.

– Resgatá-lo? – disse a srta. Gleason, consternada. – O que aconteceu, sr. Bulero? – Ela o seguiu até o escritório. – Onde o senhor estava e de que maneira...

– Só localize Mayerson.

Sentou-se à mesa familiar, aliviado por estar de volta. Que se dane Palmer Eldritch, disse a si mesmo, e pegou na gaveta um cachimbo de urze e uma lata de meia libra de tabaco Sail, uma mistura holandesa de Cavendish.

Estava concentrado em acender o cachimbo quando a porta abriu e Barney Mayerson apareceu, com ar embaraçado e abatido.

– E então? – disse Leo. Deu uma pitada enérgica no cachimbo.

Barney disse:

– Eu... – Virou-se para a srta. Fugate, que entrara depois dele. Gesticulando, voltou-se novamente para Leo e disse: – Seja como for, você voltou.

– É claro que voltei. Construí uma escada para mim até aqui. Não vai dizer nada sobre por que não fez alguma coisa? Acho que não. Mas, como costuma dizer, você não foi necessário. Tenho agora uma ideia de como é essa nova substância, a Chew-Z. É definitivamente inferior à Can-D. Não tenho nenhum receio de afirmar enfaticamente. É possível perceber, sem dúvida, que se está passando por uma experiência alucinógena. Agora vamos ao que interessa. Eldritch vendeu Chew-Z à ONU, alegando que ela induz a uma reencarnação autêntica, o que ratifica a convicção religiosa de mais da metade dos membros administrativos da Assembleia Geral, além da do canalha indiano, o próprio Hepburn-Gilbert. É uma fraude, porque a Chew-Z não faz isso. Mas o pior aspecto da droga é seu ar solipsista. Com a Can-D, a pessoa passa por uma experiência interpessoal válida, à medida que os outros na cabana... – Parou de falar, irritado. – O que foi, srta. Fugate? O que está olhando?

Roni Fugate murmurou:

– Desculpe-me, sr. Bulero, mas tem uma criatura debaixo da sua mesa.

Leo curvou-se e olhou debaixo da mesa.

Uma coisa havia se espremido entre a base da mesa e o chão. Seus olhos vivos observavam-no, sem piscar.

– Saia daqui – disse Leo. Para Barney, disse: – Pegue uma régua ou uma vassoura, alguma coisa para cutucá-la.

Barney saiu do escritório.

– Droga, srta. Fugate – disse Leo, pitando rapidamente o cachimbo. – Odeio pensar no que é isso aqui embaixo. E o que significa.

Porque pode significar que Eldritch – dentro da pequena Mônica – estava certo quando ela disse *Olha como estou preocupada. Espere e veja aonde vai te levar.*

A coisa debaixo da mesa saiu correndo na direção da saída. Espremeu-se por baixo da porta e foi embora.

Era ainda pior do que os glucks. Ele conseguiu dar uma boa olhada.

– Bom, então é isso. Sinto muito, srta. Fugate, mas é melhor voltar para a sua sala. Não faz sentido discutirmos que medidas tomar diante do surgimento iminente da Chew-Z no mercado. Porque não estou falando com ninguém. Estou sentado aqui, tagarelando sozinho. – Ficou deprimido. Estava nas mãos de Eldritch.

Além disso, a validação ou, pelo menos, a aparente validação da experiência com a Chew-Z tinha sido demonstrada. Ele mesmo a havia confundido com a realidade. Mas o bicho maligno criado – deliberadamente – por Palmer Eldritch havia revelado tudo.

Caso contrário, ele percebeu, eu teria continuado me enganando para sempre.

Teria passado um século, como disse Eldritch, neste universo sucedâneo.

Minha nossa, pensou, estou perdido.

– Srta. Fugate, por favor, não fique parada aí. Volte para o seu escritório.

Levantou-se, foi até o bebedouro e encheu um copo de papel de água mineral. Um corpo irreal bebendo água irreal, disse a si mesmo. Diante de uma funcionária irreal.

– Srta. Fugate, você é mesmo a amante do sr. Mayerson?

– Sim, sr. Bulero – disse a srta. Fugate, acenando com a cabeça. – Conforme lhe disse.

– E não será minha. – Balançou a cabeça. – Porque sou velho demais e evoluído demais. Você sabe... ou melhor, você não sabe que eu tenho, pelo menos, um poder limitado neste universo. Eu poderia mudar o meu corpo, me tornar mais jovem. – Ou, pensou, torná-la mais velha. O que acharia disso?, perguntou-se. Bebeu a água e jogou o copo no tubo de lixo. Sem olhar para a srta. Fugate, disse a si mesmo: Você tem a minha idade, srta. Fugate. É mais velha, na verdade. Você envelheceu aqui... o tempo lhe foi adiantado porque você me rejeitou, e eu não gosto de ser rejeitado. Na verdade, disse a si mesmo, você tem mais de cem anos, está murcha, seca, desdentada e sem olhos. Um monstro.

Atrás de si, ele ouviu um som áspero, dissonante, uma respiração. E uma voz hesitante, estridente, como o grito de um pássaro assustado:

– Ah, sr. Bulero...

Mudei de ideia, pensou Leo. Você como era. Retiro o que disse, OK? Virou-se e viu Roni Fugate ou, pelo menos, alguma coisa parada ali onde ela estivera antes. Uma teia de aranha, fios esponjosos cinzentos envolvendo uns aos outros e formando uma coluna frágil que balançava... viu a cabeça, a face afundada e olhos como zonas mortas de muco branco, mole e inerte que derramava lágrimas lentas e pastosas, olhos que tentavam suplicar, mas que não conseguiam porque não tinham como saber onde ele estava.

– Você voltou a ser como era – Leo disse num tom rude e fechou os olhos. – Me avise quando tiver acabado.

Passos. De homem. Barney, entrando de volta no escritório.

– Jesus – disse Barney, e parou.

De olhos fechados, Leo disse:

– Ela ainda não voltou a ser do jeito que era antes?

– *Ela*? Onde está Roni? O que é isto?

Leo abriu os olhos.

Não era Roni Fugate quem estava lá, nem mesmo uma manifestação muito velha dela. Era uma poça, mas não de água. A poça estava viva, e nela nadavam lascas afiadas e denteadas.

O material denso e viscoso da poça se derramou aos poucos para fora, depois estremeceu e recolheu-se para dentro de si. No centro, fragmentos de matéria cinza e dura nadavam juntos, apegando-se e formando uma bola irregular de fios de cabelo embaraçados, emaranhados, flutuando acima do topo da cabeça. Órbitas oculares indefinidas e vazias formaram-se. Estavam transformando-se num crânio, mas com a chegada de alguma estrutura viva: o desejo inconsciente dele de que ela passasse pela evolução de seu aspecto horrendo havia evocado a existência daquela monstruosidade.

A mandíbula estalava, abrindo e fechando, como se puxada por fios perversos, profundamente incrustados. Boiando no líquido da poça, o crânio grasnou:

– Mas entenda, sr. Bulero, que ela não viveu tanto tempo assim. Esqueceu-se disso. – Lembrava vagamente, mas era, com certeza, a voz, não de Roni Fugate, mas de Mônica. Como se retumbasse na extremidade mais distante de uma corda maleável. – Fez com que ela passasse dos cem, mas ela só viverá até os setenta. Portanto está morta há trinta anos, mas você a formou viva. Foi isso o que pretendeu fazer. Pior ainda... – A mandíbula desdentada sacudiu, e as bolsas de olhos desertas ficaram olhando, pasmas. – Ela evoluiu, não enquanto viva, mas ali no chão.

O crânio parou de esganiçar e, em seguida, aos poucos, desintegrou-se. Suas partes voltaram a flutuar e a aparente organização dissipou-se novamente.

Após algum tempo, Barney disse:

– Tire-nos daqui, Leo.

Leo disse:

– Ei, Palmer. – Sua voz estava descontrolada de medo, infantil.

– Ei, sabe de uma coisa? Eu desisto. Mesmo.

O carpete apodreceu sob seus pés, tornou-se pastoso, depois germinou, cresceu, ficou vivo, formando fibras verdes. Ele viu que estava se transformando em grama. Então as paredes e o teto desmoronaram, virando poeira fina. As partículas caíram sem ruído, feito cinzas. E o céu azul e sereno apareceu, impassível, no alto.

Sentada no gramado, o graveto no colo e a mala com o dr. Smile ao lado, Mônica disse:

– Queria que o sr. Mayerson permanecesse? Achei que não. Deixei que fosse embora com o resto do que criou. OK? – Sorriu para Leo.

– OK – ele concordou, sufocado. Olhando à sua volta, viu agora apenas a planície verde. Até mesmo a poeira da decomposição da Ambientes P. I., o prédio e seu núcleo de pessoas, havia desaparecido, exceto por uma camada opaca que permanecia nas mãos e no casaco. Limpou-se, pensativo.

Mônica disse:

– "Do pó vieste, ó homem, e ao pó..."

– OK! – ele disse em voz alta. – Entendi. Não precisa ficar me martelando na cabeça. Então, era real, e daí? Quer dizer, já comprovou a droga da ideia, Eldritch. Pode fazer qualquer coisa que quiser aqui, e eu não sou nada, sou só um fantasma.

Sentiu ódio de Palmer Eldritch e pensou: Se eu sair daqui algum dia, se conseguir escapar de você, seu desgraçado...

– Ora, ora – disse a menina, revirando os olhos. – Não vai usar esse tipo de linguagem. Não vai mesmo, porque eu não vou deixar. Não vou nem dizer o que vou fazer se você continuar, mas me conhece, sr. Bulero. Certo?

– Certo.

Afastou-se um pouco, pegou um lenço e limpou a transpiração acima dos lábios e no pescoço, o vão abaixo do pomo de adão, que era tão difícil de barbear pelas manhãs. Deus, pensou, me ajude. Por favor? E se ajudar, se conseguir atingir este mundo, eu farei qualquer coisa, o que o Senhor quiser. Não estou mais com medo, estou doente. Isto vai matar meu corpo, mesmo que seja apenas um corpo ectoplásmico, fantasmal.

Curvado, sentiu-se enjoado. Vomitou na grama. Por um longo tempo – pareceu ser muito tempo – que se estendeu até ele melhorar. Conseguiu se virar e andar devagar de volta até onde a criança estava, sentada com sua mala.

– Condições – disse a criança, categórica. – Vamos elaborar uma relação comercial precisa entre a minha empresa e a sua. Precisamos da sua rede magnífica de satélites de propaganda, do sistema de transporte interplanetário de naves de último modelo e das suas plantações Deus-sabe-de-que-extensão em Vênus. Queremos tudo, Bulero. Vamos cultivar o líquen onde você agora cultiva a Can-D, transportá-lo nas mesmas naves, atingir os colonizadores com os mesmos traficantes experientes e bem treinados, divulgá-la por meio de profissionais como Allen e Charlotte Faine. Can-D e Chew-Z não serão concorrentes porque serão apenas um único produto: Chew-Z. Você está prestes a anunciar sua aposentadoria. Você me entendeu, Leo?

– Claro – disse Leo –, estou ouvindo.

– Vai aceitar?

– OK – disse Leo. E pulou em cima da menina.

Com as mãos fechadas na traqueia dela, apertou. Ela olhou nos olhos dele, rígida, os lábios franzidos, sem dizer nada, sem sequer se debater, tentar feri-lo ou escapar. Ele continuou espremendo, por tanto tempo que as mãos pareciam ter grudado nela, fixadas no mesmo lugar para sempre, como as raízes retorcidas de uma planta antiga, doente, mas ainda viva.

Quando a soltou, ela estava morta. O corpo acomodou-se para a frente, depois se retorceu e caiu para o lado, até repousar de costas na grama. Sem sangue. Nenhum sinal sequer de luta, exceto pela garganta escura, com manchas pretas avermelhadas.

Leo se levantou, pensando: Bom, eu fiz isso? Se ele... ela ou isso, o que quer que seja, morrer aqui, isso resolve a situação?

Mas o mundo simulado permaneceu. Ele esperava que fosse desaparecendo à medida que a vida dela – de Eldritch – desaparecesse.

Confuso, ficou ali, sem se mover um centímetro, sentindo o cheiro do ar, ouvindo um vento distante. *Nada* havia mudado, a não ser o fato de que a menina estava morta. Por quê? O que havia sido sacrificado com a sua ação? Por incrível que parecesse, ele estava enganado.

Curvou-se e dirigiu-se bruscamente ao dr. Smile:

– Me explica.

Obediente, o dr. Smile declarou com a voz metálica:

– Ele está morto aqui, sr. Bulero. Mas na propriedade em Luna...

– OK – Leo disse com rispidez. – Bom, me diga como sair deste lugar. Como faço para voltar para Luna, para... – Apontou. – Sabe o que quero dizer. Realidade.

– Neste momento – explicou o dr. Smile –, Palmer Eldritch, embora consideravelmente perturbado e enfurecido, está lhe fornecendo, de forma intravenosa, uma substância que age contra a Chew-Z injetável administrada previamente. Você voltará em breve. – Acrescentou: – Em breve, ou seja, até imediatamente, em termos do fluxo de tempo daquele mundo. Quanto a este... – deu uma risadinha. – Poderia parecer mais tempo.

– *Quanto* tempo?

– Ah, anos – disse o dr. Smile. – Mas é bem provável que seja menos. Dias? Meses? A percepção de tempo é subjetiva, então, vamos ver como você sentirá. Não concorda?

Sentando-se, exausto, ao lado do corpo da menina, Leo suspirou, baixou a cabeça, o queixo contra o peito, e preparou-se para esperar.

– Eu lhe farei companhia – disse o dr. Smile –, se eu puder. Mas receio que, sem a presença animadora do sr. Eldritch... – a voz, Leo percebeu, havia se tornado débil, além de mais vagarosa. – Nada pode sustentar este mundo – a mala entoou, fraca –, a não ser o sr. Eldritch. Então, receio que...

A voz desapareceu por completo.

Houve apenas silêncio. Até o vento distante havia cessado.

Quanto tempo?, Leo perguntou-se. Em seguida, pensou se poderia, como antes, criar algo.

Gesticulando à maneira de um maestro inspirado, revirando as mãos, tentou criar no ar, diante de si, um jato táxi.

Pelo menos um contorno modesto apareceu. Insubstancial, permaneceu sem cor, quase transparente. Ele se levantou, aproximou-se do objeto e tentou mais uma vez, com todas as suas forças. Por um momento, o jato pareceu ganhar cor e realidade; então, de repente, ficou fixo. Como uma concha quitinosa, dura, descartada, perdeu a firmeza e arrebentou. Suas partes, apenas bidimensionais, no máximo, explodiram e esvoaçaram, rasgando-se em pedaços desiguais... Ele virou as costas e saiu andando, com desgosto. Que confusão, disse a si mesmo, desanimado.

Continuou, sem propósito, a andar. Até se deparar, de súbito, com algo sobre a grama, algo morto. Viu a coisa caída ali, e aproximou-se cautelosamente. É isso, pensou. A indicação final do que eu fiz.

Chutou o gluck morto com a ponta do sapato. Seu pé passou inteiro através do corpo, e ele recuou, com repulsa.

Prosseguiu, mãos no bolso, olhos fechados, e rezou novamente, desta vez, de modo vago. Era apenas um desejo, incipiente, e então ficou claro. Vou acabar com ele no mundo real, disse a si mesmo. Não apenas aqui, como já fiz, mas como os homeojornais noticiarão. Não por mim mesmo, não para salvar a Ambientes P. I. e o comércio de Can-D. Mas por... ele sabia o que queria dizer. Todos do sistema. Porque Palmer Eldritch é um invasor, e é assim que todos nós acabaremos, aqui, deste jeito: numa planície de coisas mortas que não se tornaram nada além de fragmentos aleatórios. Esta é a "reencarnação" que ele prometeu a Hepburn-Gilbert.

Por algum tempo, seguiu vagando; depois, aos poucos, retornou à mala que havia sido o dr. Smile.

Havia algo inclinado sobre a mala. Uma forma humana ou quase humana.

Ao vê-lo, o vulto endireitou-se de imediato. A cabeça careca reluziu quando a figura o encarou, pasma, pega de surpresa. Então, saltou e saiu correndo.

Um proximano.

Pareceu-lhe, ao ver a criatura ir embora, que isso contextualizava tudo. Palmer Eldritch havia povoado aquela paisagem com coisas como aquela. Ainda estava altamente envolvido com eles, até mesmo agora que havia retornado ao sistema natal. Aquilo que acabara de aparecer dava uma compreensão clara da mente do homem no nível mais profundo. E o próprio Palmer Eldritch talvez não soubesse que tinha povoado seu ambiente alucinatório... O proximano poderia ter causado a mesma surpresa nele.

A menos, é claro, que ali fosse o sistema Prox.

Talvez fosse uma boa ideia seguir o proximano.

Partiu naquela direção e caminhou penosamente pelo que pareceram horas. Não viu nada, apenas a grama sob os pés e o horizonte plano. Então, por fim, uma forma pôde ser vista adiante. Foi na direção dela e, de repente, viu-se diante de uma nave estacionada. Parou e observou-a com assombro. Primeiro, porque não era uma nave terrana, e também não era de Prox.

Simplesmente, não era de nenhum dos dois sistemas.

Assim como as duas criaturas descansando ao lado dela não eram proximanos nem terranos. Ele nunca tinha visto tais formas de vida antes. Altas, esguias, com membros delgados e bizarros, cabeça oval que, mesmo aquela distância, parecia estranhamente delicada, uma raça altamente evoluída, concluiu, e, no entanto, relacionada aos terranos. A semelhança era maior do que em relação aos proximanos.

Andou na direção deles, mãos erguidas num gesto de cumprimento.

Um dos dois seres virou-se para ele, viu-o, ficou surpreso e cutucou o companheiro. Os dois ficaram olhando e o primeiro disse:

– Meu Deus, Alec, é uma das formas antigas. Sabe, dos quase homens.

– É – a outra criatura concordou.

– Espera aí – disse Bulero. – Estão falando a língua da Terra, inglês do século 21... então, já devem ter visto um terrano antes.

– Terrano? – disse a criatura chamada Alec. – Nós somos terranos. Que diabos é você? Uma singularidade que morreu há séculos, isso sim. Bem, talvez não séculos, mas pelo menos há muito tempo.

– Um enclave deles deve existir ainda nesta lua – disse o primeiro. Para Leo, disse: – Quantos homens primitivos existem além de você? Vamos lá, companheiro, não vamos te maltratar. Alguma mulher? São capazes de reprodução? – Para o parceiro, disse: – Parece que há séculos de distância. Quer dizer, deve se lembrar de que temos evoluído centenas de milhares de anos de cada vez. Se não fosse por Denkmal, esses homens iniciais ainda estariam...

– Denkmal – disse Leo. Então, esse era o resultado final da Terapia E. Aquilo que via estava somente um pouco adiante no tempo, talvez meras décadas. Como eles, sentiu um abismo de um milhão de anos e, no entanto, era, na verdade, uma ilusão. Ele mesmo, ao concluir a terapia, poderia ficar parecido com eles. A diferença era a ausência do couro quitinoso, e esse tinha sido um dos aspectos primordiais dos tipos evolutivos. – Eu vou à clínica dele – disse aos dois. – Uma vez por semana. Em Munique. Estou evoluindo, está

funcionando comigo. – Aproximou-se e examinou-os atentamente.
– Onde está o couro? Para protegê-los do sol?

– Ai, esse período de falso calor acabou – disse o que se chamava Alec, com um gesto de menosprezo. – Isso era coisa daqueles proximanos, trabalhando com o Renegado. Você sabe quem. Ou talvez não saiba.

– Palmer Eldritch – disse Leo.

– É – disse Alec, acenando com a cabeça. – Mas nós o pegamos. Bem aqui nesta lua, na verdade. Agora isto é um santuário... não para nós, mas para os proximanos. Entram escondidos para prestar cultos. Viu algum? Temos que prender os que encontrarmos. Este é um território do sistema Sol, pertence à ONU.

– Esta é uma lua de que planeta? – perguntou Leo.

Os dois terranos evoluídos abriram um sorriso.

– Da Terra – disse Alec. – É artificial. Chama-se Sigma 14-B, construída anos atrás. Não existia na sua época? Devia existir, é dos antigos.

– Acho que sim – disse Leo. – Então, vocês podem me levar à Terra.

– Claro. – Os dois terranos evoluídos assentiram com a cabeça. – Na verdade, vamos decolar em meia hora. Nós o levaremos conosco, você e o resto da sua tribo. Só nos diga a localização.

– Sou o único – disse Leo, impaciente –, além disso, estamos longe de ser uma tribo. Não viemos de tempos pré-históricos. – Perguntou-se como havia chegado àquela época futura. Ou seria aquilo uma ilusão também, construída pelo alucinador mestre, Palmer Eldritch? Por que deveria presumir que isto era mais real que a menina Mônica, os glucks ou a Ambientes P. I. que tinha visitado – visitado e visto desmoronar? Isto era Palmer Eldritch imaginando o futuro. Eram os zigue-zagues de sua mente brilhante e criativa, enquanto esperava, em sua propriedade em Luna, que os efeitos da injeção intravenosa de Chew-Z passassem. Nada além disso.

E, realmente, enquanto estava ali, podia ver, vagamente, a linha do horizonte através da nave estacionada. A nave estava levemente transparente, não substancial o suficiente. E os dois terranos evoluídos oscilavam numa distorção suave, mas generalizada, que faziam Leo se lembrar do tempo em que tinha astigmatismo, antes de ter recebido, por transplante cirúrgico, olhos totalmente saudáveis. Os dois não estavam exatamente fixos no lugar.

Estendeu a mão para o primeiro terrano.

– Gostaria de lhe dar um aperto de mão. – Alec, o terrano, estendeu a mão também, com um sorriso.

A mão de Leo atravessou a de Alec e saiu do outro lado.

– Ei – disse Alec, franzindo a testa. No mesmo instante, como um êmbolo, retirou a mão. – O que está havendo? – Ao companheiro, disse: – Esse cara não é real. Deveríamos ter desconfiado. É um... como é que era chamado isso? Resultante daquela droga diabólica que Eldritch pegou no sistema Prox. Um *escolhedor**. É isso, é um fantasma.

Ficou olhando fixamente para Leo.

– Sou? – disse Leo, debilmente, depois percebeu que Alec estava certo. Seu verdadeiro corpo estava em Luna, ele realmente não estava ali.

Mas, com isso, o que eram os dois terranos evoluídos? Talvez não fossem constructos da mente ativa de Eldritch. Talvez eles fossem apenas autênticos ali. Enquanto isso, o que se chamava Alec estava olhando para ele.

– Sabe de uma coisa – Alec disse ao companheiro –, esse *escolhedor* me parece familiar. Vi uma foto dele nos homeojornais. Tenho certeza. – Para Leo, disse: – Qual é o seu nome, *escolhedor*? – Seu olhar tornou-se mais severo, mais intenso.

– Sou Leo Bulero – disse Leo.

Os dois terranos evoluídos pularam de susto.

– Ei – exclamou Alec –, por isso achei que o tivesse reconhecido. É o cara que matou Palmer Eldritch! – Para Leo, disse: – Você é um herói, colega. Aposto que não sabe disso, porque é um mero *esco-*

---

* No original, *chooser*, em referência ao usuário de Chew-Z. A pronúncia de *chooser* e *Chew-zer* seria a mesma. [N. de T.]

lhedor, certo? E veio aqui para assombrar este lugar porque aqui, historicamente, é...

– Ele não voltou – interrompeu o companheiro. – Ele é do passado.

– Mas ainda assim pode voltar – disse Alec. – É o Segundo Advento dele, após a sua própria época. Ele voltou... OK, posso dizer isso? – Para Leo, disse: – Você voltou a este local devido à associação dele com a morte de Palmer Eldritch. – Virou-se e correu subitamente até a nave estacionada. – Vou dizer aos homeojornais – gritou. – Talvez possam tirar uma foto sua... o fantasma de Sigma 14-B. – Gesticulou, agitado. – Agora os turistas realmente vão querer vir aqui. Mas cuidado: talvez o fantasma de Eldritch, o *escolhedor* dele, possa aparecer aqui também. Para se vingar de você.

Alec não pareceu muito contente diante da ideia.

Leo disse:

– Eldritch já apareceu.

Alec parou, depois retornou devagar.

– Apareceu? – Olhou à sua volta, nervoso. – Onde ele está? Perto daqui?

– Está morto – disse Leo. – Eu o matei. Estrangulado.

Não sentiu emoção alguma, apenas cansaço. Como alguém poderia sentir orgulho com a morte de qualquer pessoa, ainda mais de uma criança?

– Eles têm que restabelecer o fato por toda a eternidade – disse Alec, impressionado e de olhos arregalados. Balançou a grande cabeça oval.

Leo disse:

– Eu não estava restabelecendo nada. Foi a primeira vez. – Depois pensou: E não a verdadeira. Essa ainda está por vir.

– Quer dizer – Alec disse devagar – que o...

– Ainda tenho que consumar o ato – Leo disse, irritado. – Mas um de meus consultores de Pré-Moda me disse que não vai demorar. Provavelmente. – Não era inevitável, e ele não poderia nunca esquecer esse detalhe. E Eldritch também sabia disso, o que explicaria muito seus esforços aqui e agora. Estava adiando – ou pelo menos era a sua própria esperança – a própria morte.

– Venha – disse Alec a Leo –, dê uma olhada no criador comemorando o evento. – Ele e o companheiro foram na frente. Leo, relutante, seguiu-os. – Os proximanos – disse Alec sobre o ombro – sempre tentam... sabe... profanizá-lo.

– Profaná-lo – corrigiu o companheiro.

– É – disse Alec, acenando com a cabeça. – Seja como for, aqui está. – Ele parou.

Diante deles, projetava-se uma imitação – mas muito bem feita – de um pilar de granito. Nela, uma placa de bronze tinha sido aparafusada com firmeza à altura dos olhos. Leo, contra a própria vontade, leu a placa.

IN MEMORIAM. 2016 D.C. PERTO DESTE LOCAL O INIMIGO DO SISTEMA SOL, PALMER ELDRITCH, FOI ASSASSINADO EM COMBATE JUSTO COM O CAMPEÃO DE NOSSOS NOVE PLANETAS, LEO BULERO DA TERRA.

– Viva – exclamou Leo, sem controlar a excitação. Leu mais uma vez. E outra. – Eu me pergunto – disse, em parte para si mesmo – se Palmer já viu isso.

– Se ele for um *escolhedor,* um usuário de Chew-z – disse Alec –, provavelmente viu. A forma original de Chew-z produzia o que o fabricante – o próprio Eldritch – chamou de "nuances temporais". É você neste exato momento. Você ocupa um lugar anos após a sua morte. Você está morto agora, eu acho. – Para o companheiro, disse: – Leo Bulero já morreu, não?

– Nossa, é claro – disse o companheiro. – Há algumas décadas.

– Na verdade, acho que li... – Alec começou, depois parou, olhando para trás de Leo. Cutucou o companheiro. Leo virou-se para ver o que era.

Um cachorro branco, magro e desajeitado estava se aproximando.

– Seu? – perguntou Alec.

– Não – disse Leo.

– Parece um cachorro de *escolhedor* – disse Alec. – Olha, dá para ver através dele um pouco.

Os três ficaram olhando o cão se aproximar e passar por eles, indo até o monumento.

Alec pegou uma pedra e atirou-a no cachorro. A pedra atravessou o animal e caiu na grama atrás dele. Era um cachorro de *escolhedor*.

Enquanto os três observavam, o cão parou diante do monumento, pareceu olhar a placa por um breve momento e, em seguida...

– Defecação! – gritou Alec, o rosto ficando vermelho-vivo de raiva. Correu na direção do cachorro, balançando os braços e tentando chutá-lo. Em seguida, pegou a pistola laser no cinto, mas deixou a alça escapar na agitação.

– Profanação – corrigiu o companheiro.

Leo disse:

– É Palmer Eldritch.

Eldritch estava demonstrando seu desprezo pelo monumento, sua falta de medo em relação ao futuro. Nunca iria haver tal monumento. O cão saiu andando sossegado, com os dois terranos evoluídos xingando-o em vão, enquanto ele se afastava.

– Tem certeza de que o cachorro não é seu? – perguntou Alec, desconfiado. – Até onde posso ver, você é o único *escolhedor* por perto. – Encarou Leo.

Leo começou a responder, a explicar a eles o que havia acontecido. Era importante que entendessem. Então, sem nenhum tipo de aviso, os dois terranos evoluídos desapareceram. A planície gramada, o monumento, o cachorro indo embora... o panorama todo evaporou, como se o método pelo qual havia sido projetado, estabilizado e mantido tivesse mudado para a posição "desligado". Ele via apenas uma extensão branca e vazia, um clarão em foco, como se agora não houvesse mais nenhum slide em 3-D no projetor. A luz, pensou, que é a base do jogo de fenômenos que chamamos de "realidade".

Então, viu-se sentado na sala sem graça da propriedade de Palmer Eldritch em Luna, de frente para a mesa com o aparelho eletrônico.

O aparelho ou dispositivo, ou o que quer que fosse, disse:

– Sim, eu vi o monumento. Aparece em cerca de 45 por cento dos futuros. Probabilidades ligeiramente menores que as iguais prevalecem, portanto não estou terrivelmente preocupado. Pegue um charuto.

Mais uma vez, a máquina estendeu um charuto aceso para Leo.

– Não – Leo disse.

– Vou deixá-lo ir embora – disse a geringonça –, por pouco tempo, por cerca de vinte e quatro horas. Pode retornar ao seu escritoriozinho na sua empresa minúscula na Terra. Enquanto estiver lá, quero que reflita sobre a situação. Agora que viu a Chew-Z em ação, pode compreender o fato de que seu produto antediluviano, Can-D, não pode ser comparado nem de longe a ela. Além disso...

– Tolice – disse Leo. – A Can-D é muito superior.

– Bem, pense a respeito – disse o dispositivo eletrônico, confiante.

– Está bem – disse Leo. Levantou-se, rígido. Tinha estado mesmo no satélite artificial da Terra, Sigma 14-B? Esse era um trabalho para Felix Blau. Especialistas eram capazes de descobrir. Não adiantava se preocupar com isso agora. O problema urgente era grave o bastante. Mas ele ainda não havia saído do controle de Palmer Eldritch.

Poderia escapar apenas quando – e se – Eldritch decidisse liberá-lo. Essa era uma parte manifesta da realidade, por mais difícil de encarar que fosse.

– Eu gostaria de observar – disse o aparelho – que fui misericordioso com você, Leo. Eu poderia ter colocado um... bem, digamos, um ponto final na frase um tanto curta que constitui sua vida. E em qualquer momento. Por isso espero – insisto – que você considere muito seriamente agir do mesmo modo.

– Como eu disse, vou pensar a respeito – respondeu Leo. Sentiu-se irritadiço, como se tivesse bebido café demais, e queria partir quanto antes. Abriu a porta da sala e dirigiu-se para o corredor.

Quando começou a fechar a porta, o dispositivo eletrônico disse:

– Se não decidir se juntar a mim, Leo, *não vou esperar*. Vou matar você. Tenho que. Para salvar a mim mesmo. Entendeu?

– Entendi – disse Leo, e fechou a porta. E eu também "tenho que", pensou. Tenho que matá-lo... ou nós dois não poderíamos dizer de uma forma menos direta, tipo o que dizem sobre animais: colocá-lo para dormir?

E tenho que fazer isso não apenas para me salvar, mas a todos no sistema, e é nisso que estou me apoiando. Por exemplo, aqueles dois soldados terranos evoluídos que encontrei no monumento. Por eles, para que tenham algo a proteger.

Andou lentamente pelo corredor. Na outra extremidade, estava o grupo de repórteres. Leo relaxou e sentiu-se consideravelmente melhor. Talvez conseguisse escapar agora. Talvez Palmer Eldritch fosse realmente deixá-lo ir. Voltaria a viver, cheirando, vendo e bebendo no mundo.

Mas, no fundo, sabia que não seria assim. Eldritch nunca o deixaria. Um dos dois teria que ser destruído primeiro.

Esperava que não fosse ele. Mas tinha uma intuição terrível, apesar do monumento, que poderia muito bem ser.

7

A porta do escritório de Barney Mayerson foi empurrada e revelou Leo Bulero, curvado de cansaço e com as roupas sujas.

– Você não tentou me ajudar.

Após um intervalo, Barney respondeu:

– Isso mesmo.

Não adiantava tentar explicar o motivo. Não porque Leo não fosse capaz de entender ou acreditar, mas pelo o motivo em si. Simplesmente não era adequado.

Leo disse:

– Está demitido, Mayerson.

– OK. – E pensou: Pelo menos estou vivo. E se tivesse ido atrás de Leo, não estaria. Começou a recolher as coisas de sua mesa com os dedos dormentes, largando-as dentro de uma mala de amostras vazia.

– Onde está a srta. Fugate? – perguntou Leo. – Ela vai tomar o seu lugar. – Aproximou-se de Barney e examinou-o. – *Por que* não foi me buscar? Me dê uma maldita razão, Barney.

– Vi o futuro. Teria me custado caro demais. Minha vida.

– Mas não tinha que ir pessoalmente. Esta é uma empresa grande... poderia ter mobilizado um grupo daqui e ter ficado. Certo?

Era verdade. E ele não havia sequer considerado a opção.

– Então – disse Leo –, devia estar querendo que algo fatal acontecesse comigo. Nenhuma outra interpretação é possível. Talvez tenha sido inconsciente. Sim?

– Acho que sim – admitiu Barney. Porque, com certeza, não tinha percebido. De todo modo, Leo estava certo. Por que outro motivo ele não teria assumido a responsabilidade, providenciado para que um grupo armado, como Felix Blau havia sugerido, saísse da Ambientes P. I. e seguisse para Luna? Era óbvio agora. Tão simples de ver.

– Passei por uma experiência terrível – disse Leo – no domínio de Palmer Eldritch. Ele é um maldito mágico, Barney. Fez todo tipo de coisa comigo, coisas que você e eu jamais teríamos sonhado. Transformou-se, por exemplo, numa garotinha, me mostrou o futuro, só que isso talvez não tenha sido intencional; criou um universo inteiro, incluindo também um animal horrível chamado gluck, além de uma Nova York ilusória, com você e Roni. Que confusão. – Balançou a cabeça, exausto. – Para onde você vai?

– Só existe um lugar para onde eu posso ir.

– Que lugar? – Leo encarou-o, apreensivo. ·

– Somente uma outra pessoa teria interesse no meu talento para Pré-Moda.

– Então, você é meu inimigo!

– Já sou. Pelo seu próprio parecer. – E estava disposto a aceitar o julgamento dele como justo, a interpretação de Leo para o fato de ele ter deixado de agir.

– Vou acabar com você também, então – disse Leo. – Junto com aquele mágico pirado, o suposto Palmer Eldritch.

– Por que suposto? – Barney ergueu a cabeça rapidamente, e parou de guardar seus objetos pessoais.

– Porque estou ainda mais convencido de que ele não é humano. Nunca pus os olhos nele a não ser durante o período de efeito da Chew-Z. Nos outros momentos, ele se dirigiu a mim por meio de uma extensão eletrônica.

– Interessante – disse Barney.

– É, não é? E você é tão corrupto que seguiria em frente, pediria um emprego na organização dele. Mesmo que ele seja um proximano impostor ou algo pior, alguma coisa terrível que, entre suas idas e vindas no espaço profundo, invadiu-lhe a nave, comeu-o e tomou o seu lugar. Se você tivesse visto os glucks...

– Então, pelo amor de Deus – disse Barney –, *não me obrigue a fazer isso*. Me deixe ficar aqui.

– Não posso. Não depois do que você deixou de fazer em termos de lealdade. – Leo virou o rosto e engoliu a seco rapidamente. – Eu queria não ser tão severo com você, desse modo frio e racional, mas... – cerrou os punhos em vão – foi horrível. Ele quase conseguiu me destruir. E depois encontrei aqueles dois terranos evoluídos, e foi o que me ajudou. Até Eldritch aparecer na forma de um cachorro, que mijou no monumento. – Contraiu o rosto numa careta. – Tenho que admitir que foi uma forma categórica de demonstrar sua atitude. Não deixou dúvidas quanto ao desprezo que sentia. – Acrescentou, em parte para si mesmo: – Sua crença de que vai vencer, de que não tem nada a temer mesmo depois de ver a placa.

– Deseje-me sorte – disse Barney, estendendo a mão. Deram um aperto de mãos breve e ritualístico. Barney saiu do escritório, passou pela mesa de sua secretária e foi até o corredor central. Sentiu-se oco, como se, por dentro, tivesse apenas algum resíduo, como palha. Nada mais.

Enquanto esperava o elevador, Roni Fugate aproximou-se correndo, ofegante, o rosto iluminado e cheio de preocupação.

– Barney... ele o demitiu?

Barney assentiu.

– Ah, querido – ela disse. – E agora?

– Agora – ele disse – é mudar de lado. Para o bem ou para o mal.

– Mas como você e eu podemos continuar morando juntos, com eu trabalhando para Leo, e você...

– Não faço a menor ideia – disse Barney. O elevador com autor-regulação havia chegado. Ele entrou. – Até logo – disse e tocou o botão. As portas se fecharam, cortando sua visão de Roni. Até quando nos encontrarmos no que os neocristãos chamam de inferno, pensou. Provavelmente não antes disso. A não ser que já estejamos – e é possível que sim – no inferno neste exato momento.

No nível da rua, ele saiu da Ambientes P. I. e ficou parado sob o escudo protetor antitérmico, procurando sinais de um táxi.

Quando um táxi parou, e ele seguiu na sua direção, uma voz chamou por ele com urgência, vinda do interior do prédio.

– Barney, espere.

– Você está louca – ele lhe disse. – Volte para dentro. Não abandone a sua carreira brilhante e promissora só porque a minha acabou.

Roni disse:

– Íamos começar a trabalhar juntos, lembra? Para, como eu disse, trairmos Leo. Por que não podemos continuar colaborando um com o outro?

– Tudo mudou. Pela minha relutância, ou incapacidade, chame como quiser, doente e pervertida, que não me permitiu ir a Luna e ajudar Leo. – Sentia-se diferente a respeito de si mesmo agora, e não se via mais do mesmo modo ultracondescendente. – Deus, você não deveria ficar comigo – disse à moça. – Algum dia você vai se ver em dificuldades e vai precisar da minha ajuda, e eu faria a você exatamente o mesmo que fiz com Leo. Eu a deixaria afundar sem mover meu braço direito.

– Mas a sua própria vida estava em...

– Sempre está – observou. – Quando você faz qualquer coisa. Essa é a essência da comédia à qual estamos presos.

Isso não justificava sua atitude, pelo menos na sua própria visão. Entrou no táxi, deu o endereço de seu condapto de forma automática e recostou-se no assento quando o veículo subiu ao céu escaldante do meio-dia. Lá embaixo, sob a cortina antitérmica, Roni Fugate protegia os olhos, vendo-o partir. Sem dúvida, esperando que ele mudasse de ideia e voltasse.

Mas ele não voltou.

É preciso alguma coragem, ele pensou, para encarar a si mesmo e dizer com franqueza: Sou repugnante. Fiz uma maldade e farei de novo. Não foi nenhum acidente, emanou do meu verdadeiro e autêntico eu.

Logo o táxi começou a descer. Ele pôs a mão no bolso para pegar a carteira e então descobriu, chocado, que aquele não era o seu prédio de condaptos. Em pânico, tentou entender onde estava. Então, percebeu. Aquele era o condapto 492. Ele havia dado o endereço de Emily ao táxi.

Zás! De volta ao passado. Onde as coisas faziam sentido. Pensou: Quando eu tinha minha carreira, sabia o que queria do futuro; sabia até mesmo, com sinceridade, o que estava disposto a abandonar, a combater, a sacrificar... e pelo quê. Mas agora...

Agora ele tinha sacrificado a carreira para, como lhe pareceu no momento, salvar a própria vida. Portanto, pela lógica, ele havia, naquela época, sacrificado Emily para salvar a própria vida. Era simples assim. Nada poderia estar mais claro. Não era um objetivo idealista, não era um dever elevado, no estilo calvinista do velho puritanismo, em nome da vocação. Não era nada além do instinto que habitava e impelia todo verme que se arrastava. Meu Deus!, pensou. O que eu fiz foi isto: me coloquei em primeiro plano. Primeiro, em detrimento de Emily, e agora, de Leo. Que espécie de ser humano eu sou? E, como fui honesto o bastante em dizer a ela, a próxima seria Roni. Inevitavelmente.

Talvez Emily possa me ajudar, disse a si mesmo. Talvez seja por isso que estou aqui. Ela sempre foi inteligente em situações como essa, percebia as ilusões que eu criava para me justificar e encobrir a realidade interior. E é claro que isso só me deixou mais ansioso para me livrar dela. Na verdade, só isso já era razão suficiente, para uma pessoa como eu. Mas... talvez eu esteja mais apto a suportar agora.

Alguns instantes depois, ele estava diante da porta de Emily, tocando a campainha.

Se ela achar que eu deva fazer parte da equipe de Palmer Eldritch, eu vou, disse a si mesmo. E se não achar, não irei. Mas ela e o marido estão trabalhando para Eldritch, então, como podem manter a imparcialidade e me dizer para não ir? Desse modo, já estava decidido de antemão. E talvez eu soubesse disso também.

A porta se abriu. Com um avental azul manchado de argila úmida e seca, Emily ficou olhando para ele de olhos arregalados, abismada.

– Oi – ele disse. – Leo me demitiu. – Esperou, mas ela não disse nada. – Posso entrar?

– Sim. – Ela seguiu na frente, para dentro do condapto. No centro da sala de estar, o torno de oleiro familiar tomava, como sempre, um espaço enorme.

– Eu estava fazendo cerâmica. Bom te ver, Barney. Se quiser uma xícara de café, vai ter que...

– Vim aqui para pedir o seu conselho. Mas agora decidi que é desnecessário.

Ele foi até a janela, pôs a mala de amostras abarrotada no chão e olhou para fora.

– Se importa se eu continuar trabalhando? Tive uma boa ideia, ou pelo menos pareceu boa na hora. – Esfregou a testa, depois massageou os olhos. – Agora não sei... e me sinto tão cansada. Eu me pergunto se tem a ver com a Terapia E.

– Terapia de evolução? Está fazendo isso? – Virou-se no mesmo instante para examiná-la. Teria mudado fisicamente?

Pareceu-lhe – mas isso talvez porque não a via há muito tempo – que suas feições estavam mais grosseiras.

É a idade, pensou. Mas...

– Como está indo? – ele perguntou.

– Bom, só tive uma sessão. Mas, sabe, minha mente parece tão confusa. Não consigo pensar direito, todas as minhas ideias ficam embaralhadas.

– Acho que é melhor você parar com essa terapia. Mesmo que esteja na moda, mesmo que todas as pessoas importantes estejam fazendo.

– Talvez. Mas eles parecem tão satisfeitos. Richard e o dr. Denkmal. – Baixou a cabeça, uma reação antiga e familiar. – Eles saberiam, não?

– Ninguém sabe, é algo inexplorado. Pare com isso. Você sempre deixa as pessoas te fazerem de gato e sapato. – Usou um tom autoritário. Havia usado esse tom inúmeras vezes durante os anos que passaram juntos e, em geral, funcionava. Nem sempre.

E desta vez, ele notou, não funcionou. Ela estava com o olhar teimoso, a recusa em ser passiva como de costume.

– Acho que sou eu quem decide – ela disse com dignidade. – E pretendo continuar.

Ele deu de ombros e perambulou pelo condapto. Não tinha nenhum poder sobre ela, nem se importava. Mas era verdade? Realmente não se importava? Uma imagem surgiu em sua mente, de Emily regredindo... e tentando, ao mesmo tempo, trabalhar nos vasos, tentando ser criativa. Era engraçado... e terrível.

– Escuta – ele disse com rispidez. – Se aquele cara realmente te ama...

– Mas eu lhe disse – disse Emily. – A decisão é minha. – E virou-se de volta para o torno. Um vaso alto e imponente estava se formando, e ele se aproximou para dar uma boa olhada. Notável, concluiu. Mas... familiar. Ela já não havia feito um vaso assim? Ele não disse nada, no entanto. Simplesmente examinou a peça. – O que você acha que vai fazer? – perguntou Emily. – Para quem poderia trabalhar? – Pareceu solidária e fez com que ele se lembrasse de ter, recentemente, impedido a venda de seus vasos para a Ambientes P. I. Ela poderia facilmente ter alimentado uma grande animosidade contra ele, mas era típico dela não fazê-lo. E é claro que ela sabia que tinha sido ele quem rejeitara a oferta de Hnatt.

Ele disse:

– Meu futuro pode estar decidido. Recebi um aviso de convocação.

– Santo Deus! Você em Marte. Não consigo imaginar.

– Posso usar Can-D – ele disse. – Só que... – em vez de ter um ambiente de Pat Insolente, pensou, talvez eu tenha um ambiente de Emily. E passar o tempo, em fantasia, com você de novo, de volta à vida que abandonei de modo intencional e estúpido. O único período realmente bom da minha vida, quando eu era genuinamente feliz. Mas é claro que eu não sabia, porque não tinha nada com o que comparar... como tenho agora. – Existe alguma chance de que você queira ir comigo?

Ela o encarou fixamente, e ele a encarou também, ambos pasmos com o que ele acabara de propor.

– É sério – ele disse.

– Quando decidiu isso?

– Não importa quando decidi – ele disse. – Só importa que é assim que me sinto.

– Também importa como *eu* me sinto – disse Emily, calmamente. Então, voltou à cerâmica. – E estou perfeitamente feliz casada com Richard Hnatt. Nos damos incrivelmente bem. – Seu rosto estava plácido. Sem dúvida, havia sinceridade em cada palavra. Ele estava condenado, perdido, entregue ao vazio que cavara para si mesmo. E era o que merecia. Ambos sabiam disso, sem que nenhum dos dois dissesse.

– Acho que vou indo – ele disse.

Emily também não contestou. Simplesmente acenou com a cabeça.

– Espero, por tudo o que há de mais sagrado – ele disse –, que você não esteja regredindo. Na minha opinião, está. Posso ver no seu rosto, por exemplo. Olhe-se no espelho.

Com isso, ele saiu e fechou a porta. No mesmo instante, arrependeu-se do que havia dito, mas poderia ter sido bom... poderia ajudá-la, pensou. Porque eu vi. E não quero isso, ninguém quer. Nem mesmo aquele imbecil do marido dela, que ela prefere a mim... por razões que jamais saberei, a não ser pelo fato de que, para ele, o casamento era algo ligado ao destino. Ela está fadada a viver com

Richard Hnatt, fadada a nunca mais voltar a ser minha esposa. Não se pode reverter o fluxo do tempo.

É possível, quando se mastiga Can-D, ele pensou. Ou o novo produto, Chew-Z. Todos os colonizadores o fazem. Não está disponível na Terra, mas está em Marte, Vênus e Ganimedes, qualquer uma das colônias de fronteira.

Se tudo o mais falhar, existe isso.

E talvez já tivesse falhado. Porque...

Em última análise, ele não poderia recorrer a Palmer Eldritch. Não depois do que o homem havia feito – ou tentado fazer – com Leo. Percebeu isso enquanto esperava por um táxi, ao ar livre. Diante dele, a rua ao meio-dia refletia uma luz trêmula, e ele pensou: Talvez eu vá para a rua. Será que alguém me encontraria antes que eu morresse? Provavelmente não. Seria um método tão bom quanto outro qualquer...

E lá se vai minha última esperança de um emprego. Leo ficaria contente se eu acabasse aqui. Ficaria surpreso e, provavelmente, satisfeito.

Só de bobeira, decidiu, vou ligar para Eldritch, perguntar a ele, saber se me daria um emprego.

Encontrou uma cabine de vidfone e fez uma ligação para a propriedade de Eldritch em Luna.

– Quem fala é Barney Mayerson – explicou. – Ex-consultor principal de Pré-Moda de Leo Bulero. Na verdade, eu era o diretor--executivo da Ambientes P. I.

O gerente de pessoal de Eldritch franziu a sobrancelha e disse:

– Sim? O que você quer?

– Gostaria de falar com vocês sobre um emprego.

– Não estamos contratando nenhum consultor de Pré-Moda. Sinto muito.

– Poderia perguntar ao sr. Eldritch, por favor?

– O sr. Eldritch já expressou sua opinião a respeito.

Barney desligou. Saiu da cabine vidfônica.

Não estava mesmo surpreso.

Se tivessem dito: Venha para Luna para uma entrevista, eu teria ido? Sim, concluiu. Eu teria ido, mas, em algum momento, teria desistido. Assim que tivesse sido firmado com segurança que me dariam o emprego.

Voltou à cabine vidfônica e ligou para o conselho de seleção para o serviço militar da ONU.

– Quem fala é o sr. Barney Mayerson. – Forneceu seu número de identidade oficial. – Recebi minha convocação recentemente. Gostaria de abrir mão das formalidades e entrar diretamente. Estou ansioso para emigrar.

– O exame físico não pode ser eliminado do processo – informou o funcionário da ONU. – Nem o mental. Mas, se quiser, pode vir a qualquer hora, agora mesmo, se desejar, e fazer os dois.

– OK. Irei.

– E já que está se apresentando de modo voluntário, sr. Mayerson, pode escolher...

– Qualquer lua ou planeta está bom pra mim. – Desligou, saiu da cabine, encontrou um táxi e deu o endereço do serviço de seleção para o serviço militar mais próximo do seu prédio de condaptos.

Enquanto o táxi sobrevoava o centro da cidade com um zumbido, outro táxi subiu e ultrapassou-o, sibilando e agitando os estabilizadores laterais com o seu balanço.

– Estão tentando entrar em contato conosco – informou o circuito autônomo do seu táxi. – Gostaria de responder?

– Não – disse Barney. – Acelere. – Depois mudou de ideia. – Pode perguntar quem é?

– Via rádio, talvez. – O táxi ficou em silêncio por um instante, depois declarou: – Afirmam ter uma mensagem de Palmer Eldritch para você. Ele quer lhe dizer que o aceitará como funcionário e para você não...

– Mais uma vez, por favor – disse Barney.

– O sr. Palmer Eldritch, representado por eles, disse que vai lhe contratar, conforme seu pedido recente. Embora tenham uma regra geral...

– Deixe-me falar com eles – disse Barney.

Um microfone lhe foi apresentado.

– Que é? – Barney disse ao microfone.

Uma voz de homem desconhecida disse:

– É Icholtz. Da Fabricantes de Chew-Z de Boston. Poderíamos pousar e discutir a questão do seu emprego em nossa firma?

– Estou a caminho do conselho de convocação. Para me apresentar.

– Não existe nada por escrito, existe? Não assinou ainda.

– Não.

– Ótimo. Então, não é tarde demais.

Barney disse:

– Mas em Marte posso mastigar Can-D.

– Por que quer fazer isso, pelo amor de Deus?

– Para poder voltar para Emily.

– Quem é Emily?

– Minha ex-esposa. Que eu expulsei de casa por estar grávida. Percebi agora que foi a única época feliz da minha vida. Na verdade, eu a amo mais agora do que jamais amei. O amor cresceu em vez de desaparecer.

– Olha – disse Icholtz –, podemos lhe fornecer toda a Chew-Z que quiser, e ela é superior. Você pode viver para sempre num agora eterno e imutável com sua ex-esposa. Portanto não há problema.

– Mas talvez eu não queira trabalhar para Palmer Eldritch.

– Você solicitou o emprego!

– Tenho dúvidas – disse Barney. – Sérias. Eu lhe digo: não me ligue, eu ligo para você. Caso eu não entre para o serviço militar. – Devolveu o microfone ao táxi. – Toma. Obrigado.

– É patriótico prestar serviço militar – disse o táxi.

– Cuide da sua vida – disse Barney.

– Acho que está fazendo a coisa certa – disse o táxi assim mesmo.

– Se pelo menos eu tivesse ido a Sigma 14-B para salvar Leo. Ou era Luna? Onde quer que fosse. Não consigo nem me lembrar agora. Tudo parece um sonho desfigurado. De todo modo, eu ainda estaria trabalhando para ele e tudo estaria bem.

– Todos cometemos erros – disse o táxi, piedoso.

– Mas alguns de nós – disse Barney – cometem erros fatais.

– Primeiro, em relação às pessoas que amamos, nossa esposa e filhos, e depois em relação a nosso empregador, disse a si mesmo.

O táxi seguiu zunindo pelo ar.

Em seguida, continuou pensando, cometemos o último erro. Em relação à nossa vida toda, resumindo tudo. Aceitar um emprego de Eldritch ou prestar o serviço militar. E qualquer que seja nossa escolha, uma coisa podemos saber:

Escolhemos a alternativa errada.

Uma hora depois, ele já havia feito o exame físico. Tinha sido aprovado e, logo em seguida, o mental foi realizado por algo não muito diferente do dr. Smile.

Foi aprovado nesse também.

Atordoado, prestou o juramento ("Juro pela Terra, enquanto a mãe e líder" etc.) e, em seguida, com uma folha de informações em tom de "felicitações!", foi dispensado para voltar ao seu condapto e fazer as malas. Tinha vinte e quatro horas antes de sua nave partir para... onde quer que o enviariam. Ainda não haviam mencionado isso. Sua notificação de destino, ele supunha, provavelmente começava com *"Mene, mene, tekel"*. Pelo menos deveria, considerando as possíveis escolhas às quais estava limitada.

Minha situação está definida, disse a si mesmo com todo tipo de reação: contentamento, alívio, terror e, em seguida, a melancolia que vinha com uma sensação esmagadora de derrota. Seja como for, pensou no trajeto até o condapto, é melhor do que sair ao sol do meio-dia para se transformar no que chamam de cachorro louco ou um inglês.

Será que era?

Fosse como fosse, *isto é mais lento*. Demoraria mais para morrer assim, possivelmente cinquenta anos, e essa ideia o atraía mais. Mas por que, não sabia.

No entanto, refletiu, posso decidir acelerar o processo quando quiser. No mundo das colônias existem certamente tantas oportunidades para isso quantas existem aqui, talvez até mais.

Enquanto guardava seus pertences, abrigados pela última vez em seu condapto amado e suado, o vidfone tocou.

– Sr. Bayerson... – Era uma moça, alguma funcionária menor de algum departamento de uma das filiais do aparato central de colonização da ONU. *Sorrindo*.

– Mayerson.

– Sim. O motivo da minha ligação, sabe, é para lhe informar seu destino, e... que sorte a sua, sr. Mayerson! Será a área fértil de Marte conhecida como Crescente de Fineburg. *Sei* que vai gostar de lá. Bem, adeus, então, senhor, e boa sorte.

Ela manteve o sorriso apropriado, até depois que ele havia interrompido a imagem. Era o sorriso de alguém que não ia para uma colônia.

– Boa sorte para você também – ele disse.

Crescente de Fineburg. Ele tinha ouvido falar no lugar. Comparativamente, era fértil mesmo. De todo modo, os colonizadores lá tinham hortas: não era, como em algumas áreas, um deserto estéril com a queda de cristais e gases de metano congelado nas tempestades intermináveis ano após ano. Por incrível que parecesse, ele poderia subir à superfície de vez em quando, sair de dentro do abrigo.

No canto da sala de seu condapto, estava a mala que continha o dr. Smile. Ele a ligou e disse:

– Doutor, vai ser um pouco difícil acreditar nisso, mas não tenho mais necessidade dos seus serviços. Adeus e boa sorte, como disse a moça que não vai. – Acrescentou, para efeito de explicação: – Eu me apresentei por vontade própria.

– Cdryxxxxx – o dr. Smile emitiu um som estridente e soltou uma roda dentada lá no porão do prédio de condaptos. – Mas para alguém do seu tipo... isso é praticamente impossível. Qual foi o motivo, sr. Mayerson?

– O desejo de morte – disse e desligou o psiquiatra. Voltou a fazer as malas em silêncio. Deus, pensou. E pouco tempo atrás Roni e eu tínhamos planos tão grandes. Íamos trair Leo em larga escala, passar para o lado de Eldritch com estardalhaço. Para onde foi tudo isso? Sei o que aconteceu, disse a si mesmo. Leo agiu primeiro. E agora Roni está com o meu emprego. Exatamente o que ela queria. Quanto mais pensava nisso, mais raiva sentia, de um modo confuso. Mas não havia nada que pudesse fazer, pelo menos não neste mundo. Talvez quando mastigasse Can-D ou Chew-Z, poderia habitar um universo em que...

Alguém bateu à porta.

– Oi – disse Leo. – Posso entrar? – Entrou no apartamento, limpando a testa enorme com um lenço dobrado. – Dia quente. Vi nos homeos que aumentou seis décimos do...

– Se veio me oferecer meu emprego de volta – disse Barney, parando de fazer a mala –, é tarde demais porque entrei para o serviço militar. Parto amanhã para o Crescente de Fineburg. – Seria uma última ironia se Leo quisesse fazer as pazes. A volta final das engrenagens cegas da criação.

– Não vou lhe oferecer seu emprego de volta. E sei que foi convocado. Tenho informantes no serviço militar e, além disso, o dr. Smile me avisou. Eu o estava pagando – sem você saber, claro – para me informar sobre o progresso do seu declínio diante do estresse.

– O que quer, então?

– Quero que aceite um emprego de Felix Blau. Está tudo acertado.

– Passarei o resto da minha vida – disse Barney, calmamente – no Crescente de Fineburg. Não entendeu?

– Fique calmo. Estou tentando melhorar uma situação ruim, e você deveria também. Nós dois agimos com muita precipitação, eu ao demiti-lo, você ao se entregar ao conselho de serviço militar draconiano. Barney, acho que sei uma maneira de enganar Palmer Eldritch. Apresentei a ideia a Blau, e ele gostou. Você deve se fazer passar por um colonizador. Ou melhor – Leo corrigiu-se –, vá em frente, leve a sua vida no estilo dos colonizadores, torne-se um membro do grupo. Nos próximos dias, provavelmente na semana que vem, Eldritch vai começar a vender Chew-Z na sua área. Pode ser que se dirijam a você de imediato, pelo menos é o que espero. Estamos contando com isso.

Barney ficou de pé.

– E eu devo aproveitar a oportunidade e comprar.

– Certo.

– Por quê?

– Você vai apresentar uma queixa junto à ONU – nossos rapazes do departamento jurídico vão redigi-la para você. Declarando que a porcaria desprezível produziu efeitos colaterais altamente tóxicos em você. Não importa quais agora. Faremos de você um caso exemplar, forçando a ONU a banir a Chew-Z como algo prejudicial, perigoso... manteremos a droga completamente fora da Terra. Na verdade, é a situação ideal, você deixar o emprego na P. I. e prestar o serviço militar. Não poderia ter acontecido num momento melhor.

Barney balançou a cabeça.

– O que isso significa? – disse Leo.

– Estou fora.

– Por quê?

Barney deu de ombros. Na verdade, não sabia.

– Depois do modo como decepcionei você...

– Você entrou em pânico. Não sabia o que fazer, não é o seu trabalho. Eu deveria ter pedido para o dr. Smile entrar em contato com o chefe de polícia da empresa, John Seltzer. Está bem, você cometeu um erro. Acabou.

– Não – disse Barney. Devido, pensou, ao que aprendi com isso a respeito de mim mesmo. Não posso esquecer. Esses flashes de entendimento só têm uma direção, vão direto para a alma. E estão cheios de veneno.

– Não fique se remoendo, pelo amor de Deus. Que coisa mórbida. Ainda tem uma vida toda pela frente, mesmo que seja no Crescente de Fineburg. Sabe, você provavelmente teria sido convocado de qualquer jeito. Certo? Concorda? – Agitado, Leo andou pela sala.

– Que confusão. Está bem, não nos ajude. Deixe que Eldritch e aqueles proximanos façam o que estiverem tramando, que conquistem o sistema Sol ou pior, o universo inteiro, começando conosco. Parou e ficou olhando para Barney, irritado.

– Deixe-me... pensar a respeito.

– Espere até tomar Chew-Z. Vai descobrir. Vai contaminar a todos nós, começando por dentro e partindo para a superfície... É um transtorno profundo. – Respirando com esforço, Leo parou para tossir violentamente. – Cigarros demais – disse com a voz fraca. – Meu Deus. – Encarou Barney. – O homem me deu um dia, sabia disso? Devo me render, e se não o fizer... – Estalou os dedos.

– Não poderei estar em Marte tão rápido – disse Barney. – Muito menos estar apto a comprar uma trouxa de Chew-Z de um traficante.

– Sei disso – a voz de Leo ficou firme. – Mas ele não pode me destruir tão rápido assim. Levará semanas, talvez até meses. E até lá teremos alguém nos tribunais que possa apresentar queixas. Reconheço que não deve parecer muita coisa para você, mas...

– Entre em contato comigo quando eu estiver em Marte. Na minha cabana.

– Farei isso! Farei isso! – Depois, em parte para si mesmo, Leo disse: – E isso lhe dará uma razão.

– O que disse?

– Nada, Barney.

– Explique.

Leo deu de ombros.

– Céus, não sei como você está. Roni aceitou seu emprego, você estava certo. E rastreei você. Sei que foi direto à sua ex-esposa.

Ainda a ama, e ela não quer ir com você, quer? Eu o conheço melhor do que você se conhece. Sei exatamente por que não compareceu para me resgatar quando Palmer Eldritch me prendeu. Sua vida toda foi encaminhada para que você me substituísse, e agora isso desmoronou, você tem que começar tudo de novo em outro lugar. Uma pena, mas você causou isso a si mesmo, superestimando sua capacidade. Veja, não pretendo abdicar, nunca pretendi. Você é bom, mas não como executivo, apenas como um funcionário da área de Pré-Moda. Você é mesquinho demais. Veja como recusou os vasos de Richard Hnatt. Aquilo foi uma prova clara do que estou falando, Barney. Sinto muito.

– OK – disse Barney, por fim. – É possível que você esteja certo.

– Bem, então aprendeu muito sobre si mesmo. E *pode* começar de novo, no contexto do Crescente de Fineburg. – Leo lhe deu um tapinha nas costas. – Torne-se um líder no seu abrigo. Torne-o criativo, produtivo ou o que for possível lá. E será um espião para Felix Blau. É uma volta em grande estilo.

Barney disse:

– Eu poderia ter passado para o lado de Eldritch.

– É, mas não passou. Que importância tem o que *poderia* ter feito?

– Acha que fiz a coisa certa ao me apresentar para o serviço militar?

Leo disse calmamente:

– Meu caro, o que mais poderia ter feito?

Não havia resposta. E os dois sabiam.

– Quando bater aquela necessidade de sentir pena de si mesmo, lembre-se disso: *Palmer Eldritch quer me matar...* Estou muito pior do que você.

– Acho que sim. – Soou verdadeiro, e ele teve mais uma intuição além dessa.

Sua situação seria a mesma de Leo no momento em que ele iniciasse o litígio contra Palmer Eldritch.

Ele não esperava ansiosamente por isso.

* * *

Naquela noite, ele se encontrava num transporte da ONU com destino ao planeta Marte. No assento ao seu lado estava uma moça de cabelos escuros, bonita, assustada, mas desesperadamente quieta, com feições tão precisamente marcantes como as de uma modelo de revista. Seu nome, ela havia lhe dito assim que a nave atingiu a velocidade de escape – estava visivelmente ávida para diminuir a tensão conversando com qualquer pessoa, sobre qualquer assunto – era Anne Hawthorne. Ela poderia ter evitado a convocação, declarou um pouco melancólica, mas não o fez. Acreditava ser seu dever patriótico aceitar a intimação com as apáticas Felicitações! da ONU.

– Como teria conseguido escapar? – ele perguntou, curioso.

– Um sopro no coração – disse Anne. – E uma arritmia, taquicardia paroxística.

– E quanto a contrações prematuras, como a auricular, a ventricular, a taquicardia auricular, a palpitação auricular, a fibrilação auricular, isso sem falar nas câimbras noturnas? – perguntou Barney, para parecer – sem sucesso – entendido no assunto.

– Eu poderia ter providenciado documentos de hospitais, médicos e planos de saúde com atestados. – Olhou para ele, de cima a baixo, depois disse, muito interessada: – Parece que você poderia ter escapado, sr. Payerson.

– Mayerson. Eu me apresentei por vontade própria, srta. Hawthorne. – Mas não teria conseguido me eximir, não por muito tempo, disse a si mesmo.

– As pessoas são muito religiosas nas colônias. É o que ouvi dizer, pelo menos. Qual a sua denominação religiosa, sr. Mayerson?

– Hum – ele disse, travado.

– Acho melhor descobrir antes de chegar lá. Vão perguntar e esperar que vá a cerimônias. – Ela acrescentou: – É o uso principal daquela droga... você sabe. Can-D. Motivou muitas conversões para as igrejas estabelecidas... embora muitos dos colonizadores encontrem na droga em si uma experiência religiosa apropriada para eles. Tenho parentes em Marte, escrevem para mim, por isso fico sabendo. Vou para o Crescente de Fineburg. Para onde você vai?

Para a encrenca crescente, ele pensou.

– Eu também – disse em voz alta.

– É possível que a gente vá para a mesma cabana – disse Anne Hawthorne, com uma expressão pensativa no rosto esculpido com precisão. – Eu pertenço à Divisão Reformada da Igreja Neoamericana, a Nova Igreja Cristã dos Estados Unidos e Canadá. Na verdade, nossas raízes são muito antigas: em 300 d.C. Nossos antepassados tinham bispos que compareceram a uma conferência na França. Não nos separamos das outras igrejas tão tardiamente quanto todos pensam. Então, como pode ver, temos Sucessão Apostólica.

Ela sorriu para ele de um modo solene e amistoso.

– Honesto – disse Barney. – Eu acredito que tenham. O que quer que seja.

– Existe uma igreja missionária neoamericana no Crescente de Fineburg e, portanto, um vigário, um padre. Espero conseguir receber a eucaristia pelo menos uma vez por mês. E confessar duas vezes por ano, como deve ser feito, como tenho feito na Terra. Nossa igreja possui muitos sacramentos... recebeu algum dos dois Sacramentos Maiores, sr. Mayerson?

– Ãh... – ele hesitou.

– Cristo especificou que deveríamos observar dois sacramentos – Anne Hawthorne explicou com paciência. – O Batismo, pela água, e a Eucaristia. Esta última em memória dEle... foi inaugurada com a Santa Ceia.

– Ah. Quer dizer o pão e o vinho.

– Deve saber que a ingestão de Can-D traduz, como dizem, o participante para outro mundo. No entanto, é secular, já que é algo temporário e ocorre num mundo apenas físico. O pão e o vinho...

– Sinto muito, srta. Hawthorne – disse Barney –, mas infelizmente não posso acreditar nisso, a coisa do corpo e do sangue.

É místico demais para mim. – Baseado demais em premissas sem provas, disse a si mesmo. Mas ela estava certa. A religião sacra havia, por causa da Can-D, se tornado comum nas luas e planetas colônia, e ele ia ter que enfrentar isso, como disse Anne.

– Vai experimentar a Can-D? – perguntou Anne.

– Claro.

– Tem fé nisso. Mas sabe que a Terra para a qual ela o leva não é real.

– Não quero defender a ideia – ele disse. – É sentida como se fosse real, é tudo o que sei.

– Os sonhos também são.

– Mas neste caso é algo mais forte – ele observou. – Mais claro. E é realizado em... – ele havia começado a dizer *comunhão* – na companhia de outros que realmente participam. Portanto, não pode ser inteiramente uma ilusão. Sonhos são individuais, esta é a razão pela qual os identificamos como ilusões. Mas Pat Insolente...

– Seria interessante saber o que as pessoas que criam os ambientes de Pat Insolente pensam sobre tudo isso – disse Anne, reflexiva.

– Eu posso lhe dizer. Para eles, é apenas um negócio. Como provavelmente é a fabricação de vinhos e hóstias sacramentais para aqueles que...

– Se vai experimentar a Can-D – disse Anne – e depositar nela sua fé em uma nova vida, posso persuadi-lo a experimentar o batismo e a crisma na Igreja Cristã Neoamericana? Para que possa ver se sua fé merece ser depositada nisso também? Ou na Primeira Igreja Cristã Revisada da Europa, que, é claro, também pratica os dois Grandes Sacramentos. Uma vez que participe da Eucaristia...

– Não posso – ele disse. Acredito na Can-D, disse a si mesmo, e, se necessário, na Chew-Z. Você pode depositar sua fé em algo com vinte e um séculos de existência. Eu ficarei com algo novo. E pronto.

Anne disse:

– Para ser franca, sr. Mayerson, pretendo tentar converter o maior número de colonizadores possível a se afastarem da Can-D e passarem às práticas cristãs tradicionais. Essa foi a razão central pela qual me recusei a armar uma situação que me isentaria da convocação. – Sorriu para ele, um sorriso adorável que, contra a vontade dele, animava-o. – Isto é errado? Vou lhe dizer com franqueza: acho que o uso da Can-D indica um desejo genuíno da parte dessas pessoas de encontrar um retorno ao que nós, na Igreja Neo-americana...

– Eu acho – disse Barney, com delicadeza – que você deveria deixar essas pessoas em paz. – E a mim também, pensou. Já tenho problemas suficientes com as coisas do jeito que estão. Não venha acrescentar seu fanatismo religioso para piorar a situação. Mas ela não correspondia à ideia que ele tinha de uma fanática religiosa, nem falava como uma. Ele estava perplexo. Onde ela havia adquirido convicções tão fortes, tão firmes? Ele era capaz de imaginar que existissem nas colônias, onde a necessidade era tão grande, mas ela as havia assumido na Terra.

Portanto, a existência da Can-D, a experiência de tradução em grupo não explicava a questão por completo. Talvez, ele pensou, seja a transição em estágios graduais da Terra para as terras devastadas e infernais que todos eles podiam antever... nossa, sentir! Isso havia sido o suficiente. A esperança de outra vida, em diferentes condições, tinha sido despertada novamente.

No meu caso, pensou, o indivíduo que tenho sido, o Barney Mayerson da Terra, que trabalhou para a Ambientes P. I. e morou no renomado prédio de condaptos sob o improvável baixo número 33, está morto. Essa pessoa acabou, foi removida como que por uma esponja.

Goste eu ou não da ideia, nasci de novo.

– Ser um colono em Marte – ele disse – não será como viver na Terra. Talvez quando chegarmos lá... – Parou de falar. Pretendia dizer, "talvez eu me interesse mais pela sua igreja dogmática". Mas, por enquanto, ainda não podia dizer isso com honestidade, mesmo como suposição. Rebelava-se contra uma ideia que ainda era estranha à sua constituição moral. E no entanto...

– Continue – disse Anne Hawthorne –, termine a frase.

– Volte a falar comigo – disse Barney –, depois que eu tiver vivido por algum tempo abaixo de uma cabana, num mundo estranho. Quando tiver começado minha nova vida, se é que pode ser chamada de vida, como colonizador. – Seu tom amargo surpreendeu-o, a ferocidade... chegava às raias da angústia, percebeu, envergonhado.

Anne disse com serenidade:

– Está bem. Ficarei contente em fazê-lo.

Depois disso, os dois ficaram em silêncio. Barney leu um homeo e, ao seu lado, Anne Hawthorne, a fanática missionária a caminho de Marte, lia um livro. Ele espiou o título e viu que era o grande texto de Eric Lederman sobre a vida nas colônias, *Peregrinos sem Progresso*. Só Deus sabia onde ela havia conseguido um exemplar. A ONU o condenara, tornando-o incrivelmente difícil de ser encontrado. E ler o livro ali, numa nave da ONU... era um ato singular de coragem. Ficou impressionado.

Olhando-a de relance, percebeu que ela exercia uma atração irresistível sobre ele, exceto pelo fato de que era só um pouco magra demais, de que não usava maquiagem alguma e de que estava com a maior parte possível dos cabelos escuros e pesados cobertos por uma touca branca e arredondada, que lembrava um véu. Ela parecia, ele concluiu, estar vestida para uma longa viagem que terminaria na igreja. De todo modo, ele gostava do seu modo de falar, da sua voz compassiva e harmoniosa. Ele voltaria a encontrá-la em Marte?

Ele se deu conta de que esperava que sim. Na verdade – isso seria impróprio? – esperava até vir a participar com ela do ato conjunto de uso da Can-D.

Sim, pensou, é impróprio porque sei qual a minha intenção, o que a experiência da tradução com ela significaria para mim.

Manteve a esperança mesmo assim.

8

Estendendo a mão, Norm Schein disse, cordialmente:

– Olá, Mayerson. Oficialmente, sou eu quem devo dar as felicitações a quem chega à nossa cabana. Bem-vindo... ugh... a Marte.

– Sou Fran Schein – disse a esposa, também dando um aperto de mão em Barney Mayerson. – Nossa cabana é bastante organizada e estável. Acredito que não vá achá-la horrível demais. – Acrescentou, em parte para si mesma: – Só um pouco horrível. – Sorriu, mas Mayerson não retornou o sorriso. Parecia mal-humorado, cansado e deprimido, como a maioria dos colonizadores na chegada a uma vida que sabiam ser difícil e basicamente sem sentido. – Não espere de nós um discurso sobre as virtudes desta situação. Isso é trabalho da ONU. Não passamos de vítimas, como você. Com a diferença de que estamos aqui há algum tempo.

– Não faça a coisa parecer tão ruim – advertiu Norm.

– Mas é – disse Fran. – O sr. Mayerson vai enfrentar a situação. Não vai aceitar nenhuma mentira atraente. Certo, sr. Mayerson?

– Preciso de um pouco de ilusão neste momento – disse Barney, sentando-se num banco de metal na entrada da cabana. Enquanto isso, a máquina de remover areia, que o havia trazido, descarregava sua bagagem. Ele observava, entediado.

– Desculpe – disse Fran.

– Tudo bem fumar? – Barney pegou um maço de cigarros terranos. Os Stein olharam fixamente para ele. Então, com culpa, ele lhes ofereceu cigarros.

– Você chegou num momento difícil – explicou Norm Schein. – Estamos bem no meio de um debate. – Olhou para os outros à sua volta. – Já que é agora um membro da nossa cabana, não vejo por que não trazê-lo para a discussão. Afinal, diz respeito a você também.

Tod Morris disse:

– Talvez ele vá... vocês sabem. Contar.

– Podemos fazê-lo jurar sigilo – disse Sam Regan, e sua esposa, Mary, concordou. – A nossa discussão, sr. Geyerson...

– Mayerson – corrigiu Barney.

– ...tem a ver com a droga Can-D, que é a velha e confiável agente de tradução com que contamos, *versus* a droga mais nova, ainda não experimentada, a Chew-Z. Estamos num debate sobre largar a Can-D de uma vez por todas e...

– Espere até descermos – disse Norm Schein, e fez cara de zangado.

Sentando-se no banco, ao lado de Barney Mayerson, Tod Morris disse:

– A Can-D já era. É muito difícil de conseguir, custa peles demais, e eu, pessoalmente, estou cansado de Pat Insolente... É artificial demais, superficial demais e materialístico – desculpe, essa é a nossa palavra aqui para... – tentou uma explicação difícil. – Bem, é apartamento, carros, bronzeado na praia, roupas chiques... gostamos por algum tempo, mas não é suficiente de um modo *in*materialístico. Dá para entender, Mayerson?

Norm Schein disse:

– OK, mas o Mayerson não passou por isso. Não está farto. Quem sabe ele gostaria de vivenciar tudo isso.

– Como nós – concordou Fran. – Seja como for, ainda não votamos. Ainda não decidimos qual das duas vamos comprar e usar de agora em diante. Acho que deveríamos deixar o sr. Mayerson experimentar as duas. Ou já usou Can-D, sr. Mayerson?

– Usei – disse Barney. – Mas há muito tempo. Tempo demais para conseguir lembrar com clareza. – Leo havia lhe dado, e ofereceu mais, grandes quantidades, tudo o que quisesse. Mas ele havia recusado. Não lhe agradara.

Norm Schein disse:

– São boas-vindas muito lastimáveis à nossa cabana, infelizmente, envolvê-lo em nossa controvérsia dessa maneira. Mas nossa Can-D acabou. Temos que refazer o estoque ou mudar. É o momento decisivo. É claro que a traficante de Can-D, Impy White, está atrás de nós para que renovemos o pedido com ela... Até o fim da noite, teremos decidido. E a decisão afetará a todos nós... para o resto de nossa vida.

– Então, fique feliz por ter chegado hoje e não amanhã – disse Fran. – Depois da votação. – Ela deu um sorriso de incentivo para ele, tentando fazer com que se sentisse bem recebido. Tinham pouco a lhe oferecer além da ligação mútua, o fato de estarem unidos e que isso se estendia a ele.

Que lugar, Barney Mayerson pensava consigo mesmo. *O resto da minha vida...* parecia impossível, mas o que disseram era verdade. Não havia nenhuma cláusula na lei de recrutamento militar a respeito de dispensas. E o fato não era fácil de se encarar. Essas pessoas eram a sua corporação agora, mas... poderia ser muito pior. Duas das mulheres pareciam fisicamente atraentes, e ele podia perceber – ou acreditava poder – que estavam, por assim dizer, interessadas. Ele sentiu a interação sutil das complexidades múltiplas nas relações interpessoais que se acumulavam nos confins restritos de uma única cabana. Mas...

– A saída – Mary Regan disse a ele, calmamente, sentando-se no banco do lado oposto ao de Tod Morris – está em uma ou outra droga de tradução, sr. Mayerson. Caso contrário, como pode ver... – pôs a mão no ombro dele, iniciando o contato físico –, seria impossível. Simplesmente acabaríamos matando uns aos outros em nosso sofrimento.

– Sim – ele disse. – Entendo. Mas não havia aprendido isso ao ir para Marte. Havia, como qualquer outro terrano, percebido isso ainda na infância, quando ouviu falar da vida nas colônias, da luta contra a vontade irresistível de acabar com tudo num breve momento de rendição.

Não era de admirar que a convocação fosse combatida com tanta fúria, como havia sido o caso dele no início. Era uma luta pela vida.

– Hoje à noite – disse Mary Regan a ele – vamos comprar uma ou outra droga. Impy vai passar aqui às 19h, horário do Crescente de Fineburg. A resposta terá que ser definida antes disso.

– Acho que podemos votar agora – disse Norm Schein. – Posso ver que o sr. Mayerson, embora tenha acabado de chegar, está preparado. Estou certo, sr. Mayerson?

– Sim – disse Barney. A draga de areia havia terminado sua tarefa autônoma. Seus pertences formavam uma pilha parca, e a areia solta já passava por eles em ondas. Se não fossem levados para baixo, seriam encobertos pela poeira, e rápido. Minha nossa, pensou. Talvez seja melhor assim. Vínculos com o passado...

Os outros membros do abrigo juntaram-se para ajudá-lo, passando a mala de mão em mão até a esteira rolante que ia até a cabana abaixo da superfície. Mesmo se ele não estivesse interessado em preservar seus antigos pertences, eles estavam. Tinham um conhecimento superior ao dele.

– Você aprende a se virar um pouco a cada dia – disse Sam Regan, solidário. – Nunca pensa no longo prazo. Só até o jantar ou a hora de dormir, intervalos muito limitados, tarefas e prazeres. Fugas.

Barney jogou o cigarro fora e pegou a mala mais pesada.

– Obrigado. – Era um conselho perspicaz.

– Com licença – disse Sam Regan com dignidade e educação, e foi pegar para si o cigarro jogado.

* * *

Sentados no aposento do abrigo adequado para receber a todos eles, os membros reunidos, incluindo o novo, Barney Mayerson, prepararam-se para a votação solene. O horário: dezoito horas, contagem do Crescente de Fineburg. A refeição da tarde, compartilhada como de costume, havia terminado. Os pratos, a serem ensaboados e enxaguados, estavam na máquina apropriada. Ninguém, pareceu a Barney, tinha mais nada a fazer agora. O peso do tempo vago pairava sobre todos eles.

Depois de examinar o conjunto dos votos, Norm Schein anunciou:

– Quatro para Chew-Z. Três para Can-D. É essa a decisão, então. OK, quem assume a tarefa de dar a má notícia a Impy White? – Observou cada um deles. – Ela vai ficar irritada, é melhor estarmos preparados.

Barney disse:

– Eu conto a ela.

Espantados, os três casais que constituíam os habitantes da cabana junto com ele encararam-no fixamente.

– Mas você nem a conhece – protestou Fran Schein.

– Vou dizer que a culpa é minha – disse Barney. – Que eu influenciei a mudança para a Chew-Z.

Eles iam deixá-lo falar, ele sabia. Era uma tarefa onerosa.

Meia hora depois, ele passava o tempo ao lado da entrada da cabana, na escuridão silenciosa, fumando e ouvindo os sons da noite marciana.

Ao longe, algum objeto lunar riscou o céu, passando entre a visão dele e as estrelas. No instante seguinte, ouviu retrojatos. Não ia demorar, ele sabia. Esperou, braços cruzados, mais ou menos relaxado, treinando o que pretendia dizer.

Logo, um vulto feminino atarracado, vestindo um macacão pesado, surgiu caminhando no campo de visão.

– Schein? Morris? Bom, Regan, então. – Ela olhou para ele, apertando os olhos, usando uma lanterna infravermelha. – Não conheço você. – Cautelosa, ela parou. – Tenho uma pistola laser. – Que apareceu, apontada para ele. – Fale.

Barney disse:

– Vamos passar para um lugar em que o som fique fora do alcance da cabana.

Com extrema cautela, Impatience White acompanhou-o, ainda apontando a pistola laser, com atitude ameaçadora. Aceitou a identificação dele, lendo-a com o auxílio da lanterna.

– Trabalhava com Bulero – ela disse, examinando-o. – E daí?

– E daí – ele disse – que vamos mudar para Chew-Z, nós da Chances de Catapora.

– *Por quê?*

– Apenas aceite e não fique pressionando. Pode verificar com Leo na P. I. Ou com Conner Freeman, em Vênus.

– Farei isso – disse Impatience. – A Chew-Z é um lixo. Vicia, é tóxica e, o que é pior, leva a sonhos de fuga letais, não da Terra, mas de... – gesticulou com a pistola – fantasias grotescas e extravagantes de natureza infantil e totalmente louca. Explique-me o motivo da decisão.

Ele não disse nada. Apenas deu de ombros. Mas era interessante a devoção ideológica da parte dela. Divertiu-se com a reação. Na verdade, seu fanatismo contrastava intensamente com a atitude que a missionária a bordo da nave Terra-Marte havia demonstrado. Era evidente que os assuntos não determinavam a conduta. Ele nunca havia percebido isso antes.

– Vejo você amanhã, neste mesmo horário – decidiu Impatience White. – Se estiver sendo sincero, ótimo. Mas se não estiver...

– E se não estiver? – ele disse devagar, refletidamente. – Pode nos forçar a consumir seu produto? Afinal de contas, é ilegal. Poderíamos pedir proteção da ONU.

– Você é novo aqui. – O desprezo dela era enorme. – A ONU nesta região está perfeitamente a par do tráfico de Can-D. Pago uma remuneração regular a eles, para evitar interferências. Quanto à

Chew-Z... – gesticulou com a arma –, se a ONU vai protegê-los, e eles são o futuro...

– Você vai passar para o lado deles – disse Barney.

Ela não respondeu. Em vez disso, virou-se e saiu andando. Quase no mesmo instante, seu corpo baixo desapareceu na noite marciana. Ele permaneceu onde estava, depois voltou para a cabana, orientando-se por meio da forma indistinta e opaca de uma espécie de trator de fazenda, imenso e aparentemente rejeitado, estacionado por perto.

– E aí? – disse Norm Schein, para a sua surpresa, encontrando-o na entrada. – Vim ver quantos buracos a laser ela tinha feito no seu crânio.

– Ela teve uma reação filosófica.

– Impy White? – Norm riu alto. – Ela administra um negócio de um milhão de peles... "reação filosófica" uma ova. O que aconteceu de verdade?

Barney disse:

– Ela vai voltar depois que receber instruções dos superiores. – Ele começou a descer para a cabana.

– É, isso faz sentido. Ela é peixe pequeno. Leo Bulero, na Terra...

– Eu sei. – Não viu nenhuma razão para esconder sua antiga carreira. De todo modo, era informação pública. Os membros da cabana iam acabar se deparando com o dado. – Eu era consultor de Pré-Moda de Leo Bulero em Nova York.

– E votou para mudarmos para Chew-Z?– Norm estava incrédulo. – Teve uma desavença com Bulero, certo?

– Um dia eu te conto. – Chegou à base da esteira e desceu ao recinto comum, onde os outros aguardavam.

Com alívio, Fran Schein disse:

– Pelo menos ela não o ferveu com aquela pistolinha laser que fica brandindo. Você a deve ter encarado com firmeza.

– Estamos livres dela? – perguntou Tod Morris.

– Terei essa notícia amanhã à noite – disse Barney.

Mary Regan disse a ele:

– Achamos que você é muito corajoso. Vai dar uma grande contribuição a esta cabana, sr. Mayerson. Barney, digo. Para usar uma metáfora, uma injeção de ânimo para o nosso moral.

– Ora, ora – zombou Helen Morris. – Não estamos ficando um pouco deselegantes em nossa tentativa vacilante de impressionar o novo cidadão?

Ruborizada, Mary Regan disse:

– Eu não estava tentando impressioná-lo.

– Lisonjeá-lo, então – disse Fran Schein, num tom suave.

– Você também – disse Mary, nervosa. – Foi a primeira a bajulá--lo quando ele desceu daquela esteira... ou pelo menos quis. Teria feito se não estivéssemos todos aqui.

Para mudar de assunto, Norm Schein disse:

– Uma pena não podermos nos traduzir esta noite, usar o bom e velho ambiente de Pat Insolente uma última vez. Barney poderia gostar. Poderia pelo menos conhecer o que votou por eliminar. – Lançou um olhar significativo para cada um deles, verificando a reação provocada. – Ah, vamos lá... com certeza *um* de vocês tem alguma Can-D guardada, enfiada numa rachadura da parede ou debaixo da fossa séptica para um momento de necessidade. Ah, vamos lá. Sejam generosos com o recém-chegado. Mostrem a ele que não são...

– OK – Helen Morris disse de repente, corando, ressentida e contrariada. – Tenho um pouco, suficiente para três quartos de hora. Mas é tudo. E se essa Chew-Z não estiver pronta para a distribuição em nossa área?

– Vá pegar a sua Can-D – disse Norm. Quando ela estava saindo, ele disse: – E não se preocupe, *a Chew-Z está aqui*. Hoje, quando eu estava pegando um saco de sal do último lançamento da ONU, encontrei um dos traficantes dela. Ele me deu este cartão. – Mostrou o cartão. – Tudo o que precisamos fazer é acender uma chama comum de nitrato de estrôncio às 19h30, e descerão do satélite deles...

– Satélite! – Todos gritaram, surpresos. – Então – disse Fran, animada – deve ser aprovada pela ONU. Ou será que têm um ambiente e os *disc jockeys* no satélite anunciam as novas mínis?

– Não sei ainda – admitiu Norm. – Quer dizer, neste momento há muita confusão. Esperem até a poeira baixar.

– Aqui em Marte – disse Sam Regan, melancólico – ela nunca vai baixar.

Sentaram-se em círculo. Diante deles, o ambiente de Pat Insolente, completo e elaborado, acenava. Todos sentiam seu chamado, e Norm Schein cogitou que a ocasião tinha um tom sentimental porque nunca mais fariam isso de novo... a não ser que, é claro, o fizessem – usassem o ambiente – com a Chew-Z. Como isso funcionaria?, refletiu. Interessante...

Tinha uma sensação inexplicável de que não seria a mesma coisa.

E... que poderiam não gostar da diferença.

– Saiba – Sam Reagan disse ao novo membro, Barney Mayerson – que vamos passar o período de tradução ouvindo e vendo o novo animador de Grandes Livros de Pat. Sabe, o aparelho que acabaram de lançar na Terra... Com certeza está mais familiarizado com ele que nós, Barney, então, talvez possa nos explicar como funciona.

Barney, obediente, disse:

– Você insere um dos Grandes Livros, por exemplo, *Moby Dick*, no reservácuo. Depois ajusta os controles para *longo* ou *curto*. Depois para a versão *engraçada* ou *mesma do livro* ou *triste*. Depois ajusta o indicador de estilo para qual dos Grandes Artistas clássicos você quer que anime o livro. Dalí, Bacon, Picasso... O animador de Grandes Livros de preço médio é configurado para reproduzir em forma de desenho animado o estilo de uma dúzia de artistas famosos do sistema. Você especifica quais você quer quando compra o aparelho. E há opções que pode adicionar depois, que fornecem outras mais.

– Incrível – disse Norm Schein, irradiando entusiasmo. – Então, o que você ganha é uma noite inteira de entretenimento, digamos, a versão *triste,* no estilo de Jack Wright, de, por exemplo, *A Feira das Vaidades.* Uau!

Suspirando, Fran disse, num tom sonhador:

– Como deve ecoar em sua alma, Barney, ter vivido tão recentemente na Terra. Você parece ainda carregar as vibrações com você.

– Bobagem, temos tudo isso – disse Norm – quando somos traduzidos. – Impaciente, ele pegou o estoque reduzido de Can-D. – Vamos começar. – Pegou a sua fatia e mastigou com vigor. – O Grande Livro que vou transformar numa versão integral *engraçada* em desenho animado no estilo de De Chirico será... – Refletiu. – Hum, *Meditações de Marco Aurélio.*

– Que genial – disse Helen Morris, sarcástica. – Eu ia sugerir *Confissões,* de Santo Agostinho, no estilo de Litchenstein... *engraçado,* claro.

– É sério! Imagina: a perspectiva surrealista, prédios abandonados, em ruínas, com colunas dóricas caídas ao lado, cabeças ocas...

– Melhor os outros começarem a mastigar – aconselhou Fran, pegando sua fatia –, para ficarmos em sincronia.

Barney aceitou a sua porção. O fim do passado, ponderou enquanto mastigava. Estou participando do que, para esta cabana específica, é a última noite. E no lugar disto virá o quê? Se Leo estiver certo, será intoleravelmente pior. Sem comparação, na verdade. É pouco provável, claro, que Leo estivesse sendo imparcial. Mas é evoluído. E sábio.

Objetos miniaturizados que eu considerei favoráveis no passado, ele se deu conta. Num momento estarei imerso num mundo composto por eles, reduzido às dimensões deles. E, diferentemente dos outros membros do abrigo, posso comparar minha experiência neste ambiente com o que deixei para trás há tão pouco tempo.

E muito em breve, percebeu sobriamente, terei que fazer o mesmo com Chew-Z.

– Vai descobrir que é uma sensação esquisita – Norm Schein disse a ele – ver-se habitando um corpo com três outros companheiros. Todos teremos que concordar sobre o que queremos que o corpo faça, ou pelo menos uma maioria dominante tem que se formar, senão ficamos simplesmente empacados.

– Acontece – disse Tod Morris. – Na metade das vezes, na verdade.

Um por um, os outros começaram a mastigar suas fatias de Can-D. Barney Mayerson foi o último e o mais relutante. Ah, droga, pensou de repente, e andou até um vaso do outro lado da sala. Ali, cuspiu a Can-D meio mastigada, sem ter engolido.

Os outros, sentados diante do ambiente de Pat Insolente, já haviam entrado num estado de coma, e ninguém mais prestava atenção nele. Ele estava, para todos os efeitos, subitamente sozinho. A cabana era sua por algum tempo.

Andou pelo abrigo, sentindo o silêncio.

Não posso fazer isso, percebeu. Não posso tomar a maldita droga como eles fazem. Pelo menos não ainda.

Uma campainha soou.

Havia alguém na entrada da cabana, pedindo permissão para entrar. Dependia dele consentir ou não. Então subiu, na esperança de estar fazendo a coisa certa, esperando que não fosse uma das batidas policiais periódicas da ONU. Não haveria muito o que pudesse fazer para impedir que descobrissem os outros membros do abrigo inertes diante do seu ambiente e, em delito flagrante, usuários de Can-D.

Com a lanterna na mão, na entrada do nível térreo, estava uma mulher jovem, usando um traje volumoso de retenção de calor e visivelmente não acostumada a ele. Parecia desconfortável demais.

– Olá, sr. Mayerson – ela disse. – Lembra-se de mim? Vim atrás de você porque estou me sentindo terrivelmente sozinha. Posso entrar? – Era Anne Hawthorne. Surpreso, ele ficou olhando para ela.

– Ou está ocupado? Posso voltar outra hora. – Ela se virou de lado, começando a se afastar.

– Posso ver – ele disse – que Marte está sendo um choque e tanto para você.

– É um pecado da minha parte – disse Anne –, mas eu já odeio este lugar. Odeio mesmo... Sei que deveria adotar uma atitude paciente de aceitação e tudo isso, mas... – Apontou a lanterna para a paisagem atrás da cabana e, com uma voz trêmula e desesperadora, disse: – Só o que quero fazer agora é encontrar algum modo de voltar para a Terra. Não quero converter ninguém nem mudar nada, só quero ir embora daqui. – Acrescentou, melancólica: – Mas sei que não posso. Então, pensei em visitá-lo. Entende?

Segurando sua mão, ele a conduziu pela esteira até o compartimento que tinha sido destinado a ele como sua habitação.

– Onde estão seus companheiros de cabana? – Ela olhou ao redor, atenta.

– Fora.

– Lá fora? – Ela abriu a porta da sala comum e viu o grupo tombado diante do ambiente. – Ah, fora dessa maneira. Mas você não.

– Ela fechou a porta, franzindo a testa, claramente perplexa. – Você me surpreende. Eu teria aceitado com prazer uma Can-D esta noite, do jeito que estou me sentindo. Olha como você está reagindo bem contra ela, comparado a mim. Estou tão... inadequada.

Barney disse:

– Talvez eu tenha mais propósito aqui do que você.

– Eu tinha muito propósito. – Ela retirou o traje desajeitado e sentou-se, enquanto ele começava a fazer café para os dois. – As pessoas da minha cabana, que fica a menos de um quilômetro ao norte daqui, também estão fora, dessa mesma maneira. Você sabia que eu estava tão perto? Teria procurado por mim?

– Claro que teria. – Encontrou xícaras e pires de plástico de aparência sem graça, colocou-os na mesa dobrável e pegou duas cadeiras igualmente dobráveis. – Talvez Deus não se estenda até Marte. Talvez, quando saímos da Terra...

– Tolice – Anne disse rispidamente, recuperando o ânimo.

– Achei que isso conseguiria deixá-la nervosa.

– Claro que sim. Ele está em toda parte. Até aqui. – Ela olhou para os pertences dele, apenas uma parte fora das malas, e caixas fechadas. – Não trouxe muita coisa, não é? A maior parte das minhas ainda está a caminho, num transporte autônomo. – Ela andou até lá e parou, examinando uma pilha de livros de bolso. – *De Imitatione Christi* – ela disse, surpresa. – Está lendo Tomás de Kempis? É um grande livro, maravilhoso.

– Eu comprei – ele disse –, mas nunca li.

– Tentou? Aposto que não. – Ela abriu o volume a esmo e leu para si mesma, movendo os lábios. – "Considere a grandeza da menor dádiva concedida por ele. E as coisas mais desprezíveis são recebidas como dádivas especiais e grandes testemunhos de amor." Isso incluiria a vida aqui em Marte, não? Esta vida desprezível, encerrada nessas... cabanas. Nome apropriado, não? Por que, em nome de Deus... – ela se virou para ele, suplicando – o período aqui não poderia ser *limitado*, e depois voltaríamos para casa?

Barney disse:

– Uma colônia, por definição, tem que ser permanente. Pense na Ilha de Roanoke.

– Sim – Anne assentiu com a cabeça. – Estive lá. Queria que Marte fosse uma grande Ilha de Roanoke, com todas as pessoas voltando para casa.

– Para serem cozidas lentamente.

– Podemos evoluir, como os ricos fazem. Poderia ser feito com as massas. – Ela devolveu o livro de De Kempis à pilha com um movimento brusco. – Mas não quero isso também, a concha quitinosa e todo o resto. Não existe nenhuma resposta, sr. Mayerson? Sabe, os neocristãos são orientados a acreditar que são viajantes numa terra estrangeira. Estranhos em viagem constante. Agora realmente o somos. A Terra está deixando de ser nosso mundo natural, e *este* certamente nunca será. Não nos sobrou nenhum mundo!

– Ela o encarou fixamente, com as narinas alargadas. – Absolutamente nenhum lar!

– Bem – ele disse, desconfortável –, sempre haverá a Can-D e a Chew-Z.

– Você tem alguma?

– Não.

Ela acenou com a cabeça.

– De volta a Tomás de Kempis, então. – Mas não voltou a pegar o livro. Em vez disso, ficou parada, com a cabeça baixa, perdida em meditação melancólica. – Sei o que vai acontecer, sr. Mayerson. Barney. Não vou converter ninguém ao cristianismo neoamericano. Em vez disso, eles vão me converter à Can-D, à Chew-Z e a qualquer outro vício em voga por aqui, qualquer fuga que se apresente. Sexo. As pessoas são terrivelmente promíscuas aqui em Marte, sabe. Todo mundo vai para a cama com todo mundo. Experimentarei até mesmo isso. Na verdade, estou pronta neste exato momento. Só não consigo suportar o modo como as coisas estão... você olhou bem para a superfície antes do anoitecer?

– Sim. – E não o havia perturbado tanto ver os jardins meio abandonados, equipamentos completamente desprezados, os grandes montes de suprimentos apodrecendo. Ele sabia, pelas fitas-edu, que a fronteira era sempre assim, mesmo na Terra. O Alasca tinha sido assim até recentemente, e assim era, exceto pelas atuais cidades de férias, a Antártida agora.

Anne Hawthorne disse:

– Aqueles colonizadores no outro cômodo, diante do ambiente. E se tirássemos Pat Insolente do tabuleiro e a destruíssemos totalmente? O que aconteceria com eles?

– Continuariam com a fantasia. – Estava comprovado agora, os acessórios não eram mais necessários como focos. – Por que você iria querer fazer isso? – O gesto tinha um tom decididamente sádico, e ele ficou surpreso. A garota não havia lhe passado essa impressão quando se conheceram.

– Iconoclastia – disse Anne. – Quero destruir seus ídolos, e é isso o que Pat Insolente e Walt são. Quero fazer isso porque... – ficou em silêncio, então – eu os invejo. Não se trata de fervor religioso. É apenas um traço muito egoísta, cruel. Eu sei. Se não posso me juntar a eles...

– Você pode. Você vai. Assim como eu. Mas não de imediato. – Ele lhe serviu café. Ela aceitou, pensativa, agora delgada sem o casaco pesado. Ela era, ele viu, quase da altura dele. De salto, teria a mesma altura, se não mais. O nariz era estranho. Era quase redondo na ponta, não exatamente engraçado, mas um tanto... mundano, ele concluiu. Como se a ligasse à terra. Fez com que ele pensasse em camponeses anglo-saxões ou normandos lavrando seus terrenos pequenos, quadrados.

Não era de admirar que ela odiasse Marte. Historicamente, seu povo amava sem reservas o solo autêntico da Terra, o cheiro e a textura verdadeira e, acima de tudo, a memória que continha, os vestígios transmutados da multidão de criaturas que perambulou e, em seguida, finalmente caiu morta, pereceu e retornou no fim; não ao pó, mas ao humo fértil. Bem, ela poderia começar a cultivar uma horta ali em Marte. Talvez pudesse fazer um jardim florescer onde colonizadores antigos haviam fracassado sugestivamente. Estranho que ela estivesse tão deprimida. Era normal para recém--chegados? Por algum motivo, ele mesmo não se sentiu assim. Talvez ele imaginasse, em algum nível profundo, que encontraria seu caminho de volta para a Terra. Nesse caso, era ele quem estava mentalmente desequilibrado. Não Anne.

Ela disse, de repente:

– Tenho Can-D, Barney. – Pôs a mão nos bolsos da calça de trabalho de lona fornecida pela ONU, tateou e retirou um pequeno pacote. – Comprei há pouco, na minha própria cabana. Saliva de Linho, como é chamada. O membro da cabana que a vendeu para mim acredita que a Chew-Z acabará com seu valor, então, fez um bom preço. Tentei usar... já estava praticamente com ela na boca. Mas, por fim, como você, não consegui. Uma realidade de sofrimento não é melhor que a mais interessante das ilusões? Mas será que *é* ilusão, Barney? Não sei nada de filosofia. Explique para mim, porque tudo o que conheço é a fé religiosa, e ela não me torna apta a compreender isto. Essas drogas de tradução. – No mesmo instante, ela abriu o pacote. Contorceu os dedos desesperadamente. – Não consigo continuar, Barney.

– Espere – ele disse, colocando a xícara na mesa e indo na direção dela. Mas era tarde demais, ela já havia ingerido a Can-D. – Nada para mim? – ele perguntou, divertindo-se um pouco com a situação. – Você não entendeu o principal. Não vai ter ninguém para ficar com você, na tradução. – Segurando-a pelo braço, ele a levou do compartimento, arrastando-a às pressas para o corredor e, em seguida, para a grande sala comum em que os outros se encontravam. Sentando-a entre eles, Barney disse, compadecido: – Pelo menos, desse modo, será uma experiência compartilhada, e acredito que isso ajude.

– Obrigada – ela disse, sonolenta. Seus olhos se fecharam, e o corpo foi ficando mole.

Agora, ele se deu conta, ela é Pat Insolente. Num mundo sem transtornos.

Curvou-se e beijou-a na boca.

– Ainda estou acordada – ela murmurou.

– Mas não vai se lembrar mesmo – ele disse.

– Ah, vou sim – Anne Hawthorne disse debilmente. Então, partiu. Ele sentiu que ela se fora. Ficou com sete carcaças físicas desabitadas e voltou imediatamente para a sua própria habitação, onde as duas xícaras de café fumegavam.

Eu poderia me apaixonar por essa garota, disse a si mesmo. Não como por Roni Fugate, nem mesmo como por Emily, mas algo novo. Melhor? Ou isto é desespero? Exatamente o que vi Anne acabar de fazer com a Can-D, engolir de uma vez porque não existe nada mais, só escuridão. É isto ou o vazio. E não por um dia ou uma semana, mas... para sempre. Então, tenho que me apaixonar por ela.

* * *

Sozinho, ficou sentado, cercado por seus pertences parcialmente desencaixotados, bebendo café e meditando até, finalmente, ouvir suspiros e uma movimentação na sala comum. Seus companheiros de cabana estavam retomando a consciência. Deixou a xícara e voltou para se juntar a eles.

– Por que deu para trás, Mayerson? – disse Norm Schein e esfregou a testa, franzindo a sobrancelha. – Nossa, fiquei com uma dor de cabeça. – Notou então a presença de Anne Hawthorne. Ainda inconsciente, estava com as costas apoiadas na parede, a cabeça caída para a frente. – Quem é ela?

Fran, levantando-se sem firmeza, disse:

– Ela se juntou a nós no final. É uma conhecida de Mayerson: ele a conheceu no voo. É muito simpática, mas é uma beata, vocês vão ver. – Encarou Anne com um olhar crítico. – Não é nada feia. Estava muito curiosa para vê-la. Imaginava que fosse mais, hum, austera.

Aproximando-se de Barney, Sam Regan disse:

– Convença-a a ficar com você, Barney. Ficaríamos felizes em votar pela admissão dela aqui. Temos muito espaço, e você deveria ter uma... digamos... esposa. – Ele também examinou Anne. – É. Bonita. Belos cabelos pretos e longos, gostei.

– Gostou, gostou – Mary Regan disse com sarcasmo.

– É, gostei, e daí? – Sam Regan encarou a esposa.

Barney disse:

– Ela está comprometida.

Todos o olharam com curiosidade.

– Estranho – disse Helen Morris. – Porque, quando estávamos com ela há pouco, ela não nos contou isso, e, pelo que pudemos entender, você e ela tinham apenas...

Interrompendo, Fran Schein disse a Barney:

– Não vai querer viver com uma fanática neocristã. Tivemos uma experiência com isso, expulsamos alguns deles ano passado.

Causam problemas terríveis aqui em Marte. Lembre-se, nós *compartilhamos* a mente dela... ela é um membro dedicado de alguma igreja superior, com todos os sacramentos e rituais, todo aquele lixo ultrapassado. Ela acredita mesmo nisso.

Barney disse com firmeza.

– Eu sei.

Com tranquilidade, Tod Morris disse:

– É verdade, Mayerson. Sinceramente. Vivemos juntos demais para importarmos qualquer tipo de fanatismo religioso da Terra. Aconteceu em outras cabanas. Sabemos do que estamos falando. Cada um tem que viver a sua vida, sem absolutamente nenhum credo ou dogma. A cabana é pequena demais. – Acendeu um cigarro e olhou para Anne Hawthorne. – Estranho uma garota bonita se envolver com esse tipo de coisa. Bom, tem de tudo neste mundo. – Parecia perplexo.

– Ela pareceu gostar de ser traduzida? – Barney perguntou Helen Morris.

– Sim, até certo ponto. É claro que ficou perturbada... é de se esperar isso na primeira vez. Ela não sabia como cooperar para manipular o corpo. Mas estava bastante ansiosa para aprender. Agora, evidentemente, está sozinha com tudo, então está mais fácil para ela. É bom para praticar.

Curvando-se, Barney Mayerson pegou a pequena boneca, Pat Insolente, com seu short amarelo e camiseta de algodão com listras vermelhas e sandálias. Essa agora era Anne Hawthorne, ele se deu conta. De uma forma que ninguém entendia exatamente. Ele poderia destruir a boneca, esmagá-la, e Anne, na sua vida de fantasia sintética, não seria afetada.

– Eu gostaria de me casar com ela – ele disse de repente, em voz alta.

– Com quem? Pat Insolente ou a nova garota?

– Ele quer dizer com a Pat Insolente – disse Norm Schein, e deu um riso contido.

– Não, não quer – disse Helen, séria. – E acho que está ótimo. Agora podemos ser quatro casais em vez de três e um homem, um homem excedente.

– Existe algum modo – disse Barney – de se ficar bêbado por aqui?

– Claro – disse Norm. – Temos bebida... é gim inferior, mas o teor alcoólico é oitenta, vai dar conta do recado.

– Deixa eu tomar um pouco – disse Barney, pegando a carteira.

– É de graça. A nave de abastecimento da ONU lança em tonéis. – Norm foi até um armário trancado, pegou uma chave e abriu-o.

Sam Regan disse:

– Conte-nos, Mayerson, por que sente a necessidade de ficar bêbado. Somos nós? A cabana? Marte?

– Não. – Não era nenhuma dessas coisas. Tinha a ver com Anne e a desintegração de sua identidade. Seu uso da Can-D tão repentino, um sintoma de sua inabilidade para acreditar ou lutar, sua renúncia. Era um presságio, no qual ele também estava envolvido. Viu a si mesmo no que aconteceu.

Se pudesse ajudá-la, talvez ajudasse a si mesmo. E caso contrário...

Tinha uma intuição de que, se não conseguisse, seria o fim dos dois. Marte, para ele mesmo e para Anne, significaria a morte. E provavelmente logo.

9

Depois que saiu da experiência de tradução, Anne Hawthorne ficou taciturna e mal-humorada. Não era um bom sinal. Ele supôs que ela também tinha tido uma premonição semelhante à dele. Mas ela não disse nada a respeito, simplesmente foi de imediato até o compartimento dele para pegar seu volumoso traje externo.

– Tenho que voltar para a Saliva de Linho – ela explicou. – Obrigada por me deixarem usar seu ambiente – disse aos membros da cabana, que ficaram aqui e ali, vendo-a vestir-se. – Desculpe, Barney. – Baixou a cabeça. – Foi indelicado deixá-lo do jeito que deixei.

Ele a acompanhou, a pé, pelas areias noturnas, planas, até a cabana dela. Nenhum deles falou enquanto caminhavam lentamente, mantendo os olhos atentos, como haviam sido aconselhados, para o predador noturno, uma forma de vida marciana telepática, semelhante ao chacal. Porém, não viram nada.

– Como foi? – ele perguntou finalmente.

– Quer dizer ser aquela boneca loira e sem-vergonha com todas aquelas malditas roupas, namorado, carro e... – Anne, ao lado dele, estremeceu. – Horrível. Bem, não é isso. É... sem sentido. Não encontrei nada lá. Foi como voltar à minha adolescência.

– É – ele concordou. Pat Insolente tinha isso.

– Barney – ela disse calmamente. – Tenho que encontrar outra coisa e rápido. Pode me ajudar? Você parece inteligente, maduro e experiente. Ser traduzida não vai me ajudar... Chew-Z não será melhor porque há algo em mim que se rebela, não vai aceitar... entende? Sim, entende. Posso perceber. – Apertou o braço dele e abraçou-o com força na escuridão. – Sei de mais uma coisa, Barney. *Eles também estão cansados disso.* Só o que fizeram foi brigar enquanto eles... nós estávamos dentro daqueles bonecos. Não se divertiram por um segundo sequer.

– Caramba.

Apontando a lanterna adiante, Anne disse:

– É uma pena, queria que tivessem aproveitado. Sinto mais por eles do que por... – Parou de falar, andou em silêncio por algum tempo, depois disse abruptamente: – Eu mudei, Barney. Sinto isso em mim. Quero me sentar aqui... onde quer que estejamos. Você e eu sozinhos no escuro. E depois, você sabe... Não preciso dizer, preciso?

– Não – ele admitiu. – Mas o problema é que você se arrependeria depois. E eu também, por causa da sua reação.

– Talvez eu reze – disse Anne. – Rezar é difícil, é preciso saber como. Não se reza para si mesmo. Faz-se o que chamamos de oração intercessora: rezar para os outros. E não nos dirigimos ao Deus que está em algum lugar lá no céu... é ao Espírito Santo interior. É diferente, é o Ajudador. Você já leu Paulo?

– Que Paulo?

– Do Novo Testamento. Suas epístolas, por exemplo, aos Coríntios ou aos Romanos... sabe? Paulo diz que nosso inimigo é a morte. É o último inimigo que superamos, então, acho que é o maior. Estamos todos arruinados, não apenas nosso corpo, mas nossa alma também. Ambos temos que morrer para então renascermos, com novo corpo, não de carne, mas incorruptíveis. Percebe? Sabe, quando eu era Pat Insolente, agora há pouco... tive uma sensação muito estranha de que estava... é errado dizer ou acreditar nisso, mas...

– Mas – Barney completou para ela – parecia uma amostra disso. Mas você esperava isso, sabia da semelhança... Você mesma a mencionou na nave. – Muitas pessoas, ele refletiu, haviam notado o mesmo.

– Sim – admitiu Anne. – Mas o que eu não sabia é que... – no escuro, ela se virou para ele, que mal conseguia enxergá-la – *ser traduzida é a única alusão que podemos ter disso sem estarmos mortos*. Portanto é uma tentação. Se não fosse por aquela boneca horrível, aquela Pat Insolente...

– Chew-Z – disse Barney.

– É o que eu estava pensando. Se é assim como Paulo diz sobre o homem corruptível vestindo a imortalidade... não conseguiria me conter, Barney. Eu teria que mastigar Chew-Z. Não seria capaz de esperar até o fim da minha vida... poderão ser cinquenta anos vivendo aqui em Marte... meio século! – Deu de ombros. – Por que esperar se posso ter isso *agora*?

– A última pessoa com quem falei – disse Barney – que havia tomado Chew-Z disse que foi a pior experiência da vida dela.

Isso a assustou:

– De que modo?

– Ela caiu no domínio de alguém ou algo que considerava absolutamente cruel, alguém que a aterrorizava. E teve a sorte, sabe disso, de conseguir escapar.

– Barney – ela disse –, por que você está em Marte? Não diga que é por causa do sorteio, uma pessoa inteligente como você poderia ir a um psiquiatra...

– Estou em Marte – ele disse – porque cometi um erro. – Na sua terminologia, refletiu, isso se chamaria pecado. E na minha terminologia também, decidiu.

Anne disse:

– Machucou alguém, não foi?

Ele deu de ombros.

– Então, agora, para o resto da vida, ficará aqui – disse Anne. – Barney, pode me conseguir um estoque de Chew-Z?

– Muito em breve. – Não demoraria até encontrar um dos traficantes de Palmer Eldritch, tinha certeza. Pôs a mão no ombro dela e disse: – Mas você vai poder consegui-la com igual facilidade.

Ela se recostou nele enquanto caminhavam, e ele a abraçou. Ela não ofereceu resistência... Na verdade, suspirou aliviada.

– Barney, tenho algo a lhe mostrar. Um panfleto que uma pessoa da minha cabana me deu. Ela disse que haviam largado um monte deles outro dia. É do pessoal da Chew-Z. – Pôs a mão dentro do casaco volumoso e o revolveu. À luz da lanterna, ele viu o papel dobrado. – Leia. Vai entender por que me sinto como me sinto em relação à Chew-Z... por que é um problema espiritual para mim.

Segurando o papel contra a luz, ele leu a linha superior, que se destacava em letras pretas enormes.

DEUS PROMETE VIDA ETERNA. NÓS CUMPRIMOS A PROMESSA.

– Está vendo? – disse Anne.

– Sim. – Ele nem se deu ao trabalho de ler o resto. Dobrou o papel e devolveu-o a ela, sentindo tristeza. – Belo slogan.

– Verdadeiro.

– Não a grande mentira – disse Barney –, mas a grande verdade. – Qual das duas, pensou, é pior? Difícil saber. Numa situação ideal Palmer Eldritch cairia duro pela *blasfêmia* anunciada no panfleto, mas era evidente que isso não ia acontecer. Um visitante malvado vindo a público depois de viajar ao sistema Prox, disse a si mesmo, oferecendo-nos o que pedimos em orações por um período de mais de dois mil anos. E por que isso é tão claramente ruim? Difícil dizer, mas, apesar disso, é. Porque talvez signifique sujeição a Eldritch, como a que Leo sofreu. Eldritch estará constantemente conosco a partir de agora, infiltrando-se em nossa vida. E Ele, que nos protegeu no passado, simplesmente assistirá passivamente.

Cada vez que formos traduzidos, ele pensou, veremos... não Deus, mas Palmer Eldritch.

Em voz alta, disse:

– Se a Chew-Z desapontar você...

– Não diga isso.

– Se Palmer Eldritch desapontar você, talvez... – Ele parou. Porque diante deles estava a cabana Saliva de Linho. A luz da entrada brilhava debilmente nas trevas marcianas. – Você chegou em casa.

– Não gostou da ideia de se afastar dela. Com a mão no seu ombro, abraçou-a, lembrando do que havia dito aos companheiros da cabana sobre ela. – Volte comigo – disse. – Para Chances de Catapora. Vamos nos casar formal e legalmente.

Ela ficou olhando para ele. Depois, inacreditavelmente, começou a rir.

– Isso significa não? – ele perguntou, sem jeito.

– O que – disse Anne – é "Chances de Catapora"? Ah, entendi. É o código da sua cabana. Me desculpe, Barney. Não queria ter rido. Mas a resposta, claro, é não. – Ela se afastou dele e abriu a porta externa da câmara de entrada da cabana. Em seguida, colocou a lanterna no chão e andou na direção dele com os braços abertos. – Faça amor comigo – ela disse.

– Aqui não. Perto demais da entrada. – Ele estava com medo.

– Onde você quiser. Me leve. – Ela pôs os braços em torno do pescoço dele. – Agora – ela disse. – Não espere.

Ele não esperou.

Levantando-a nos braços, levou-a para longe da entrada.

– Nossa – ela disse, quando ele a deitou na escuridão. Logo ficou ofegante, talvez pelo frio repentino que os envolveu, penetrando os trajes pesados agora sem utilidade, apenas obstáculos para o verdadeiro calor.

Uma das leis da termodinâmica, ele pensou. A troca de calor. Moléculas passando entre nós, as delas e as minhas misturando-se em... entropia? Ainda não, ele pensou.

– Minha nossa – ela disse no escuro.

– Te machuquei?

– Não. Sinto muito. Por favor.

O frio adormeceu as costas e orelhas dele. Irradiava do céu. Ignorou-o o máximo que pôde, mas ficou imaginando um cobertor, uma grossa camada de lã... Estranho, estar preocupado com isso numa hora como esta. Sonhou com a maciez, as fibras roçando a pele, o peso. Em vez do ar fino, frágil e insípido que o deixava ofegante, tragando o ar em enormes suspiros, como se estivesse esgotado.

– Você está... morrendo? – ela perguntou.

– Não consigo respirar. Este ar.

– Tadinho, tadinho... meu Deus. Esqueci seu nome.

– Que droga.

– Barney!

Ele a segurou com força.

– Não! Não pare! – Ela curvou as costas. Batia os dentes.

– Eu não ia parar – ele disse.

– *Oooaugh!*

Ele riu.

– Não ria de mim, por favor.

– Não quis ser indelicado.

Um longo silêncio seguiu-se. Em seguida:

– Uff. – Ela pulou reanimada, como se tivesse sob o choque de um experimento rigoroso. A entrega a ele, cheia de dignidade, pálida e despida, era como a transformação do sistema nervoso longo, muito delgado e sem vida de uma rã, trazida de volta à vida por um meio externo. Vítima de uma corrente que não era dela, mas que não rejeitou de modo algum. Lúcida e real, aberta. Pronta depois de tanto tempo.

– Você está bem?

– Sim – ela disse. – Sim, Barney. Com certeza, estou, muito. Sim!

Depois, enquanto caminhava sozinho, melancólico, na direção da própria cabana, disse a si mesmo: Talvez eu esteja fazendo o trabalho de Palmer Eldritch. Dobrando-a, desmoralizando-a... Como se ela já não estivesse assim. Como se todos nós não estivéssemos.

Alguma coisa bloqueou sua passagem.

Parou e localizou no casaco a pistola que haviam lhe fornecido. Havia, especialmente à noite, além do temível chacal telepático, organismos domésticos malévolos que picavam e devoravam... Apontou a lanterna, cauteloso, esperando alguma criatura bizarra com múltiplos braços, composta talvez de lodo. Em vez disso, viu uma nave estacionada, do tipo pequeno e ágil, de massa desprezível. Os canos ainda fumegavam, portanto estava claro que acabara de pousar. Deve ter descido planando, concluiu, uma vez que não tinha ouvido nenhum ruído de retropropulsão.

Um homem saiu da nave com dificuldade, ligou a lanterna, identificou Barney Mayerson e resmungou:

– Sou Allen Faine. Tenho te procurado por toda parte. Leo quer manter contato com você através de mim. Farei teletransmissões em código para a sua cabana. Tome o manual de códigos. – Faine entregou-lhe um livreto. – Sabe quem eu sou, não?

– O *disc jockey*. – Estranho este encontro aqui no meio do deserto marciano, à noite, ele e esse homem do satélite da Ambientes P. I. Parecia irreal. – Obrigado – disse, pegando o manual. – O que devo fazer, anotar o que você diz e me esconder para decodificá-lo?

– Haverá um receptor de TV particular no seu compartimento. Conseguimos um com base no argumento de que é novo em Marte e portanto necessita...

– OK – disse Barney, acenando com a cabeça.

– Quer dizer que já tem uma garota – disse Faine. – Me perdoe o uso do farol infravermelho, mas...

– Não perdoo.

– Verá que há pouca privacidade em Marte em questões dessa natureza. É como uma cidade do interior, e todos os colonizadores ficam loucos por novidades, especialmente qualquer tipo de escândalo. Sei bem como é. Faz parte do meu trabalho manter contato e divulgar o que posso... Naturalmente, tem muita coisa que não posso. Quem é a garota?

– Não sei – disse Barney com sarcasmo. – Estava escuro, não consegui ver. – Retirou-se, desviando da nave estacionada.

– Espere. Tem uma coisa que você tem que saber: um traficante de Chew-Z já está operando na área, e calculamos que irá à sua cabana amanhã cedo. Então, esteja pronto. Certifique-se de comprar um pacote na frente de testemunhas. Devem ver toda a transação e depois, quando você mastigar, certifique-se de que possam identificar o que está consumindo. Entendeu? – Faine acrescentou: – E tente fazer o traficante falar, faça com que dê uma garantia mais completa possível, verbalmente, claro. Faça com que ele lhe venda o produto, não *peça* por ele. Percebe?

Barney disse:

– E o que eu ganho por fazer isso?

– Perdão?

– Leo nunca, em momento algum, se preocupou em...

– Vou lhe dizer, então – Faine disse calmamente. – Vamos tirar você de Marte. Esse é o seu pagamento.

Depois de alguns instantes, Barney disse:

– Está falando sério?

– Seria ilegal, claro. Só a ONU pode despachá-lo de volta à Terra, e isso não vai acontecer. O que faremos será pegá-lo durante a noite e transferi-lo para as Terras de Winnie-ther-Pooh.

– E lá eu ficarei.

– Até os cirurgiões de Leo lhe darem um novo rosto, novas impressões digitais das mãos e dos pés, novo padrão de onda cefálica, uma identidade completamente nova. Então você aparecerá, provavelmente no seu antigo emprego na Ambientes P. I. Soube que você era o representante deles em Nova York. Daqui a dois anos, dois anos e meio, voltará a isso. Portanto, não perca as esperanças.

Barney disse:

– Talvez não seja o que eu quero.

– O quê? Claro que quer. Todo colonizador quer...

– Vou pensar no assunto – disse Barney – e te falo. Mas talvez eu queira outra coisa. – Estava pensando em Anne. Voltar para a Terra e retomar a vida, talvez até com Roni Fugate... num nível profundo e instintivo, não o atraía como ele teria imaginado. Marte – ou a experiência de amor com Anne Hawthorne – o havia alterado ainda mais agora. Perguntou-se qual dos dois. Ambos. Seja como for, pensou, eu pedi para vir aqui... Não fui convocado. E não posso nunca me esquecer disso.

Allen Faine disse:

– Conheço algumas das circunstâncias, Mayerson. O que está fazendo é uma expiação. Correto?

Surpreso, Barney disse:

– Você também? – As inclinações religiosas pareciam permear todo o ambiente ali.

– Pode desaprovar a palavra – disse Faine –, mas é a apropriada. Ouça, Mayerson, quando o tivermos levado às Terras de Winnie-ther-Pooh, já terá expiado o suficiente. Tem algo que ainda não sabe. Veja isto. – Mostrou, relutante, um pequeno tubo de plástico. Um recipiente.

Arrepiado, Barney disse:

– O que é isso?

– Sua doença. Leo acredita, com base nos conselhos de um profissional, que não é suficiente que você apenas declare no tribunal que passou mal. Insistirão que você passe por exames completos.

– Me diga especificamente o que tem nessa coisa.

– É epilepsia, Mayerson. A forma Q, cuja causa ninguém sabe ao certo. Não se sabe se é devida a uma lesão orgânica que não pode ser detectada por meio de um EEG ou se é psicogênica.

– E os sintomas?

– Grande mal. – Após uma pausa, Faine disse: – Sinto muito.

– Entendo – disse Barney. – E por quanto tempo terei os ataques?

– Podemos administrar o antídoto depois do processo no tribunal, mas não antes disso. Um ano, no máximo. Agora você pode entender por que eu disse que estará em condições de mais do que expiar por não ter resgatado Leo quando ele precisou.

Pode entender que essa doença, declarada como efeito colateral da Chew-Z, vai...

– Claro – disse Barney. – Epilepsia é uma das palavras que mais causam terror. Como câncer foi um dia. As pessoas têm um medo irracional dela, porque sabem que pode acontecer com elas, a qualquer momento, sem aviso.

– Em particular a forma Q mais recente. Deus, não existe sequer uma teoria sobre ela. O que importa é que a forma Q não envolve nenhuma alteração orgânica do cérebro, e isso significa que podemos recuperá-lo. Esse tubo contém uma toxina de ação semelhante à do metrazol. Semelhante, mas, diferentemente do metrazol, ela continua a provocar os ataques – com o padrão desordenado do EEG característico durante esses intervalos – até ser neutralizada, o que, como eu disse, estamos preparados para fazer.

– Um exame de sangue não indicará a presença dessa toxina?

– Mostrará a presença de *uma* toxina, e é exatamente o que queremos. Porque iremos separar os documentos dos exames mentais e físicos de recrutamento que você fez recentemente... e seremos capazes de provar que quando você chegou a Marte não havia nenhuma epilepsia do tipo Q e nenhuma toxicidade. E o argumento de Leo, ou melhor, o seu, será de que a toxina no sangue é derivada da Chew-Z.

Barney disse:

– Mesmo se eu perder o processo...

– Isso ainda prejudicará muito as vendas da Chew-Z. A maioria dos colonizadores já tem uma impressão incômoda de que as drogas de tradução causam danos bioquímicos em longo prazo. – Faine acrescentou: – A toxina nesse tubo é relativamente rara. Leo obteve-a por canais altamente especializados. Sua origem é em Io, acredito. Um certo médico...

– Willy Denkmal – disse Barney.

Faine encolheu os ombros.

– É possível. Seja como for, aí está, em suas mãos. Assim que for exposto à Chew-Z, deve tomá-la. Procure ter o primeiro ataque de grande mal onde seus companheiros de cabana possam vê-lo. Não esteja em algum lugar distante no deserto, arando a terra ou controlando dragas autônomas. Assim que se recuperar do ataque, ligue o vidfone e peça assistência médica à ONU. Peça a um médico imparcial que o examine. Não faça pedidos de medicação particular.

– Provavelmente seria uma boa ideia se os médicos da ONU pudessem fazer um EEG em mim durante o ataque.

– Certamente. Então, tente fazer o possível para se internar num hospital da ONU. Ao todo, há três em Marte. Você vai conseguir apresentar um bom argumento para isso porque... – Faine hesitou – francamente, com essa toxina, seus ataques envolverão um grau severo de destrutibilidade, em relação a você mesmo e aos outros. Tecnicamente, serão de variedade histérica e agressiva, concluindo num estado mais ou menos completo de perda de consciência. Ficará óbvio do que se trata logo no começo, porque – pelo menos é o que me disseram – você vai apresentar o estágio tônico típico, com grandes contrações musculares e, em seguida, o estágio clônico de contração rítmica alternada com relaxamento. Depois do qual, é claro, vem o coma.

– Em outras palavras – disse Barney –, a forma convulsiva clássica.

– Isso o assusta?

– Não vejo por que isso importaria. Devo algo a Leo. Você, eu e Leo sabemos disso. Ainda não gosto da palavra "expiação", mas acho que é isso.

Perguntou-se como essa doença induzida artificialmente afetaria sua relação com Anne. Provavelmente acabaria com a coisa. Então, estava abrindo mão de muito por Leo Bulero. Mas Leo também estava fazendo algo por ele. Tirá-lo de Marte era uma compensação nada pequena.

– Estamos dando como certo – disse Faine – que farão uma tentativa de matá-lo no momento em que você contratar um advogado. Na verdade, eles vão...

177

– Eu gostaria de voltar para a minha cabana agora. – Afastou-
-se. – OK?

– Tudo bem. Entre na rotina lá. Mas deixe-me dar um conselho quanto à garota. A Lei de Doberman – lembra? Ele foi a primeira pessoa a se casar e depois se divorciar em Marte – diz que na mesma proporção do seu apego emocional a alguém neste maldito lugar, o relacionamento se deteriora. Eu lhe daria duas semanas no máximo, e não porque vai ficar doente, mas porque é o padrão. A dança das cadeiras marciana. E é algo incentivado pela ONU porque significa, se posso colocar assim, francamente, mais filhos para povoar a colônia. Sacou?

– A ONU pode não sancionar minha relação com ela porque é de um tipo um pouco diferente do que você está descrevendo.

– Não é, não – disse Faine calmamente. – Pode parecer assim para você, mas eu observo todo o planeta, noite e dia. Estou apenas declarando um fato, não estou sendo crítico. Na verdade, sou pessoalmente simpatizante.

– Obrigado – disse Barney, e saiu andando na direção do abrigo, apontando o facho da lanterna adiante. Amarrado no pescoço, o sinal do pequeno blipe que lhe avisava quando estava se aproximando – e, mais importante, quando *não* estava se aproximando – da cabana começou a soar mais alto: perto do seu ouvido, como o coaxar reconfortante de uma rã diante da lagoa.

Tomarei a toxina, disse a si mesmo. E vou ao tribunal processar o desgraçado por Leo. Porque devo isso a ele. Mas não voltarei para a Terra. Ou consigo sair dessa aqui, ou não consigo em lugar nenhum. Com Anne Hawthorne, espero, mas, se não for com ela, sozinho ou com outra pessoa. Sobreviverei à Lei de Doberman, conforme a previsão de Faine. Seja como for, será aqui neste planeta miserável, nesta "terra prometida".

Amanhã de manhã, decidiu, começarei a tirar a areia de cinquenta mil séculos para a minha primeira horta. É o passo inicial.

10

No dia seguinte, Norm Schein e Tod Morris passaram as primeiras horas com ele, ensinando-lhe o jeito certo de operar as escavadoras, dragas e pás que haviam entrado em diversos estágios de deterioração. A maior parte do equipamento, como gatos velhos, poderia ser persuadida a realizar mais um esforço. Mas os resultados não foram muito expressivos. Tinham sido desprezados por tempo demais.

Ao meio-dia ele estava exausto. Então se permitiu um intervalo e descansou à sombra de um gigantesco trator enferrujado, comendo a sua porção fria de almoço e bebendo chá morno de uma garrafa térmica que Fran Schein tinha tido a delicadeza de levar a ele.

Abaixo, na cabana, os outros faziam o que tinham por hábito fazer, e ele não se importava em saber.

De todos os lados, ele podia ver as hortas abandonadas e decadentes dos outros e se perguntou se logo esqueceria a sua também. Talvez todo novo colonizador começasse dessa maneira, num esforço aflito. E depois viria o torpor, a perda de esperança. Mas a situação era tão desesperadora? Não era.

É uma atitude, decidiu. E nós – todos nós que fazíamos parte da Ambientes P. I. – contribuímos ativamente para ela. Demos a eles uma fuga, algo fácil e indolor. E agora Palmer Eldritch chegou para pôr fim ao processo. Abrimos o caminho para ele, eu inclusive, e agora o que será? Existe alguma forma para que eu, como colocou Faine, expie minha culpa?

Aproximando-se dele, Helen Morris gritou, animada:

– Como está indo a lavoura? – Deixou-se cair ao lado dele e abriu um grosso catálogo de sementes com o selo da ONU marcado de forma ostensiva por toda parte. – Verifique o que fornecem *de graça*, todas as sementes que, sabe-se, florescem aqui, inclusive de nabo. – Recostando-se nele, ela folheou o catálogo. – Mas existe um pequeno mamífero roedor, semelhante ao camundongo, que aparece na superfície tarde da noite. Esteja preparado para isso. Ele come tudo. Você vai ter que montar algumas armadilhas de autopropulsão.

– OK – disse Barney.

– É uma visão e tanto, a armadilha homeostática disparando pela areia, perseguindo um camundongo marciano. Nossa, eles são rápidos. O camundongo e a armadilha. Dá para tornar a coisa mais interessante com apostas. Eu geralmente aposto na armadilha. Eu as admiro.

– Acho que eu provavelmente apostaria na armadilha também.

– Tenho um grande respeito por armadilhas, refletiu. Em outras palavras, por situações em que nenhuma das portas leva à saída. Não importa como estejam sinalizadas.

Helen disse:

– A ONU também disponibilizará dois robôs gratuitos para você. Por um período máximo de seis meses. Então, é melhor planejar com antecedência e precaução o modo como quer usá-los. O melhor é colocá-los para construir valas de irrigação. As nossas não estão servindo mais. Às vezes, as valas têm que percorrer trezentos quilômetros, até mais. Ou você pode conseguir um acordo...

– Nada de acordos – disse Barney.

– Mas são acordos *bons*. Encontre alguém em uma das cabanas próximas que tenha iniciado o próprio sistema de irrigação e o tenha abandonado: compre-o e faça uma ligação. A sua namorada da Saliva de Linho virá para ficar com você? – Helen encarou-o.

Ele não respondeu. Ficou olhando, no céu negro marciano com suas estrelas do meio-dia, uma nave dando voltas. O homem da Chew-Z? Havia chegado a hora, então, de envenenar-se para que um monopólio econômico pudesse sobreviver, um império vasto, interplanetário, do qual ele não recebia mais nada.

Incrível, ele pensou, como o impulso de autodestruição pode ser tão forte.

Helen Morris, forçando a vista para enxergar, disse:

– Visitantes! E não é nave da ONU. – Correu para a cabana de imediato. – Vou avisá-los.

Com a mão esquerda, ele pôs a mão no bolso e tocou o tubo, pensando: Sou mesmo capaz de fazer isso? Não parecia possível, não havia nada no histórico de sua formação que explicasse isso. Talvez, pensou, venha do desespero de ter perdido tudo. Mas não achava que fosse o caso. Era outra coisa.

Quando a nave pousou no deserto plano, não muito distante, ele pensou: Talvez seja para revelar algo a Anne sobre a Chew-Z. Mesmo que seja uma demonstração disfarçada. Porque, se eu colocar a toxina no meu sistema, *ela não vai experimentar a Chew-Z*. Ele tinha uma forte intuição quanto a isso. E era o suficiente.

Da nave, saiu Palmer Eldritch.

Ninguém podia deixar de identificá-lo. Desde o acidente em Plutão, os homeojornais haviam publicado uma foto atrás da outra. É claro que as fotos estavam dez anos desatualizadas, mas, ainda assim, esse era o homem. Grisalho e ossudo, bem mais de um metro e oitenta de altura, o andar de uma rapidez peculiar, balançando os braços. E o rosto... tinha sinais de destruição. Corroído, supôs Barney, como se a camada de gordura tivesse sido consumida, como se Eldritch, em algum momento, tivesse se alimentado de si mesmo, devorado, talvez com vontade, as partes supérfluas do próprio corpo. Tinha dentes de aço enormes, inseridos antes da viagem à Prox por cirurgiões tchecos. Estavam soldados à mandíbula, eram permanentes: morreria com eles. E o braço direito era artificial. Vinte anos atrás, num acidente durante uma caçada em

Calisto, perdera o original. Este, claro, era superior, à medida que oferecia uma variedade especializada de mãos intercambiáveis. No momento, Eldritch usava a extremidade manual humanoide de cinco dedos. Pareceria orgânica, não fosse pelo brilho metálico.

E era cego. Pelo menos do ponto de vista do corpo de origem natural. Mas substituições tinham sido feitas... pelos preços que Eldritch podia e queria pagar. Isso havia sido feito pouco antes da jornada a Prox por oftalmologistas brasileiros. Um trabalho magnífico. As reposições, encaixadas nas órbitas oculares, não tinham pupilas, e os globos não se moviam por ação muscular. Em vez disso, uma visão panorâmica era fornecida por uma lente de grande abertura angular, uma fenda horizontal permanente de uma extremidade à outra. O incidente envolvendo os olhos originais não tinha sido um acidente. Ocorreu em Chicago, um ataque com ácido, jogado nele por pessoas desconhecidas, por razões igualmente desconhecidas... pelo menos para a opinião pública. Eldritch provavelmente sabia. No entanto, não dissera nada a respeito, não apresentara nenhuma acusação. Em vez disso, recorrera direto à sua equipe de oftalmologistas brasileiros. Os olhos artificiais em forma de fenda horizontal pareciam agradá-lo. Quase de imediato, apareceu nas cerimônias de inauguração do novo teatro de ópera de St. George, em Utah, encontrando-se com os seus quase iguais sem constrangimento. Ainda hoje, uma década depois, a cirurgia era rara, e era a primeira vez que Barney via os olhos luxvid de grande-angular Jensen. E o braço artificial com o repertório manual de enorme variedade impressionou-o mais do que esperava... ou seria alguma outra coisa em Eldritch?

– Sr. Mayerson – disse Palmer Eldritch com um sorriso. Os dentes de aço cintilaram à luz marciana débil e fria. Estendeu a mão, e Barney automaticamente fez o mesmo.

Sua voz, pensou Barney, origina-se em algum lugar que não é... pestanejou. A figura como um todo era insubstancial. Vagamente, através dela, a paisagem era visível. Era algum tipo de ficção, produzida artificialmente, e percebeu a ironia: tanta coisa no homem já era artificial, que até a carne e o sangue também eram. Foi isso o que veio de Prox?, Barney perguntou-se. Caso tenha sido, Hepburn--Gilbert fora enganado. Isso não é um ser humano. Em absolutamente nenhum sentido.

– Ainda estou na nave – disse Palmer Eldritch. Sua voz ecoava de um alto-falante instalado no casco do veículo. – Uma precaução, uma vez que você é empregado de Leo Bulero. – A mão fictícia tocou a de Barney. Ele sentiu um frio penetrante transbordar até ele, e era óbvio que estava reagindo apenas psicologicamente, já que não havia nada ali para produzir a sensação.

– Ex-empregado – disse Barney.

Atrás dele, os outros membros da cabana saíram, os Schein, os Morris e os Regan. Aproximaram-se feito crianças assustadas à medida que, um por um, foram identificando o homem nebuloso diante de Barney.

– O que está havendo? – Norm Schein perguntou, apreensivo. – É um simulacro, não gosto disso. – Colocou-se ao lado de Barney e disse: – Vivemos no deserto, Mayerson, vemos miragens o tempo todo, de naves, de visitantes e de formas de vida estranhas. É isso o que está aí. Esse homem não está aqui na realidade, assim como aquela nave não está estacionada ali.

Tod Morris acrescentou:

– Provavelmente estão a mil quilômetros daqui. É um fenômeno óptico. Você vai se acostumar.

– Mas vocês podem me ouvir – observou Palmer Eldritch. O alto-falante ressoou com estrondo. – Eu estou aqui, sim, para negociar com vocês. Quem é o chefe de equipe da cabana?

– Sou eu – disse Norm Schein.

– Meu cartão. – Eldritch mostrou um pequeno cartão branco, e Norm Schein estendeu a mão para pegá-lo. O cartão flutuou através de seus dedos e foi parar na areia. Eldritch sorriu. Um sorriso frio de vazio, uma implosão, como se tivesse contraído para o homem tudo o que havia por perto, até mesmo o ar rarefeito. – Olhe para ele – sugeriu Eldritch. Norm Schein curvou-se e observou o cartão. – Isso mesmo – disse Eldritch. – Estou aqui para assinar um contrato com o seu grupo. Para cumprir...

– Poupe-nos do discurso sobre cumprir o que Deus só promete – disse Norm Schein. – Só diga o preço.

– Cerca de um décimo do produto do concorrente. E é muito mais eficaz. Você nem vai precisar de um ambiente. – Eldritch parecia estar falando diretamente a Barney. A direção do olhar, no entanto, não podia ser delineada devido à estrutura do orifício da lente. – Está gostando de Marte, sr. Mayerson?

– É muito divertido – disse Barney.

Eldritch disse:

– Ontem à noite, quando Allen Faine desceu do satelitezinho sem graça dele para falar com você... o que discutiram?

Barney respondeu com firmeza:

– Negócios. – Pensou rápido, mas não rápido o suficiente. A pergunta seguinte já ecoava do alto-falante.

– Então, quer dizer que ainda trabalha para Leo. Na verdade, houve uma preparação para que você fosse enviado para Marte antes de nossa primeira distribuição de Chew-Z. Por quê? Tem alguma intenção de bloqueá-la? Não havia nenhuma propaganda na sua bagagem, nenhum panfleto ou material impresso além de livros comuns. Talvez tenha sido um boato. Rumores. A Chew-Z é... o quê, sr. Mayerson? Perigosa para o usuário?

– Não sei. Estou esperando para experimentar. E ver.

– Estamos todos esperando – disse Fran Schein. Ela estava com uma grande quantidade de peles de trufa nos braços, claramente para o pagamento imediato. – Pode fazer uma entrega agora ou temos que continuar esperando?

– Posso entregar a sua primeira porção – disse Eldritch.

Uma porta da nave abriu-se. De lá saiu de repente um pequeno trator a jato, que avançou na direção deles. A um metro de distância, ele parou e expeliu uma caixa de papelão envolta no familiar papel todo marrom. A caixa ficou aos pés deles e, por fim, Norm

Schein curvou-se para pegá-la. *Ela não era fantasma.* Com cautela, Norm rasgou a embalagem.

– Chew-Z – Mary Regan disse, ansiosa. – Nossa, bastante! Quanto é, sr. Eldritch?

– No total – disse Eldritch –, cinco peles. – O trator estendeu uma pequena gaveta, do tamanho preciso para receber as peles. Após um intervalo de regateio, os colonizadores chegaram a um acordo. As cinco peles foram depositadas na gaveta. No mesmo instante, ela foi recolhida e o trator girou e disparou de volta para a nave-mãe. Palmer Eldritch, insubstancial, grande e cinzento. Parecia estar se divertindo, Barney concluiu. Não o incomodava saber que Leo Bulero tinha algo guardado na manga. Eldritch fortalecia-se com isso.

A percepção deprimiu-o, e ele andou, sozinho, até o espaço restrito que limpara e que viria a ser sua horta. De costas para os colonizadores e Eldritch, acionou uma unidade autônoma, que começou a chiar e zumbir. A areia desaparecia dentro dela, enquanto era sugada ruidosamente, com dificuldade. Perguntou-se por quanto tempo ela continuaria funcionando. E o que as pessoas faziam em Marte para conseguir fazer consertos. Talvez desistissem, talvez não houvesse conserto.

Por trás de Barney, sobreveio a voz de Palmer Eldritch.

– Agora, sr. Mayerson, pode sair mastigando pelo resto da vida.

Ele se virou, involuntariamente, porque desta vez não era um fantasma. O homem, enfim, havia aparecido.

– Isso mesmo – disse Barney. – E nada poderia me dar mais prazer. – Em seguida, continuou a mexer com a escavadeira autônoma. – Aonde as pessoas vão para consertar os equipamentos em Marte? A ONU cuida disso?

– Como é que eu vou saber?

Uma parte da escavadeira autônoma soltou-se nas mãos de Barney. Ele a segurou, sentiu seu peso. A peça, em formato de alavanca de pneu, era pesada, e ele pensou: *Eu poderia matá-lo com isto. Aqui mesmo, neste local. Isso não resolveria? Sem toxina que cause*

185

ataques de grande mal, sem litígios... mas haveria retaliação da parte deles. Eu viveria apenas algumas horas a mais que Eldritch. Mas... ainda assim não valeria a pena?

Ele se virou. Então, aconteceu tão depressa que ele não teve como entender o que houve, nem mesmo ver direito. Da nave parada, um feixe de laser foi projetado, e ele sentiu o impacto intenso quando o raio atingiu a peça de metal em suas mãos. Ao mesmo tempo, Palmer Eldritch saltou para trás, com leveza, elevando-se na fraca gravidade marciana. Como um balão – Barney viu, mas não acreditou –, ele saiu flutuando, sorrindo com os enormes dentes de aço à mostra, balançando o braço artificial, numa rotação lenta do corpo delgado. Na sequência, como se puxado por uma linha transparente, seguiu num movimento senoidal, aos trancos, na direção da nave. De repente, não estava mais lá. A ponta da nave fechou-se num encaixe firme. Eldritch estava lá dentro. Seguro.

– Por que ele fez aquilo? – perguntou Norm Schein, mordendo-se de curiosidade, ao lado dos outros colonizadores. – Por Deus, o que foi que aconteceu aí?

Barney não disse nada. Trêmulo, colocou os restos da peça de metal no chão. Eram como cinzas apenas, secos e quebradiços. Desintegraram-se ao tocar o solo.

– Eles se estranharam – disse Tod Morris. – Mayerson e Eldritch. Não se deram bem, nem um pouco.

– Em todo caso – disse Norm –, temos a Chew-Z. Mayerson, é melhor ficar longe de Eldritch no futuro, deixe que eu cuido das negociações. Se eu soubesse que, porque você foi empregado de Leo Bulero...

– Fui – disse Barney, pensativo, e retomou sua tentativa com a escavadeira autônoma defeituosa. Falhara na primeira tentativa de matar Palmer Eldritch. Teria outra chance?

Havia realmente tido uma chance há pouco?

A resposta para ambas as perguntas, decidiu, era não.

* * *

Naquela tarde, os colonizadores da Chances de Catapora reuniram-se para mastigar. O clima era de tensão e solenidade. Quase nada foi dito enquanto os pacotes de Chew-Z eram passados de um a um e desembrulhados.

– Ugh – disse Fran Schein, fazendo careta. – O gosto é *horrível*.

– O gosto é o de menos – disse Norm, impaciente. Em seguida, mastigou. – Parece cogumelo estragado. Você tem razão. – Imperturbável, engoliu a saliva e continuou mastigando. – Eca – disse, com ânsia de vômito.

– Fazer isso sem um ambiente... – disse Helen Morris. – Aonde vamos, qualquer lugar? Estou com medo – disse de repente. – Ficaremos juntos? Está certo disso, Norm?

– Quem se importa? – disse Sam Regan, mastigando.

– Olhem para mim – disse Barney Mayerson.

Eles se viraram para Barney, curiosos. Algo no tom de voz dele fez com que obedecessem.

– Estou colocando a Chew-Z na boca – ele disse e fez. – Estão me vendo, certo? – Mastigou. – Agora estou mastigando. – O coração acelerou. Deus, pensou. Vou conseguir fazer isso?

– Sim, estamos te vendo – Tod Morris assentiu. – E daí? Vai explodir ou sair flutuando como Eldritch por acaso? – Ele também começou a pegar a sua parte. Todos estavam mastigando, os sete, Barney percebeu. Fechou os olhos.

Quando se deu conta, sua esposa inclinava-se sobre ele.

– Eu perguntei – ela disse – se você quer um segundo Manhattan ou não. Porque, se quiser, tenho que pedir à geladeira mais gelo picado.

– Emily – ele disse.

– Sim, querido – ela disse, num tom ácido. – Sempre que você diz meu nome assim, sei que vai começar um daqueles sermões. O que foi dessa vez? – Sentou-se no braço da poltrona em frente a ele, alisando a saia. Era a saia mexicana transpassada, azul e branca, pintada à mão, que ele lhe dera no Natal. – Estou pronta – ela disse.

– Não vou dar sermão – ele disse. Eu realmente sou assim?, perguntou a si mesmo. Sempre fazendo críticas? Grogue, ficou de pé. Sentiu tontura e apoiou-se na haste da luminária.

Olhando-o, Emily disse:

– Você está xumbergado.

Xumbergado. Ele não ouvia isso desde a época de faculdade. Estava fora de uso há muito tempo. E Emily, era natural, ainda usava.

– A palavra agora – ele disse da forma mais clara possível – é travado. Lembra disso? Travado.

Andou sem firmeza até o aparador na cozinha, onde estava a bebida.

– Travado – disse Emily, e suspirou. Parecia triste. Ele notou e tentou entender por quê. – Barney – ela falou em seguida –, não beba demais, OK? Diga pregado, xumbergado ou como quiser, é a mesma coisa. Acho que a culpa é minha. Você bebe demais porque eu sou tão incapaz. – Ela passou o nó do dedo no olho direito, uma espécie de tique irritante e familiar.

– Não é que você seja tão incapaz – ele disse. – Sou eu que tenho padrões elevados. – Aprendi a esperar muito dos outros, disse a si mesmo. Esperar que sejam tão honrados e equilibrados quanto eu. E não medíocres e emotivos o tempo todo, sem autocontrole.

Mas ela é uma artista, concluiu. Ou melhor, uma suposta artista. Boêmia é mais adequado. A vida artística sem o talento. Começou a preparar um novo drinque, desta vez com bourbon e água, sem gelo. Serviu-se direto da garrafa de Old Crow, ignorando o dosador.

– Quando você se serve assim – disse Emily –, sei que está nervoso, e a briga vai começar. E eu odeio isso.

– Então, saia daqui – ele disse.

– Que droga, Barney. Eu não *quero* sair daqui! Será que você não pode... – ela fez um gesto de impotência e desespero – ser um pouco mais agradável, mais caridoso ou algo assim? Aprender a relevar... – a voz dela falhou, ficando quase inaudível – minhas deficiências?

– Mas – ele disse – não dá para relevar. Eu bem que gostaria. Acha que quero viver com alguém que não consegue terminar nada que começa nem realizar nada na vida social? Por exemplo, quando... ah, que se dane. – De que ia adiantar? Emily não poderia ser modificada. Era apenas e simplesmente uma desleixada. Sua ideia de um dia bem aproveitado era se atolar, bagunçar e perder tempo com pinturas emporcalhadas, sujas, ou ficar horas a fio com os braços enterrados num jarro enorme de argila cinza molhada. Enquanto isso...

O tempo corria para eles. E o mundo todo, incluindo todos os empregados de Leo Bulero, especialmente os consultores de Pré--Moda, cresciam e expandiam-se, amadurecendo cada vez mais. Eu nunca serei o consultor de Pré-Moda de Nova York, disse a si mesmo. Ficarei para sempre empacado aqui em Detroit, onde *nada*, absolutamente nada de novo acontece.

Se conseguisse arrebatar o cargo de consultor de Pré-Moda em Nova York... minha vida teria algum significado, concluiu. Eu seria feliz porque estaria fazendo um trabalho com aproveitamento total das minhas habilidades. Que diabos eu precisaria mais? Nada, *isso é tudo o que eu peço*.

– Vou sair – disse a Emily, deixando o copo na bancada. Foi ao armário e pegou o casaco.

– Vai voltar antes que eu me deite? – Entristecida, ela o seguiu até a porta do condapto, no prédio número 11.139.584 – na contagem a partir do centro de Nova York – onde moravam há dois anos.

– Veremos – ele disse e abriu a porta.

No corredor havia uma pessoa, um homem alto e grisalho com dentes de aço salientes, olhos sem vida e sem pupilas e uma mão artificial cintilando, projetando-se da manga direita. O homem disse:

– Olá, Mayerson. – Sorriu, os dentes de aço reluziram.

– Palmer Eldritch – disse Barney. Virou-se para Emily. – Você viu fotos dele nos homeojornais. É aquele grande industrial incrivelmente famoso. – Naturalmente, reconhecera Eldritch de imediato.

– Queria falar comigo? – perguntou, hesitante. Tudo tinha um ar de mistério, como se tivesse acontecido antes, mas de outra maneira.

– Deixe-me falar com seu marido por um momento – Eldritch disse a Emily num tom peculiarmente gentil. Fez um gesto e Barney saiu para o corredor. A porta fechou-se. Emily a fechara, obediente. Eldritch agora parecia austero. Sem sorrir e sem o tom gentil de antes, disse:

– Mayerson, você está usando mal o seu tempo. Não está fazendo nada além de repetir o passado. De que adianta eu vender Chew-Z para você? Você é perverso. Nunca vi nada assim. Vou lhe dar mais dez minutos e depois o levarei de volta para Chances de Catapora, que é o seu lugar. Então, é melhor descobrir já o que quer e se finalmente entendeu alguma coisa.

– Que raios – disse Barney – é Chew-Z?

A mão artificial ergueu-se. Com uma força enorme, Palmer Eldritch deu um empurrão em Barney, e ele tombou.

– Ei – disse Barney sem força, tentando resistir, anular a pressão de imenso vigor do homem. – Que...

E então estava deitado de costas. A cabeça tinindo, dolorida. Com dificuldade, conseguiu abrir os olhos e focalizar a sala ao seu redor. Estava acordando. Percebeu que estava de pijama, mas não era familiar: nunca o tinha visto antes. Estava no condapto de outra pessoa, usando a roupa dela? Algum outro homem...

Em pânico, examinou a cama, as cobertas. Ao seu lado...

Viu uma garota desconhecida que dormia, respirando levemente pela boca; o cabelo, uma confusão branca feito algodão, ombros nus e macios.

– Estou atrasado – sua voz saiu distorcida e rouca, quase irreconhecível.

– Não está, não – murmurou a garota, sem abrir os olhos. – Relaxa. Conseguimos chegar ao trabalho em... – Bocejou e abriu os olhos. – Quinze minutos. – Sorriu para ele. Divertiu-se com o desconforto dele. – Você sempre diz isso, todas as manhãs. Vai cuidar do café. *Tenho* que tomar café.

– Claro – ele disse e arrastou-se para fora da cama.

– Sr. Coelho – ela disse de brincadeira. – Está tão assustado. Comigo, com o trabalho... e sempre correndo.

– Meu Deus – ele disse. – Dei as costas para tudo.

– Tudo o quê?

– Emily. – Olhou para a garota, Roni alguma coisa, no quarto dela. – Agora não tenho nada.

– Ah, que ótimo – Roni disse com um sarcasmo implacável. – Agora talvez eu possa dizer algo agradável para fazer *você* se sentir melhor.

– E acabei de fazer isso. Não anos atrás. Pouco antes de Palmer Eldritch aparecer.

– Como Palmer Eldritch poderia "aparecer"? Está num leito de hospital na região de Júpiter ou Saturno. A ONU levou-o para lá, depois de retirá-lo da nave quebrada. – O tom dela era de desprezo, embora tivesse uma nuance de curiosidade.

– Palmer Eldritch acabou de aparecer para mim – ele disse, evasivo. Pensou: *Tenho que voltar para Emily.* Saindo discretamente, curvado, pegou suas roupas, seguiu sem firmeza até o banheiro e bateu a porta. Rapidamente, fez a barba, trocou de roupa e saiu. Disse à garota, que ainda estava deitada na cama:

– Tenho que ir. Não fique brava comigo. Preciso fazer isso.

No instante seguinte, sem ter tomado café da manhã, estava descendo ao térreo; logo depois, estava sob o escudo antitérmico, olhando para cima e para baixo, à procura de um táxi.

O táxi, de modelo novo, brilhante e vistoso, levou-o quase no mesmo instante ao prédio de condaptos de Emily. Confuso, pagou o táxi, correu para dentro do edifício e, numa questão de segundos, estava subindo. Parecia que *nenhum* tempo havia se passado, como se o tempo tivesse parado e tudo esperasse, congelado, por ele. Estava num mundo de objetos fixos; era a única coisa móvel ali.

Tocou a campainha.

A porta abriu-se, e ele viu um homem.

– Sim?

O homem era moreno, razoavelmente bonito, com sobrancelhas marcadas e cabelos ondulados cuidadosamente penteados. Estava com o homeo da manhã na mão. Atrás dele, Barney viu uma mesa de café da manhã.

– Você é... Richard Hnatt.

– Sim. – Confuso, examinou Barney atentamente. – Eu o conheço? Emily apareceu, usando um suéter cinza de gola olímpica e calça jeans desbotada.

– Meu Deus. É Barney – ela disse a Hnatt. – Meu ex. Entre. Ela segurou a porta bem aberta para ele, e ele entrou no apartamento. Parecia contente em vê-lo.

– Prazer em conhecê-lo – Hnatt disse num tom neutro, começando a estender a mão, e mudando de ideia em seguida. – Café?

– Obrigado – Barney sentou-se à mesa de café da manhã num lugar sem pratos. – Ouça – disse a Emily, não podia esperar. Tinha que ser dito agora, mesmo com Hnatt presente. – Cometi um erro ao me divorciar de você. Gostaria de me casar com você de novo. Voltar ao ponto de partida.

Emily, de um modo que ele lembrava, riu com prazer. Estava passada e, incapaz de responder, foi pegar uma xícara e um pires para ele. Barney se perguntou se ela chegaria a responder. Era mais fácil para Emily – combinava com seu lado preguiçoso – só rir. Céus, pensou, o olhar fixo para a frente.

Hnatt sentou-se diante dele e disse:

– Nós somos casados. Achou que só morássemos juntos? – Sua expressão estava sombria, mas ele parecia estar mantendo o controle de si mesmo.

Barney disse, dirigindo-se a Emily, e não a Hnatt:

– Casamentos podem ser rompidos. Quer se casar comigo de novo? – Ele se levantou e deu alguns passos hesitantes na direção dela. Nesse momento, ela se virou e, calmamente, passou-lhe o pires e a xícara.

– Ah, não – ela disse, ainda sorrindo. O olhar dela transbordava luz, a luz da compaixão. Entendia o sentimento dele, que aquilo não era só um impulso. Mas a resposta ainda era não e, ele sabia, continuaria sendo sempre. A questão não era nem que ela já estivesse decidida. Para ela, a realidade à qual ele estava se referindo simplesmente não existia.

Ele pensou: Eu acabei com ela uma vez, rompi com ela, podei-a, com conhecimento total do que estava fazendo, e este é o resultado. Estou encontrando o pão que foi lançado sobre as águas. Ele está voltando para me sufocar, o pão encharcado que ficará preso na minha garganta, que nunca será engolido nem expelido. É exatamente o que mereço. Eu *criei* esta situação.

Voltou à mesa da cozinha e sentou-se, entorpecido, enquanto ela enchia sua xícara. Ficou olhando para as mãos dela. Um dia elas foram da minha esposa, disse a si mesmo. E eu abri mão delas. Autodestruição. Eu queria me ver morto. É a única explicação satisfatória possível. Ou será que fui tão burro assim? Não, a estupidez não é capaz de causar tamanha perversidade, algo tão completamente intencional...

Emily disse:

– Como vão as coisas, Barney?

– Ah, sei lá, tudo ótimo – a voz dele tremeu.

– Ouvi dizer que está morando com uma ruivinha linda – disse Emily. Sentou-se em seu lugar e voltou a tomar seu café da manhã.

– Já acabou – disse Barney. – É passado.

– Quem, então? – O tom dela era casual. Passando um momento do dia comigo como se eu fosse um velho conhecido ou talvez um vizinho de outro apartamento do prédio, ele pensou. Loucura! Como ela pode – *pode?* – se sentir assim? Impossível. Está disfarçando, escondendo algo mais profundo.

Em voz alta, disse:

– Tem medo de que, se voltar a se envolver comigo, eu vá... te deixar de novo. Gato escaldado tem medo de água fria. Mas não vou. Nunca mais farei nada assim novamente.

Com sua voz plácida e descontraída, Emily disse:

– Lamento que você esteja se sentindo tão mal, Barney. Não está fazendo terapia? Alguém disse que te viu carregando uma mala psiquiátrica por aí.

– Dr. Smile – ele disse, lembrando-se. Provavelmente o havia deixado no apartamento de Roni Fugate. – Preciso de ajuda – disse a Emily. – Não existe nenhuma maneira... – parou de falar de repente. O passado não pode ser alterado?, perguntou-se. É evidente que não. Causa e efeito atuam numa única direção, e a mudança é real. Então, o que passou, passou, e é melhor eu sair daqui. Levantou-se. – Devo estar louco – disse a ela e a Hnatt. – Desculpem, estou meio sonolento... Hoje de manhã fiquei desorientado. Começou quando acordei.

– Por que não bebe o seu café? – sugeriu Hnatt. – Aceita um pão doce para acompanhar? – Seu rosto não estava mais sombrio. Ele, assim como Emily, estava agora tranquilo, desapegado.

Barney disse:

– Não entendo. Palmer Eldritch me disse para vir aqui. – Ou não? Disse algo do tipo, tinha certeza. – Isto deveria funcionar, eu achava – disse, sentindo-se impotente.

Hnatt e Emily entreolharam-se.

– Eldritch está num hospital em algum lugar... – começou Emily.

– Alguma coisa deu errado – disse Barney. – Eldritch deve ter perdido o controle. É melhor eu encontrá-lo. Vai poder me explicar. – E sentiu pânico, um pânico escorregadio como mercúrio, fluido e difuso. Espalhava-se por ele até a ponta dos dedos. – Adeus – conseguiu dizer e seguiu na direção da porta, buscando uma saída.

Atrás dele, Hnatt disse:

– Espere.

Barney virou-se. À mesa do café da manhã, Emily estava sentada com um sorriso fixo, vago, tomando café, e na frente dela Hnatt estava sentado, encarando-o. Hnatt tinha uma mão artificial, com a qual segurava o garfo, e, quando levou um pedaço de ovo à boca, Barney viu dentes de aço inoxidável, enormes e salientes. E Hnatt estava grisalho, com o rosto fundo e os olhos mortos, e muito maior que antes. Parecia encher a sala com a sua presença. Mas ainda era Hnatt. Não entendo, disse Barney, e ficou parado diante da porta, sem deixar o apartamento e sem voltar. Fez o que Hnatt sugeriu: esperou. Isso não lembra Palmer Eldritch?, perguntou-se. Nas fotos... ele tem um membro artificial, dentes de aço e olhos Jensen, mas aquele não era Eldritch.

– Nada mais justo do que lhe contar – disse Hnatt, num tom trivial – que Emily gosta mais de você do que a fala dela sugere. Sei porque ela me contou. Muitas vezes. – Olhou para Emily em seguida. – Você é do tipo cumpridora do dever. Acha que é um dever moral, a esta altura, reprimir suas emoções em relação a Barney. É o que tem feito o tempo todo, pelo menos. Mas esqueça o dever. Não se pode construir um casamento com base nisso. Tem que haver espontaneidade. Mesmo que pense ser errado... – fez um gesto – bem, digamos, *me contradizer*... ainda assim, deveria encarar seus sentimentos com honestidade, e não sacrificá-los com uma fachada de autossacrifício. Foi o que fez com Barney. Deixou que ele a colocasse para fora de casa porque achou que fosse seu dever não interferir na carreira dele. – Acrescentou: – Ainda está se comportando dessa maneira, e ainda é um erro. Seja verdadeira consigo mesma. – E, de repente, deu um sorriso largo para Barney. E um olho morto apagou, como se num piscar mecânico.

Era Palmer Eldritch agora. Completo.

Emily, no entanto, não pareceu notar. Seu sorriso havia desaparecido, e sua expressão era confusa, chateada e cada vez mais furiosa.

– Você me deixa indignada – ela disse ao marido. – Eu *disse* como me sinto e não sou hipócrita. E não gosto de ser acusada de ser hipócrita.

Diante dela, o homem sentado disse:

– Você tem apenas uma vida. Se quiser vivê-la com Barney e não comigo...

– Não quero – ela o encarou com raiva.

– Estou indo – disse Barney. Abriu a porta do corredor. Não havia nada que pudesse fazer.

– Espere. – Palmer Eldritch levantou-se e foi andando devagar atrás dele. – Vou acompanhá-lo até o térreo.

Juntos, os dois se arrastaram pelo corredor na direção dos degraus.

– Não desista – disse Eldritch. – Lembre-se: esta é apenas a primeira vez que usa Chew-z. Terá outras oportunidades depois. Pode continuar escavando até acabar entendendo.

Barney disse:

– Que diabos é Chew-z?

Ao lado dele, de perto, a voz de uma garota repetia:

– Barney Mayerson, vamos lá. – Alguém o estava chacoalhando. Ele pestanejou, apertou os olhos. Ajoelhada, com as mãos nos ombros dele, estava Anne Hawthorne. – Como foi? Passei por aqui e não consegui encontrar ninguém. Depois achei todos vocês aqui, num círculo, completamente inconscientes. E se fosse um oficial da ONU?

– Você me acordou – ele disse a Anne, percebendo o que ela havia feito. Sentiu uma decepção enorme, um ressentimento. Mas a tradução havia acabado por ora, e ponto final. Mas ele sentiu o desejo dentro de si, o anseio. De tentar mais uma vez, assim que possível. Todo o resto era insignificante, até mesmo a garota ao seu lado e seus companheiros de cabana, inertes e muito quietos, caídos aqui e ali.

– Foi tão bom assim? – Anne disse, perceptiva. Tocou o próprio casaco. – Ele visitou nossa cabana também. Comprei. O homem de dentes e olhos estranhos, aquele homem grande e cinzento.

– Eldritch. Ou uma simulação dele. – Suas articulações estavam doloridas, como se tivesse ficado sentado de pernas cruzadas por horas. No entanto, ao olhar para o relógio, viu que apenas alguns segundos, um minuto, no máximo, haviam se passado. – Eldritch está em toda parte – disse a Anne. – Me dê a sua Chew-z.

– Não.

Ele deu de ombros, escondendo a decepção, o impacto físico agudo da privação. Bom, Palmer Eldritch voltaria. Com certeza sabia os efeitos de seu produto. Possivelmente até hoje mesmo.

– Me conta como foi – disse Anne.

Barney disse:

– É um mundo ilusório em que Eldritch ocupa a posição central, como deus. Ele te dá a chance de fazer o que você nunca será mesmo capaz de fazer... reconstruir o passado como ele deveria ter sido. Mas até mesmo para ele é difícil. Leva tempo. – Ficou em silêncio, então. Ficou sentado, esfregando a testa dolorida.

– Quer dizer que ele não pode, e você não pode, simplesmente balançar os braços e ter o que quer? Como pode num sonho?

– É totalmente diferente do sonho. – Era pior, ele concluiu. Mais parecido com o inferno, pensou. É, é assim que deve ser o inferno: recorrente e implacável. Mas Eldritch achava que, com o tempo, paciência e esforço suficientes, *poderia ser mudado*.

– Se você voltar... – começou Anne.

– Se. – Ele ficou olhando para ela. – Tenho que voltar. Não consegui realizar nada desta vez. – Centenas de vezes, pensou, talvez fossem necessárias. – Ouça, pelo amor de Deus, me dê esse pacote de Chew-Z que você tem aí. Sei que posso convencê-la. O próprio Eldritch está do meu lado, fazendo as conexões. Neste momento ela está brava, e eu a peguei de surpresa... – Ficou em silêncio. Olhou para Anne Hawthorne. Tem algo errado, pensou. Porque...

Anne tinha um braço e uma mão artificiais. Os dedos de plástico e metal estavam a poucos centímetros dele, e ele podia discerni-los claramente. E quando ele olhou para o rosto dela, viu as concavidades, o vazio tão vasto quanto o espaço de intersistemas do qual Eldritch havia surgido. Os olhos mortos eram preenchidos pelo espaço que ia além dos mundos conhecidos e visitados.

– Pode ter mais depois – Anne disse calmamente. – Uma sessão por dia é suficiente. – Ela sorriu. – Caso contrário, você ficaria sem peles, não conseguiria comprar mais, e aí, que diabos ia fazer?

O sorriso dela reluziu a opulência cintilante do aço inoxidável.

* * *

Os outros moradores da cabana, à sua volta, começaram a despertar, soltando gemidos abafados, recobrando a consciência aos poucos, em estágios lentos e angustiados. Eles se sentaram, balbuciaram e tentaram se orientar. Anne havia ido a algum lugar. Sozinho, conseguiu se levantar. Café, pensou. Aposto que ela está fazendo café.

– Uau – disse Norm Schein.

– Aonde você foi? – perguntou Tod Morris, com a fala mole. Confuso, ele também se levantou. Depois ajudou a esposa, Helen. – Eu estava na minha adolescência, no colegial, no meu primeiro encontro completo com uma menina... Completo, entende, bem-sucedido, percebe? – Depois olhou nervoso para Helen.

Mary Regan disse:

– É *muito* melhor que Can-D. Infinitamente. Ah, se eu pudesse contar o que estava fazendo... – deu uma risadinha, constrangida. – Mas não posso mesmo. – Seu rosto ficou vermelho-vivo.

Barney Mayerson foi ao seu compartimento, trancou a porta e pegou o tubo com a toxina que Allen Faine havia lhe dado. Segurou-o, pensando, *agora é a hora*. Mas... nós voltamos? O que vi não passou de uma visão residual de Eldritch sobreposta à de Anne? Ou será que foi um *insight* genuíno, uma percepção do real, da situação irrestrita? Não apenas dele, mas de todos eles juntos?

Nesse caso, não era o momento de ingerir a toxina. A observação foi instintiva.

Ainda assim, abriu a tampa do tubo.

Uma voz curta, frágil, emanando do tubo aberto, avisou:

– Você está sendo observado, Mayerson. E se estiver tramando algum tipo de estratégia, seremos obrigados a intervir. Você sofrerá restrições severas. Sinto muito.

Ele pôs a tampa de volta no tubo, apertando-a firme com dedos trêmulos. E o tubo estava... vazio!

– O que foi? – disse Anne, aparecendo. Estava na cozinha do compartimento. Usava um avental que encontrara em algum lugar.

– O que é isso? – ela perguntou, vendo o tubo na mão dele.

– Uma fuga – ele disse, a voz rouca. – Disto.

– Do quê, exatamente? – A aparência normal dela voltara a se firmar, sem mais nada de inoportuno. – Parece inegável que você adoeceu, Barney. Parece mesmo. É efeito da Chew-Z?

– Ressaca. – Palmer Eldritch está mesmo dentro disto?, perguntou-se, examinando o tubo fechado. Revirou-o na palma da mão. – Existe alguma forma de entrar em contato com o satélite dos Faine?

– Ah, imagino que sim. Provavelmente é só fazer uma vidligação ou qualquer que seja o meio de cont...

– Vá pedir para Norm Schein fazer o contato para mim.

Obediente, Anne saiu. E fechou a porta do compartimento.

No mesmo instante, ele desenterrou o manual de códigos que Faine lhe dera do esconderijo abaixo do fogão. A conversa ia ter de ser codificada.

As páginas do manual estavam em branco. Então não será em código, disse a si mesmo, e pronto. Terei que fazer o melhor que puder e me conformar, por mais insatisfatório que seja.

A porta abriu-se. Anne apareceu e disse:

– O sr. Schein está fazendo a ligação para você. Exigem sintonias específicas toda hora, ele disse.

Ele a seguiu pelo corredor e entraram numa salinha apertada, onde Norm estava sentado diante de um transmissor. Quando Barney entrou, ele se virou e disse:

– Estou com Charlotte... pode ser?

– Allen – disse Barney.

– OK. – De imediato, Norm disse: – Agora estou com o Velho Berinjela Al aqui. – Passou o microfone para Barney. Na tela minúscula, o rosto de Allen Faine, jovial e profissional, apareceu. – Um novo cidadão vai falar com você – explicou Norm, voltando a segurar o microfone brevemente. – Barney Mayerson, apresento-lhe metade da equipe que nos mantém vivos e sãos aqui em Marte.

– Para si mesmo, murmurou: Nossa, estou com dor de cabeça. Com licença. Desocupou a cadeira e desapareceu, cambaleando pelo corredor.

– Sr. Faine – Barney disse com cautela –, estive falando com o sr. Palmer Eldritch hoje. Ele mencionou a conversa que eu e você tivemos. Ele estava a par do que falamos, então, até onde posso entender, não há nenhum...

Friamente, Allen Faine disse:

– Que conversa?

Por um momento, Barney ficou em silêncio.

– É evidente que tinham uma câmera infravermelha ligada – continuou, por fim. – Provavelmente num satélite que estava de passagem. No entanto, o conteúdo de nossa conversa, parece, ainda não está...

– Você é doido – disse Faine. – Não o conheço, nunca tive nenhuma conversa com você. Bom, cara, você tem algum pedido ou não? – Sua expressão era impassível, evasiva, com um desinteresse que não parecia simulado.

– Não sabe quem eu sou? – disse Barney, descrente.

Faine cortou a conexão do seu lado, e a imagem da vidtela minúscula desfez-se, passando a mostrar apenas o vazio, o vácuo. Barney desligou o transmissor. Não sentiu nada. Apatia. Passou por Anne e saiu para o corredor. Lá parou, pegou o maço – seria o último? – de cigarros terranos e acendeu um, pensando: O que Eldritch fez com Leo em Luna, em Sigma 14-B ou onde quer que tenha sido, fez comigo também. E vai acabar pegando todos nós. Exatamente deste modo. Isolados. O mundo comunal acabou. Pelo menos para mim. Ele começou comigo. E, pensou, devo reagir com um tubo vazio que um dia pode ter ou não contido uma toxina rara, cara e desorganizadora do cérebro, mas que agora contém apenas Palmer Eldritch, e nem ele todo. Apenas a voz.

O fósforo queimou seu dedo. Ele ignorou.

11

Consultando seu amontoado de anotações, Felix Blau declarou:

– Quinze horas atrás, uma nave pertencente à Chew-Z, aprovada pela ONU, pousou em Marte e distribuiu seus primeiros pacotes às cabanas do Crescente de Fineburg.

Leo Bulero inclinou-se para a tela, entrelaçou os dedos e disse:

– Incluindo a Chances de Catapora?

Felix assentiu brevemente.

– A esta altura – disse Leo – ele já deveria ter consumido a dose daquela porcaria que estraga o cérebro, e nós deveríamos ter recebido notícias dele por meio do sistema de satélites.

– Tenho total consciência disso.

– William C. Clarke ainda está de plantão?

Clarke era o representante jurídico da Ambientes P. I. em Marte.

– Sim – disse Felix –, mas Mayerson ainda não entrou em contato com *ninguém*. – Empurrou os documentos para o lado. – Isso é tudo, absolutamente tudo, o que tenho até agora.

– Talvez ele esteja morto – disse Leo. Estava melancólico. A coisa toda o deprimia. – Talvez tenha tido uma convulsão tão intensa que...

– Mas nesse caso ficaríamos sabendo, porque um dos três hospitais da ONU em Marte teria sido notificado.

– Onde está Palmer Eldritch?

– Ninguém da minha organização sabe – disse Felix. – Saiu de Luna e desapareceu. Simplesmente o perdemos.

– Daria meu braço direito – disse Leo – para saber o que está acontecendo naquela cabana, naquela Chances de Catapora em que Barney está.

– Vá para Marte.

– Ah, não – disse Leo de imediato. – Não saio da ambientes P. I., não depois do que aconteceu comigo em Luna. Não tem como conseguir um homem aí da sua organização que possa nos enviar relatórios diretamente?

– Temos aquela garota, Anne Hawthorne. Mas ela também não se apresentou ainda. Talvez eu vá para Marte. Se você não for.

– Não vou – confirmou Leo.

Felix Blau disse:

– Isso terá um custo.

– Claro – disse Leo. – E pagarei. Mas pelo menos teremos alguma chance. Quer dizer, do jeito que as coisas estão, não temos nada. – E estamos arruinados, disse a si mesmo. – É só mandar a conta.

– Mas faz alguma ideia do que lhe custaria se eu morresse, se me pegassem lá em Marte? Minha organização iria...

– Por favor – disse Leo. – Não quero falar sobre isso. O que é Marte? Um cemitério que Eldritch está cavando? Eldritch provavelmente devorou Barney Mayerson. OK, vá você. Apareça na Chances de Catapora. – Desligou.

Atrás dele, Roni Fugate, sua consultora interina de Pré-Moda em Nova York, estava sentada, ouvindo com atenção. Registrando todas as informações, Leo disse a si mesmo.

– Conseguiu ficar a par das novidades? – ele perguntou com rispidez.

Roni disse:

– Você está fazendo com ele a mesma coisa que ele fez com você.

– Quem? O quê?

– Barney ficou com medo de ir atrás de você quando você desapareceu em Luna. Agora você está com medo...

– Simplesmente não é sensato. Está bem – ele disse. – Estou com um medo terrível demais de Palmer para conseguir pôr os pés para fora deste prédio. É claro que não vou para Marte, e o que você está dizendo é absolutamente verdadeiro.

– Mas ninguém – Roni disse suavemente – vai demiti-lo. Como você fez com Barney.

– Vou demitir a mim mesmo. Internamente. Isso dói.

– Mas não o suficiente para fazê-lo ir para Marte.

– Está bem! – Encolerizado, ligou a aparelho vidfônico subitamente e ligou para Felix Blau. – Blau, retiro tudo o que disse. Eu mesmo vou. Embora seja loucura.

– Para ser franco – disse Felix Blau –, você está fazendo exatamente o que Palmer Eldritch quer. Toda essa questão de coragem *versus*...

– O poder de Palmer entra em ação através daquela droga – disse Leo. – Desde que ele não consiga administrar nada dela em mim, estarei bem. Levarei alguns guardas da empresa comigo para evitar que me apliquem uma injeção sorrateiramente, como fizeram da última vez. Ei, Blau, ainda assim você vai, OK? – Virou-se para encarar Roni. – Está bem assim?

– Está – ela acenou com a cabeça.

– Está vendo? Ela disse que está OK. Então você vai comigo para Marte e vai, entende, segurar a minha mão?

– Claro, Leo – disse Felix Blau. – E se você desmaiar, vou te abanar até você voltar a si. Te encontro no seu escritório daqui a... – olhou para o relógio de pulso – duas horas. Planejaremos os detalhes. Prepare uma nave rápida. E levarei alguns homens nos quais confio também.

– Pronto – Leo disse a Roni ao interromper a conexão. – Olha o que você me arrumou. Você conseguiu o emprego de Barney e, se eu não voltar de Marte, talvez consiga o meu emprego também. – Ele a encarou. As mulheres conseguem que os homens façam qualquer coisa, ele percebeu. Mães, esposas, até funcionárias. Elas. Nos torcem feito pedaços de termoplástico.

Roni disse:

– Foi realmente por essa razão que eu disse isso, sr. Bulero? Acredita mesmo nisso?

Olhou bem para ela, um olhar longo e duro.

– Sim, porque você tem uma ambição insaciável. Realmente acredito nisso.

– Está enganado.

– Se *eu* não voltar de Marte, você vai atrás de mim?

Ele esperou, mas ela não respondeu. Viu a hesitação no rosto dela, e riu alto disso. – Claro que não – ele disse.

Num tom rígido, Roni disse:

– Tenho que voltar para o meu escritório. Tenho que avaliar novos talheres. Modelos novos da Cidade do Cabo. – Levantou-se e saiu. Ele a observou, pensando. É ela a verdadeira manipuladora. Não Palmer Eldritch. Se eu conseguir voltar, tenho que encontrar algum meio de dispensá-la discretamente. Não gosto de ser controlado.

Palmer Eldritch, ele pensou de repente, apareceu na forma de uma garotinha, de uma criança pequena... sem contar que depois foi como um cachorro. Talvez não exista nenhuma Roni Fugate, talvez seja Eldritch.

A ideia lhe causou arrepios.

O que temos aqui, percebeu, não é uma invasão da Terra por proximanos, seres de outro sistema. Não é uma invasão pelas legiões de uma raça pseudo-humana. Não. É Palmer Eldritch que está por toda parte, expandindo-se sem parar, como uma erva daninha louca. Será que existe um ponto em que ele pode explodir, crescer demais? Todas as manifestações de Eldritch, por toda a Terra, Luna e Marte, Palmer inflando e explodindo... pop, POP, POP! Como diz Shakespeare, alguma coisa sobre enfiar um mero alfinete na armadura, e adeus rei.

Mas, pensou, o que é o alfinete neste caso? E existe um local vulnerável no qual podemos introduzi-lo? Não sei, e Felix não sabe. E Barney, aposto que não faz ideia de como lidar com Eldritch. Sequestrar Zoe, a filha mais velha e feia do homem? Palmer não se importaria. A não ser que Palmer também seja Zoe. Talvez não exista nenhuma Zoe independente dele. E é assim que vamos todos acabar, a menos que cheguemos a descobrir como destruí-lo, percebeu. Réplicas, extensões do homem, habitando três planetas e seis luas. O protoplasma do homem espalhando-se, reproduzindo-se e dividindo-se, e tudo através daquela maldita droga não terrana, derivada de líquen, a horrível, a desgraçada Chew-Z.

Mais uma vez, no aparelho vidfônico, ele ligou para o satélite de Allen Faine. De imediato, o rosto um tanto insubstancial e fraco, mas ainda assim visível, do principal *disc jockey* apareceu.

– Sim, sr. Bulero.

– Tem certeza de que Mayerson não entrou em contato com você? Ele tem o manual de códigos, não?

– Tem o livro, sim, mas ainda nada dele. Estamos monitorando todas as transmissões da Chances de Catapora. Vimos a nave de Eldritch pousar perto da cabana – isso foi horas atrás – e vimos Eldritch sair e ir até os colonizadores, e embora nossas câmeras não tenham captado isso, tenho certeza de que a transação foi consumada nesse momento. – Faine acrescentou: – E Barney Mayerson era um dos colonizadores que se encontraram com Eldritch na superfície.

– Acredito que sei o que aconteceu – disse Leo. – OK, obrigado, Al. – Desligou. Barney desceu com a Chew-Z, ele percebeu. E na mesma hora todos se sentaram e mastigaram. Esse foi o fim, exatamente como foi para mim em Luna. Nossa tática exigia que Barney mastigasse a droga, percebeu Leo, e assim caímos direto nas mãos sujas, semimecânicas de Palmer. Assim que ele conseguiu que a droga estivesse no sistema de Barney, estávamos acabados. Porque, de alguma forma, Eldritch controla todos os mundos alucinatórios induzidos pela droga. Eu sei – *eu sei!* – que o canalha está em todos eles.

Os mundos de fantasia que a Chew-Z induz, ele pensou, estão na *cabeça* de Palmer Eldritch. Como descobri pessoalmente.

E o problema é que, pensou, uma vez ingressando num deles, você não consegue sair completamente. Ele fica com você, mesmo quando você acha que está livre. É um portal de mão única, e eu poderia estar dentro dele *agora*.

No entanto, isso não parecia provável. Mas, pensou, mostra como estou com medo – como Roni Fugate observou. Com tanto medo a ponto de (admito) abandonar Barney lá como ele me abandonou. E Barney estava usando sua habilidade de precog, então tinha uma visão prévia, quase até o ponto em que as coisas estão como vejo agora, como a percepção tardia. Ele sabia antes o que tive que aprender com a experiência. Não é de admirar que tenha empacado.

Quem será sacrificado?, Leo perguntou-se. Eu, Barney, Felix Blau... qual de nós será derretido para Palmer beber? Porque é isso o que somos potencialmente para ele: alimento a ser consumido. É uma coisa oral, essa que chegou do sistema de Prox, uma boca enorme, aberta para nos receber.

Mas Palmer não é um canibal. Porque sei que não é humano. Não é um homem que está na pele de Palmer Eldritch.

Mas ele não tinha nenhuma noção do que era. Tanta coisa poderia acontecer na vasta extensão entre Sol e Proxima, indo ou voltando. Talvez tenha acontecido, pensou, quando Palmer Eldritch estava indo. Talvez ele tenha engolido os proximanos durante esses dez anos, limpado o prato lá e depois voltado para nos pegar. Ugh. Sentiu um calafrio.

Bem, pensou, mais duas horas de vida independente, mais o tempo até chegar a Marte. Talvez dez horas de existência particular, e depois... engolido. E por toda Marte aquela droga horrenda está sendo distribuída. Imagine, visualize os números confinados aos mundos ilusórios de Palmer, às redes que ele lança. Como os budistas da ONU, como Hepburn-Gilbert chamam a isso? Maya. O véu de ilusão. Merda, pensou com desânimo e estendeu a mão para ligar o interfone, para solicitar uma nave rápida para o voo. E quero um bom piloto, lembrou. Muitos dos pousos automáticos recentes falharam: não pretendo acabar esparramado pela zona rural – especialmente não *naquela* zona rural.

Para a srta. Gleason, disse:

– Quem é o melhor piloto interplan que temos?

– Don Davis – a srta. Gleason disse de pronto. – Ele tem um histórico perfeito no... sabe? Nos voos para Vênus. – Ela não fez referência explícita à empresa de Can-D deles. Até o interfone poderia estar grampeado.

Dez minutos depois, os preparativos para a viagem estavam concluídos.

Leo Bulero recostou-se na cadeira, acendeu um grande charuto de folha de Havana verde que tinha sido mantido num umidificador cheio de hélio, provavelmente por anos... o charuto, quando ele arrancou a ponta com os dentes, parecia seco e quebradiço. Rachou sob a pressão da mordida, e ele se sentiu desapontado. Tinha parecido tão bom, tão perfeitamente preservado na caixa. Bem, nunca se sabe, informou a si mesmo. Até chegar a hora certa.

A porta do escritório abriu-se. A srta. Gleason, com os papéis de requisição da nave em mãos, entrou.

A mão que segurava os papéis era artificial. Ele distinguiu o lampejo do metal inconfundível e, de imediato, ergueu a cabeça para examinar o rosto dela, o resto dela. Dentes neandertais, pensou. É o que esses molares de aço gigantescos parecem. Uma reversão, a duzentos mil anos atrás. Revoltante. E o luxvid, ou vidlux, ou o que quer que fossem os olhos dele, sem pupilas, somente fendas. Produto dos Laboratórios Jensen de Chicago, fossem o que fossem.

– Eldritch, seu desgraçado – ele disse.

– Sou seu piloto também – disse Eldritch, de dentro da forma da srta. Gleason. – E estava pensando em lhe dar as boas-vindas quando pousar. Mas isso é demais, é cedo.

– Me dê os papéis para assinar – disse Leo, e estendeu a mão.

Surpreso, Palmer Eldritch disse:

– Ainda pretende fazer a viagem para Marte? – Parecia definitivamente espantado.

– Sim – disse Leo, e esperou pacientemente os papéis da requisição.

Uma vez que você usa a Chew-Z, isso significa que você se entregou. Pelo menos é dessa maneira que a dogmática, devota e fanática Anne Hawthorne colocaria. Como o pecado, pensou Barney Mayerson. É a condição de escravo. Como a Queda. E a tentação é semelhante.

Mas o que está faltando aqui é um modo pelo qual possamos ser libertados. Teríamos que ir a Prox para descobrir? Mesmo lá pode não existir. Nem em lugar algum do universo.

Anne Hawthorne apareceu à porta da sala do transmissor da cabana.

– Você está bem?

– Claro – disse Barney. – Sabe, nós nos metemos nisso. Ninguém nos *obrigou* a mastigar Chew-Z. – Largou o cigarro no chão e apagou a brasa com a ponta da bota. – E você não vai me dar o seu pacote. – Mas não era Anne quem se negava a dar. Era Palmer Eldritch, operando através dela, detendo-a.

Mesmo assim, posso tomá-lo, pensou.

– Pare – ela disse. Ou aquilo disse.

– Ei – Norm Schein gritou da sala do transmissor, levantando-se, assombrado. – O que está fazendo, Mayerson? Deixe-a...

O forte braço artificial acertou Schein. Os dedos de metal formaram uma garra, e isso quase foi o suficiente. Abriram-se no pescoço dele, deliberadamente, atentos ao local em que a morte poderia ser administrada da forma mais eficaz. Mas Barney estava com o pacote e pronto. Ele soltou a criatura.

– Não tome, Barney – ela disse calmamente. – É muito pouco tempo depois da primeira dose. Por favor.

Sem responder, ele se retirou de repente, na direção do seu compartimento.

– Pode fazer uma coisa por mim? – ela gritou para ele. – Divida ao meio, deixe-me tomar com você. Para que eu possa estar junto.

– Por quê? – ele disse.

– Talvez eu possa ajudá-lo estando lá.

Barney disse:

– Posso conseguir sozinho. – Se puder chegar a Emily antes do divórcio, antes de Richard Hnatt aparecer... como fiz da primeira vez, pensou. É a única circunstância em que tenho alguma chance. Repetidas vezes, pensou. Tentar! Até conseguir.

Trancou a porta.

Enquanto devorava a Chew-Z, pensou em Leo Bulero. Você se livrou. Provavelmente porque Palmer Eldritch era mais fraco que você. É isso? Ou Eldritch estava apenas dando corda, deixando-o com incertezas? Você poderia vir aqui para me deter. Agora, no entanto, não há como parar. Até Eldritch me avisou, falando através de Anne Hawthorne. Foi demais até para ele. E agora? Teria ido longe demais, a ponto de mergulhar fundo, fora até mesmo da visão *dele*? Aonde nem mesmo Palmer Eldritch pode chegar, onde nada existe.

E é claro que não posso subir de volta.

Sua cabeça doeu, e ele fechou os olhos involuntariamente. Era como se o cérebro, vivo e assustado, tivesse se agitado fisicamente. Ele o sentiu tremer. Metabolismo alterado, concluiu. Choque. Sinto muito, disse, pedindo desculpas para sua parte somática. OK?

– Socorro – disse em voz alta.

– Ah, socorro... uma ova – disse uma voz irritada de homem. – O que quer que eu faça? Segure a sua mão? Abra os olhos ou saia daqui. Esse período que passou em Marte acabou com você, e eu estou de saco cheio. Anda!

– Cala a boca – disse Barney. – Estou doente. Fui longe demais. Quer dizer que tudo o que pode fazer é me dar uma bronca? – Abriu os olhos e encarou Leo Bulero, que estava sentado à sua grande mesa de carvalho bagunçada. – Ouça – disse Barney –, estou sob o efeito da Chew-Z, não consigo parar. Se não puder me ajudar, é o meu fim. – Suas pernas fraquejaram como se derretessem, quando ele foi até uma cadeira próxima e sentou-se.

Observando-o por completo, fumando um charuto, Leo disse:

– Está sob efeito da Chew-Z *agora*? – Franziu a testa. – Desde dois anos atrás...

– É proibida?

– Sim. Proibida. Meu Deus. Não sei se vale a pena conversar com você. O que você é, alguma ilusão do passado?

– Ouviu o que eu disse. *Eu disse que estou sob efeito da droga.* – Cerrou os punhos.

– OK, OK. – Leo soltou baforadas de fumaça cinza e pesada, agitado. – Não fique nervoso. Nossa, eu avancei e vi o futuro também, e ele não me matou. E, de todo modo... – recostou-se na cadeira, girou de um lado para o outro, depois cruzou as pernas – vi um monumento, sabe? Adivinhe em homenagem a quem? A mim. – Encarou Barney, depois deu de ombros.

Barney disse:

– Não tenho nada a ganhar, nada mesmo, neste período do tempo. Quero minha vida de volta. Quero Emily. – Sentiu um desespero enfurecido, revoltante. A cólera da decepção.

– Emily. – Leo assentiu com a cabeça. Depois, para o interfone, disse: – Srta. Gleason, por favor, não deixe que nada nos atrapalhe por um tempo. – Em seguida, voltou sua atenção para Barney, examinando-o intensamente. – Aquele tal de Hnatt – é esse o nome? – foi intimado pela polícia da ONU, junto com o resto da organização de Eldritch. Sabe, Hnatt tinha um contrato que assinou com o agente de Eldritch. Bem, deram a ele as opções de pena de prisão – OK, admito que é injusto, mas a culpa não é minha – ou de emigração. Ele emigrou.

– E ela?

– Com aquele negócio de vasos de cerâmica? Como é que ela ia conseguir conduzi-lo numa cabana sob o deserto marciano? Naturalmente, largou o pateta. Bem, então, está vendo, se você tivesse esperado...

Barney disse:

– Você é mesmo Leo Bulero? Ou é Palmer Eldritch? E isso é para fazer eu me sentir ainda pior... é isso?

Erguendo uma sobrancelha, Leo disse:

– Palmer Eldritch está morto.

– Mas isto não é real. É uma fantasia induzida pela droga. Tradução.

– Uma ova que não é real. – Leo olhou-o irritado. – O que isso faz de mim, então? Ouça – apontou o dedo para Barney com raiva –, não há nada de irreal em *mim*. É você a maldita ilusão, como você disse, saída do passado. Ou seja, está com a situação toda invertida. Está ouvindo? – Bateu na mesa com toda a força das mãos. – O som que a realidade faz. E digo que sua ex-esposa e Hnatt estão divorciados. Sei disso porque ela nos vende os vasos para mínis. Na verdade, esteve no escritório de Roni Fugate terça passada. – Aborrecido, fumou o charuto, ainda encarando Barney com raiva.

– Então, só o que preciso fazer – disse Barney – é procurar por ela. – Era simples assim.

– Ah, sim – concordou Leo, acenando com a cabeça. – Mas só há uma coisa: o que vai fazer com Roni Fugate? Está vivendo com ela neste mundo que gosta de imaginar ser irreal.

Perplexo, Barney disse:

– Depois de *dois anos*?

– E Emily sabe disso porque, desde que começou a nos vender seus vasos por intermédio de Roni, as duas ficaram amigas. Contam segredos uma à outra. Veja a coisa pelo ponto de vista de Emily. Se aceitá-lo de volta, Roni provavelmente vai parar de aceitar seus vasos para mínis. É um risco, e aposto que Emi não vai querer corrê-lo. Quer dizer, demos a Roni autoridade absoluta, como você tinha na sua época.

Barney disse:

– Emily jamais colocaria a carreira à frente da própria vida.

– Você *pôs*. Talvez Emi tenha aprendido com você, entendido a mensagem. E, seja como for, mesmo sem aquele Hnatt, por que Emily iria querer voltar para você? Está tendo uma vida muito bem-sucedida, com a própria carreira. É famosa no planeta inteiro e tem peles e mais peles acumuladas... Quer a verdade? Ela tem todos os homens que quer. A qualquer hora. Emi não precisa de você, Barney, admita. De todo modo, o que está faltando em Roni? Francamente, eu não me importaria...

– Acho que você é Palmer Eldritch – disse Barney.

– Eu? – Leo bateu no peito. – Barney, eu matei Eldritch. Foi por isso que ergueram aquele monumento para mim. – Sua voz estava baixa e calma, mas ele havia corado intensamente. – Tenho dentes de aço inoxidável? Um braço artificial? – Leo ergueu as duas mãos. – Ãh? E meus olhos...

Barney seguiu em direção à porta do escritório.

– Aonde vai? – perguntou Leo.

– Eu sei – disse Barney, ao abrir a porta – que, se eu puder ver Emily, nem que seja por apenas alguns minutos...

– Não, não pode, meu caro – disse Leo. Balançou a cabeça com firmeza.

Esperando pelo elevador no corredor, Barney pensou: Talvez fosse Leo mesmo. E talvez seja verdade.

Então, não posso conseguir sem Palmer Eldritch.

Anne estava certa. Devia ter devolvido metade da dose para ela, e depois poderíamos ter tentado fazer isto juntos. Anne, Palmer... é tudo a mesma coisa, é tudo ele, o criador. É quem e o que ele é, percebeu. O dono destes mundos.

O resto de nós só os habita, e, quando ele quer, pode habitá-los também. Pode existir dentro do cenário, manifestar-se, empurrar as coisas na direção que escolher. Até mesmo ser qualquer um de

nós que queira ser. Todos nós, na verdade, se desejar. Eterno, fora do tempo, segmentos remendados de todas as outras dimensões...
pode até entrar em um mundo no qual esteja morto.

Palmer Eldritch havia ido para Prox como homem e retornado como um deus.

Em voz alta, enquanto aguardava o elevador, Barney disse:

– Palmer Eldritch, me ajude. Consiga minha esposa de volta para mim. – Olhou ao redor. Não havia ninguém presente para ouvi-lo.

O elevador chegou. As portas deslizaram para o lado. Dentro do elevador quatro homens e duas mulheres aguardavam em silêncio. Todos eles eram Palmer Eldritch. Tanto os homens como as mulheres: braço artificial, dentes de aço inoxidável... o rosto escarnado, oco e cinzento com os olhos de Jensen.

Quase em uníssono, mas não exatamente, como se competissem entre si pela chance de falar primeiro, as seis pessoas disseram:

– Você não vai conseguir retornar para o seu próprio mundo, Mayerson. Foi longe demais desta vez, teve uma overdose pesada. Conforme o avisei quando a tomou de mim na Chances de Catapora.

– Não pode me ajudar? – disse Barney. – Preciso tê-la de volta.

– Não entende – todos os Palmer Eldritch disseram, balançando a cabeça coletivamente. Era o mesmo movimento que Leo acabara de fazer, e o mesmo não dito com firmeza. – Conforme te alertamos: como este é seu futuro, você já se estabeleceu aqui. Não existe outro lugar para você, é uma questão de lógica simples. Para quem devo conseguir Emily? Para você? Ou para o Barney Mayerson legítimo que viveu naturalmente até este momento? E não pense que ele não tentou ter Emily de volta. Não imaginou – é óbvio que não – que, quando os Hnatts se separaram, *ele avançou?* Fiz o que pude por ele então. Foi há uns tantos meses, logo depois que Richard Hnatt foi enviado para Marte, debatendo-se e protestando pelo caminho. Pessoalmente, não culpo Hnatt. Foi um acordo fraudulento, tudo maquinado por Leo, claro. E olhe para você. – Os seis Palmer Eldritch fizeram um gesto de desprezo. – Você é uma ilusão, como disse Leo. Posso perceber o que há do outro lado de você, literalmente. Vou lhe dizer numa terminologia mais precisa exatamente o que você é. – Dos seis, saiu a afirmação calma e desapaixonada: – Você é um fantasma.

Barney ficou olhando para eles, e eles o encararam com placidez, imóveis.

– Tente construir sua vida sobre essa premissa – continuaram os Eldritches. – Bem, você conseguiu o que São Paulo prometia, conforme Anne Hawthorne tagarelava. Não está mais vestindo um corpo carnal, perecível... Está usando um corpo etéreo. O que acha disso, sr. Mayerson? – O tom deles era de zombaria, mas a compaixão era aparente nos seis rostos. Era demonstrada nos estranhos olhos mecânicos fendidos de cada um deles. – Você não pode morrer. Não come, não bebe nem respira... Pode, se quiser, atravessar paredes; na verdade, qualquer objeto material que desejar. Vai aprender isso com o tempo. É evidente que, na estrada para Damasco, Paulo teve uma visão relacionada a esse fenômeno. Isso e muito mais. – Os Eldritches acrescentaram: – Estou inclinado, como pode ver, a ser um tanto receptivo ao ponto de vista neocristão e cristão original, como o que Anne defende. Ajuda a explicar muita coisa.

Barney disse:

– E quanto a você, Eldritch? Está morto, assassinado por Leo há dois anos. – E sei, pensou, que está passando pelo mesmo que eu. O mesmo processo deve ter tomado conta de você, em algum momento ao longo do caminho. Deu a si mesmo uma overdose de Chew-Z e agora, para você, também não existe volta para o seu próprio tempo e mundo.

– Aquele monumento – disseram os seis Eldritches, murmurando juntos como um vento trepidante e longínquo – é altamente impreciso. Uma nave minha travou uma batalha armada contra uma nave de Leo, perto de Vênus. Eu estava a bordo da nossa nave, ou supôs-se que estivesse. Leo estava a bordo da dele. Ele e eu fizemos apenas uma conferência com Hepburn-Gilbert em Vênus e, no caminho de volta à Terra, Leo aproveitou a oportunidade para nos atacar de surpresa. Foi sob essa premissa que aquele monumento foi erigido, graças à pressão econômica astuta de Leo, aplicada a todos os corpos políticos apropriados. Ele conseguiu escrever seu nome nos livros de história de uma vez por todas.

Duas pessoas, um jovem bem-vestido no estilo executivo e uma garota que possivelmente era secretária, passaram pelo corredor. Olharam para Barney com curiosidade e depois para as seis criaturas dentro do elevador.

As criaturas deixaram de ser Palmer Eldritch. A mudança ocorreu diante dele. De repente, eram seis homens e mulheres comuns, individuais. Absolutamente heterogêneos.

Barney afastou-se do elevador. Por um intervalo incomensurável, perambulou pelos corredores e depois, pela rampa, desceu ao nível térreo, onde ficava a diretoria da Ambientes P. I. Ali, lendo as placas, localizou o próprio nome e número do escritório. Ironicamente – e no limite do exagero – ele ostentava o título que tentara arrancar de Leo não muito tempo atrás. Estava designado como supervisor de Pré-Moda, claramente acima de todos os consultores individuais. Portanto, mais uma vez, se tivesse apenas esperado...

Sem dúvida, Leo havia conseguido trazê-lo de volta de Marte. Ele o havia resgatado do mundo da cabana. E isso tinha muitas implicações.

A disputa jurídica planejada – ou alguma tática substituta – havia dado certo. Ou melhor, daria. E talvez em breve.

A névoa de alucinação lançada por Palmer Eldritch, o pescador de almas humanas, era imensamente eficaz, mas não perfeita. Não no longo prazo. Então, se ele tivesse parado de consumir Chew-Z após a dose inicial...

Talvez o fato de Anne Hawthorne portar uma dose tivesse sido proposital. Um artifício para que ele a consumisse mais uma vez e muito rápido. Nesse caso, os protestos dela tinham sido falsos. Ela tinha a intenção de fazê-lo pegar a droga e, como uma fera num labirinto bem elaborado, ele se arrastara à procura da saída vislumbrada. Manipulado por Palmer Eldritch em cada centímetro do caminho.

E não havia caminho de volta.

Se pudesse acreditar em Eldritch, falando através de Leo. Através de sua congregação por toda parte. Mas essa era a palavra-chave, se.

Pelo elevador, ele subiu ao andar do próprio escritório.

Quando abriu a porta, o homem sentado à sua mesa ergueu a cabeça e disse:

– Fecha isso. Não temos muito tempo. – O homem, que era ele mesmo, levantou-se. Barney examinou-o e depois, pensativo, fechou a porta conforme a instrução. – Obrigado – seu eu futuro respondeu friamente. – E pare de se preocupar em voltar para o seu tempo. Você voltará. A maior parte do que Eldritch fez – ou faz, se preferir considerar dessa forma – consiste em produzir mudanças de superfície: ele faz as coisas *parecerem ser* do jeito que ele quer, mas isso não significa que sejam assim. Entendeu?

– Eu... vou acreditar em você.

Seu eu futuro disse:

– Sei que para mim é fácil falar agora. Eldritch ainda aparece de vez em quando, às vezes até publicamente, mas eu sei e todas as pessoas, até o leitor mais ignorante do homeojornal mais inferior, sabem que não passa de uma ilusão. O homem de verdade está num túmulo em Sigma 14-B, e isso foi comprovado. Você está num local diferente. Para você, o verdadeiro Palmer Eldritch poderia aparecer a qualquer momento. O que seria real para você seria uma ilusão para mim, e o mesmo será verdadeiro quando você voltar para Marte. Encontrará um Palmer Eldritch vivo e genuíno e, francamente, não te invejo.

Barney disse:

– Só me diga como voltar.

– Não se importa mais com Emily?

– Estou com medo. – E sentiu seu próprio olhar, a percepção e a compreensão do futuro, queimá-lo. – OK – disse sem pensar –, o que devo fazer? Fingir que não estou com medo só para impressioná-lo? De qualquer modo você saberia.

– A vantagem que Eldritch levou sobre toda e qualquer pessoa que consumiu Chew-Z é o fato de que a recuperação da droga é excessivamente lenta e gradual. Ela se dá por uma série de níveis, sendo cada um, progressivamente, composto menos por uma ilusão induzida e mais por realidade autêntica. Às vezes o processo leva anos. Foi por *isso* que a ONU proibiu-a tardiamente e voltou-se contra Eldritch. Hepburn-Gilbert aprovou-a de início porque acreditava sinceramente que ela ajudava o usuário a penetrar a realidade concreta, depois ficou óbvio para todos os que a usaram ou testemunharam seu uso que ela fazia exatamente o...

– Então, nunca me recuperei da minha primeira dose.

– Certo. Você nunca voltou à realidade clara e definida. Como teria voltado se tivesse se abstido por vinte e quatro horas. Aqueles fantasmas de Eldritch, impostos à matéria normal, teriam desaparecido completamente. Você teria se libertado. Mas Eldritch conseguiu fazê-lo aceitar aquela segunda dose mais forte. Ele sabia que você tinha sido enviado a Marte para agir contra ele, embora não tivesse nenhuma ideia de como. Estava com medo de você.

Era estranho ouvir isso. Não soava bem. Eldritch, com tudo o que havia feito e podia fazer... Mas Eldritch tinha visto o monumento do futuro. Sabia que, de alguma forma, por alguma razão, iam matá-lo afinal de contas.

A porta do escritório abriu-se bruscamente.

Roni Fugate viu os dois. Não disse nada – simplesmente ficou olhando, boquiaberta. Em seguida, por fim, murmurou:

– Um fantasma. Acho que é o que está de pé, o que está mais perto de mim. – Trêmula, entrou no escritório e fechou a porta.

– Isso mesmo – o eu futuro dele disse, examinando-a com atenção. – Pode fazer um teste colocando a mão nele.

Ela o fez. Barney Mayerson viu a mão entrar em seu corpo e desaparecer.

– Já vi fantasmas antes – ela disse, retirando a mão. Estava mais recomposta. – Mas nunca o seu, querido. Todos que consumiram aquela abominação tornaram-se fantasmas num momento ou em outro, mas ultimamente têm sido menos frequentes para nós. Houve uma época, cerca de um ano atrás, em que bastava a pessoa se virar para ver um. – Acrescentou: – Hepburn-Gilbert finalmente viu um dele mesmo, exatamente o que merecia.

– Você percebe – o eu futuro disse a Roni – que ele está sob o domínio de Eldritch, ainda que para nós o homem esteja morto? Portanto, temos que agir com cautela. Eldritch pode começar a afetar a percepção dele a qualquer momento, e, quando isso acontecer, ele não terá escolha a não ser reagir de acordo.

Falando para Barney, Roni disse:

– O que *podemos* fazer por você?

– Ele quer voltar para Marte – disse o eu futuro. – Montaram um esquema extremamente complicado para destruir Eldritch por meio das Cortes interplan. Requer que ele tome um epilepsigênico jônico, o KV-7. Ou não consegue se lembrar disso?

– Mas o caso nunca chegou aos tribunais – disse Roni. – Eldritch fez um acordo. Eles retiraram o processo.

– Podemos transportá-lo para Marte – o eu futuro disse a Barney – numa nave da Ambientes P. I. Mas isso não adiantará nada porque Eldritch não apenas o seguirá e ficará com você na nave, como estará lá para recebê-lo – a atividade favorita dele ao ar livre. Nunca se esqueça de que um fantasma pode ir a qualquer lugar. Não é limitado pelo tempo ou pelo espaço. É o que faz dele um fantasma, isso e o fato de que não tem nenhum metabolismo, pelo menos não da forma como entendemos a palavra. Por estranho que pareça, no entanto, é afetado pela gravidade. Houve uma série de estudos recentes sobre o assunto. De qualquer forma, não se sabe muita coisa ainda. – De modo significativo, ele concluiu: – Especialmente sobre o subtópico: "Como fazer um fantasma retornar ao seu espaço e tempo próprios... exorcizá-lo".

Barney disse:

– Está ansioso para se livrar de mim? – Sentiu frio.

– Isso mesmo – seu eu futuro disse calmamente. – Tão ansioso quanto você está para voltar. Sabe agora que cometeu um erro, sabe que... – olhou para Roni e parou no mesmo instante. Não pretendia se referir ao assunto de Emily na frente dela.

– Fizeram algumas tentativas com eletrochoque de alta voltagem e baixa amperagem – disse Roni. – E com campos magnéticos. A Universidade de Colúmbia já...

– O melhor trabalho até agora – disse o eu futuro – é o do departamento de física da Caltech, na Costa Oeste. O fantasma é bombardeado por partículas beta, que desintegram a base proteica essencial para...

– OK – disse Barney. – Vou deixá-lo em paz. Vou para o departamento de física da Universidade da Califórnia e ver o que podem fazer. – Sentiu-se totalmente derrotado. Tinha sido abandonado até por si mesmo, o principal, pensou com uma fúria violenta e impotente. Meu Deus!

– É estranho – disse Roni.

– O que é estranho? – perguntou o eu futuro, inclinando a cadeira para trás, cruzando os braços e observando-a.

– Você dizer isso sobre a Universidade da Califórnia – disse Roni. – Até onde sei, nunca fizeram nenhum trabalho com fantasmas lá. – Para Barney, disse em voz baixa: – Peça para ele mostrar as duas mãos.

Barney disse:

– Deixa eu ver as suas mãos. – Mas a alteração gradual já começara no homem sentado, especialmente no maxilar, a protuberância idiossincrática que ele reconhecia com tanta facilidade. – Deixa pra lá – disse com a voz rouca, sentindo-se tonto.

Seu eu futuro disse com escárnio:

– Deus ajuda a quem se ajuda, Mayerson. Você realmente acha que vai adiantar alguma coisa sair por aí procurando alguém para ter pena de você? Caramba, *eu* tenho pena de você. Eu lhe disse para não consumir aquela segunda dose. Eu o livraria disso se soubesse como, e sei mais sobre a droga do que qualquer outra pessoa viva.

– O que vai acontecer com ele? – Roni perguntou ao eu futuro, que não era mais o eu futuro. A metamorfose estava completa, e Palmer Eldritch encontrava-se sentado, inclinado para trás diante da mesa, alto e cinzento, balançando levemente a cadeira de rodinhas, uma enorme massa eterna de teias modelada, quase como um gesto cavalheiresco, em uma forma quase humana. – Por Deus, será que ele vai ficar vagando por aqui *para sempre*?

– Boa pergunta – Palmer Eldritch disse num tom grave. – Queria saber. Por mim mesmo e por ele também. Estou muito mais envolvido nisso do que ele, lembre-se. – Dirigindo-se a Barney, disse: – Entende qual é a questão, não? Que não é necessário que você assuma sua *gestalt* normal. Pode ser uma pedra, uma árvore, um trator turbo ou uma telha antitérmica. Já fui todas essas coisas e muito mais. Se você se tornar algo inanimado, um tronco velho, por exemplo, deixa de ter consciência da passagem do tempo. É uma solução possível e interessante para alguém que quer escapar da existência fantásmica. Eu não quero. – Sua voz estava baixa. – Porque, para mim, retornar ao meu próprio espaço e tempo representa a morte instigada por Leo Bulero. Em vez disso, posso seguir vivendo somente neste estado. Mas para você... – Fez um gesto, sorrindo de leve. – Seja uma pedra, Mayerson. Conserve-se, pelo tempo que durar o efeito da droga. Dez anos, um século. Um milhão de anos. Ou seja, o osso velho de um fóssil num museu. – Seu olhar era brando.

Depois de algum tempo, Roni disse:

– Talvez ele esteja certo, Barney.

Barney andou até a mesa, pegou um peso de papel de vidro, depois o colocou de volta onde estava.

– Não podemos tocá-lo – disse Roni –, mas ele pode...

– A habilidade dos fantasmas para manipular objetos – disse Palmer Eldritch – deixa claro que *estão* presentes e não são meras projeções. Lembre-se do fenômeno *poltergeist*... eram capazes de arremessar objetos por toda a casa, mas eram incorpóreos também. Pendurada na parede do escritório havia uma placa reluzente. Era um prêmio que Emily havia recebido três anos antes do tempo dele, por sua participação numa mostra de cerâmicas. Lá estava ela, ele ainda a mantinha ali.

– Quero ser aquela placa – decidiu Barney. Era feita de madeira de lei, provavelmente mogno, e bronze. Duraria muito tempo e, além disso, ele sabia que seu eu futuro jamais a abandonaria. Andou na direção da placa, perguntando-se como deixaria de ser um homem para se tornar um objeto de bronze e madeira pendurado na parede de um escritório.

Palmer Eldritch disse:

– Quer a minha ajuda, Mayerson?

– Sim – ele disse.

Algo varreu-o de baixo para cima. Estendeu os braços para manter o equilíbrio e então estava mergulhando, descendo por um túnel sem fim que se estreitava. Sentiu-o espremer-se à sua volta, e percebeu que fizera o julgamento errado. Palmer Eldritch mais uma vez apertara o cerco, demonstrara seu poder sobre todos os usuários de Chew-Z. Eldritch fizera algo, e ele nem sequer podia saber o quê; mas, fosse o que fosse, não era o que ele havia dito. Não era o que havia sido prometido.

– Eldritch, maldito – disse Barney, sem ouvir a própria voz, sem ouvir nada. Foi descendo cada vez mais, sem peso, não era mais sequer um fantasma. A gravidade havia parado de afetá-lo; então, até isso acabara também.

Me deixe alguma coisa, Palmer, pensou consigo mesmo. Por favor. Uma prece, ele se deu conta, que já havia sido rejeitada. Palmer Eldritch agira há muito tempo. Era tarde demais, e sempre foi.

Então, vou em frente com o processo litigioso, Barney disse a si mesmo. Vou encontrar meu caminho de volta a Marte de alguma maneira, tomar a toxina, passar o resto da vida nos tribunais interplanetários brigando com você... e ganhando. Não por Leo nem pela Ambientes P. I., mas por mim.

Ouviu então uma risada. Era a risada de Palmer Eldritch, mas estava vindo de...

Dele mesmo.

Olhando para as próprias mãos, distinguiu a esquerda, rosada, pálida, feita de carne, coberta por pele e pelos minúsculos, quase invisíveis; depois a direita, brilhante, reluzente, imaculada em sua perfeição mecânica, uma mão infinitamente superior à original, há muito tempo perdida.

Agora ele sabia o que tinha sido feito com ele. Uma grande tradução – pelo menos do seu ponto de vista – tinha sido realizada, e possivelmente tudo até agora havia sido feito com esse fim.

Será a mim, ele percebeu, que Leo Bulero matará. Serei eu a vítima representada naquele monumento.

Agora sou Palmer Eldritch.

Nesse caso, pensou após algum tempo, quando o ambiente à sua volta pareceu se solidificar e se tornar claro, imagino como ele está se saindo com Emily.

Espero que muito mal.

12

Com vastos braços rastreadores, ele se estendia do sistema de Proxima Centauri até a Terra, e não era humano. Não era um homem que estava retornando. E tinha grande poder. Podia superar a morte.

Mas não estava feliz. Pela simples razão de que estava sozinho. Assim, tentou de imediato corrigir isso. Teve muito trabalho para atrair outros ao longo do caminho que havia seguido.

Um deles era Barney Mayerson.

– Mayerson – disse num tom casual –, que diabos você tem a perder? Descubra por si mesmo. Está acabado na atual situação... Nenhuma mulher para amar, um passado que lamenta. Perceba que tomou um rumo definitivamente errado na vida, e que ninguém o *obrigou* a isso. E não pode ser consertado. Mesmo que o futuro dure um milhão de anos, não pode recuperar o que você perdeu, digamos, com as próprias mãos. Entende meu raciocínio?

Nenhuma resposta.

– E se esquece de uma coisa – continuou, depois de esperar. – Ela regrediu, com aquela terapia de evolução miserável que aquele médico judeu do tipo ex-nazista realiza naquelas clínicas. É claro que ela – o marido, na verdade – foi inteligente a ponto de interromper os tratamentos de imediato, e ainda consegue produzir os vasos que vendem. Ela não regrediu tanto assim. Mas... você não iria gostar dela. Você notaria a diferença. Estaria um pouco mais descuidada, um pouco mais tola. Não seria como no passado, mesmo se a conseguisse de volta. *Estaria diferente.*

Mais uma vez esperou. Desta vez houve uma resposta.

– Está bem!

– Aonde gostaria de ir? – ele prosseguiu, então. – Marte? Aposto que sim. OK, depois de volta à Terra.

Barney Mayerson, não ele mesmo, disse:

– Não. Eu saí por vontade própria. Eu havia terminado. O fim havia chegado.

– OK. Não para a Terra. Vejamos. Hmmm – ele refletiu – Prox – disse. – Você nunca viu o sistema Prox e os proximanos. Sou uma ponte, sabe. Entre os dois sistemas. Eles podem vir para o sistema Sol por meu intermédio sempre que quiserem... e que eu permita. Mas nunca permiti. E como estão ansiosos! – Deu uma risadinha.

– Estão praticamente fazendo fila. Feito crianças na primeira sessão de cinema do sábado.

– Me faça virar uma pedra.

– Por quê?

Barney Mayerson disse:

– Para que eu não sinta. Não há nada para mim em lugar algum.

– Não gosta nem da ideia de ser traduzido para um organismo homogêneo comigo?

Nenhuma resposta.

– Você pode compartilhar minhas ambições. Tenho muitas, grandes... Fazem os planos de Leo parecer sujeira. – É claro, pensou, que Leo vai me matar daqui a não muito tempo. Pelo menos de acordo com a contagem do tempo fora da tradução. – Vou lhe comunicar uma delas. Pouco importante. Talvez o estimule.

– Duvido – disse Barney.

– Vou me tornar um planeta.

Barney riu.

– Acha engraçado? – Ficou furioso.

– Acho que você é doido. Quer seja um homem ou uma coisa do espaço intersistemas, ainda assim, é louco.

– Ainda não expliquei – disse com dignidade – exatamente o que quis dizer com isso. O que quero dizer é que serei todas as pessoas no planeta. Sabe de que planeta estou falando.

– Terra.

– Ah, não. Marte.

– Por que Marte?

– É... – buscou as palavras – novo. Pouco desenvolvido. Cheio de potencial. Serei todos os colonizadores que forem chegando para viver lá. Guiarei a civilização deles. *Serei* a civilização deles!

Nenhuma resposta.

– Vamos. Diga alguma coisa.

Barney disse:

– Por que, se você pode ser tanta coisa, inclusive um planeta inteiro, eu não posso ser sequer aquela placa na parede do meu escritório na Ambientes P. I.?

– Hum – ele disse, desconcertado. – Está bem, está bem. Você pode ser aquela placa, não estou nem aí. Seja o que quiser... Você tomou a droga. Está habilitado a ser traduzido ao que quer que deseje. Não é real, é claro. Essa é a verdade. Estou lhe revelando o segredo mais escondido. É uma alucinação. O que a faz parecer real é o fato de que certos aspectos proféticos fazem parte da experiência, exatamente como nos sonhos. Entrei e saí de um milhão deles, os chamados mundos de "tradução". Já vi todos eles. E sabe o que são? Não são nada. Como um rato branco numa gaiola, enviando impulsos elétricos repetidas vezes para áreas específicas do cérebro... É repugnante.

– Entendo – disse Barney Mayerson.

– Quer acabar num deles, sabendo disso?

Após algum tempo, Barney disse:

– Claro.

– OK! Farei de você uma pedra, vou colocá-lo numa praia. Vai poder ficar lá, ouvindo as ondas por alguns milhões de anos. Deve satisfazê-lo. – Seu imbecil, pensou, encolerizado. Uma pedra! Deus!

– Estou enfraquecido ou algo do tipo? – Barney perguntou. Pela primeira vez havia fortes nuances de dúvida em sua voz. – Era isso o que os proximanos queriam? Foi por isso que você foi enviado?

– Não fui enviado. Apareci aqui por conta própria. É melhor que viver entre estrelas quentes no espaço morto. – Deu uma risadinha. – Você certamente está frágil... e quer ser uma pedra. Ouça, Mayerson. Ser uma estrela não é o que você quer de verdade. O que você quer é a morte.

– Morte?

– Quer dizer que não sabia? – Não podia acreditar. – Ah, que é isso?

– Não. Eu não sabia.

– É muito simples, Mayerson. Eu vou lhe dar um mundo de tradução no qual você é um cadáver apodrecido de um cachorro atropelado numa vala qualquer. Pense que grande alívio será. Você será eu. Você sou eu, e Leo Bulero vai matá-lo. Esse é o cachorro morto, Mayerson. Esse é o cadáver na vala. – E eu continuarei vivo, disse a si mesmo. Esse é meu presente para você, e lembre-se: o que significa *presente* em um idioma significa *veneno* em outro. Eu vou deixar que você morra no meu lugar daqui a alguns meses, e aquele monumento em Sigma 14-B será construído, mas eu continuarei a existir, no seu corpo vivo. Quando você voltar de Marte para trabalhar de novo na Ambientes P. I., você será eu. E assim evito meu destino.

Era tão simples.

– OK, Mayerson – ele concluiu, cansado da conversa. – Vamos mandar bala, como dizem. Considere-se despejado. Não somos mais um único organismo. Temos destinos separados, distintos novamente, e é assim que você queria. Você está numa nave de Conner Freeman, partindo de Vênus, e eu estou lá embaixo, na Chances de Catapora. Tenho uma horta vicejante lá em cima e posso ficar com Anne Hawthorne a hora que quiser... É uma vida boa, no que me diz respeito. Espero que você goste igualmente da sua.

E, nesse instante, ela surgiu.

Estava na cozinha do seu compartimento na Chances de Catapora. Fritava uma panelada de cogumelos locais... o ar cheirava a manteiga e temperos e, na sala, seu gravador portátil tocava uma sinfonia de Haydn. Serena, pensou com prazer, exatamente como quero estar, em paz e tranquilo. Afinal, estava acostumado a isso, no espaço intersistemas. Bocejou, espreguiçou-se com satisfação e disse:

– Consegui.

Sentada na sala, lendo um homeojornal retirado do serviço de notícias que provinha de um dos satélites da ONU, Anne Hawthorne ergueu a cabeça e disse:

– Conseguiu o quê, Barney?

– Colocar a quantidade exata de tempero nisto – ele disse, ainda exultante. Sou Palmer Eldritch e estou aqui, não lá. Sobreviverei ao ataque de Leo e sei como aproveitar, usar, esta vida aqui, como Barney não soube ou não quis.

Vamos ver se ele prefere o bombardeio de Leo transformando sua nave mercante em partículas. Vamos ver o final de uma vida amargamente lamentada.

Sob o clarão da lâmpada acima da cabeça, Barney Mayerson pestanejou. Percebeu, após um segundo, que estava numa nave. O ambiente parecia comum, uma combinação de quarto e sala de visitas, mas ele notou que os móveis estavam aparafusados ao chão. E a gravidade estava toda errada. Gerada artificialmente, não era capaz de reproduzir a da Terra.

E havia um visor que mostrava a paisagem lá fora. Limitada, na verdade, menor que um favo de cera de abelha. Mas, ainda assim, o plástico espesso revelava o vazio adiante, e ele foi até lá para espiar fixamente. O Sol, ofuscante, preenchia uma fração do panorama, e ele estendeu o braço num reflexo para acionar o filtro negro. E, ao fazê-lo, viu a mão. Sua mão artificial, metálica e extremamente eficiente.

De imediato, seguiu silenciosamente da cabine ao corredor, até chegar à central de comando trancada. Bateu à porta várias vezes com os nós dos dedos de metal e, após um intervalo, a porta pesada e reforçada abriu-se.

– Sim, sr. Eldritch – disse o jovem piloto loiro, acenando a cabeça com respeito.

– Envie uma mensagem.

O piloto pegou uma caneta e posicionou-a sobre o bloco de notas preso na beira do painel de instrumentos.

– Para quem, senhor?

– Para o sr. Leo Bulero.

– Para Leo... Bulero. – O piloto escreveu rapidamente. – É para ser retransmitida para a Terra, senhor? Nesse caso...

– Não. Leo está perto de nós, em sua própria nave. Diga a ele... – Parou para refletir rapidamente.

– Quer falar com ele, senhor?

– Não quero que ele me mate – respondeu. – É o que estou tentando dizer. Nem a você comigo. E quem mais estiver neste transporte lento, neste alvo estupidamente enorme. – Mas não adianta, percebeu. Alguém da organização de Felix Blau, cuidadosamente instalada em Vênus, me viu embarcar nesta nave. Leo sabe que estou aqui, já era.

– Quer dizer que a concorrência no mundo dos negócios é tão violenta assim? – disse o piloto, pego de surpresa. E empalideceu.

Zoe Eldritch, sua filha, com um vestido tipo camponesa e chinelos de pele, apareceu.

– O que foi?

Ele disse:

– Leo está por perto. Tem uma nave armada, com permissão da ONU. Fomos atraídos para uma armadilha. Nunca deveríamos ter ido a Vênus. Hepburn-Gilbert estava envolvido nisso. – Para o piloto, disse: – Apenas continue tentando alcançá-lo. Vou voltar para o meu quarto. – Não há nada que eu possa fazer aqui, disse a si mesmo e saiu.

– Nem ferrando – disse o piloto –, fale você com ele, é atrás de você que ele está. – Levantou-se do assento, deixando-o vago intencionalmente.

Suspirando, Barney Mayerson sentou-se e ligou o transmissor da nave. Ajustou-o para a frequência de emergência, ergueu o microfone e disse:

– Leo, seu desgraçado. Você me pegou. Me trouxe com sua lábia para onde poderia me alcançar. Você e essa sua maldita frota, já montada e operando antes do meu retorno de Prox... Você saiu na vantagem. – Estava com mais raiva do que medo agora. – Não temos nada nesta nave. Absolutamente nada com que nos proteger... Você vai atirar num alvo desarmado. Esta é uma nave de carga. – Parou, tentando pensar no que mais poderia dizer. Digo a ele, pensou, que sou Barney Mayerson, e que Eldritch nunca será pego e morto porque se traduzirá de uma vida a outra infinitamente? E que, na realidade, você vai matar alguém que conhece e ama?

Zoe disse:

– *Diga* alguma coisa.

– Leo – ele disse ao microfone –, deixe-me voltar para Prox. Po favor. – Esperou, ouvindo a estática no alto-falante do receptor. – OK – disse, então. – Retiro o que disse. Nunca sairei do sistema Sol, e você nunca poderá me matar, nem mesmo com a ajuda de Hepburn-Gilbert, ou de quem quer que esteja operando em conjunto com você na ONU. – Para Zoe, disse: – Que tal? Gostou? – Largou o microfone com um ruído. – Terminei.

O primeiro raio de energia laser quase cortou a nave ao meio.

Barney Mayerson deitou-se no chão da cabine de controle, ouvindo o barulho das bombas de ar de emergência, resfolegando ao serem acionadas com um guincho agudo e estalos. Consegui o que eu queria, percebeu. Ou pelo menos o que Palmer disse que eu queria. Serei morto.

Ao lado de sua nave, o bombardeiro da ONU comandado por Leo Bulero manobrou para lançar um segundo e último raio. Ele podia ver, na vidtela do piloto, o clarão dos tubos de descarga. Estava muito próximo mesmo.

Deitado ali, esperou para morrer.

E então Leo Bulero atravessou a sala central de seu compartimento, na sua direção.

Interessada, Anne Hawthorne levantou-se da cadeira e disse:

– Então você é Leo Bulero. Tem uma série de perguntas, todas relacionadas ao seu produto, a Can-D...

– Não produzo a Can-D – disse Leo. – Nego esse boato enfaticamente. Nenhum dos meus negócios é ilegal, de forma alguma. Ouça, Barney, você consumiu ou não aquela... – Baixou a voz. Inclinando-se na direção de Barney Mayerson, sussurrou com a voz rouca. – Você sabe.

– Vou sair – disse Anne, percebendo a situação.

– Não – resmungou Leo. Virou-se para Felix Blau, que acenou com a cabeça. – Sabemos que você é da equipe de Blau – Leo disse a ela. Cutucou Barney Mayerson mais uma vez, com irritação. – Acho que ele não tomou – disse, meio para si mesmo. – Vou revistá--lo. – Começou a remexer os bolsos do casaco de Barney, depois a camisa. – Aqui está. – Retirou o tubo contendo a toxina que afetava o metabolismo cerebral. Desatarraxou a tampa e espiou dentro. – Não foi consumida – disse a Blau, com enorme desgosto. – Portanto, é natural que Faine não tenha tido nenhuma notícia dele. Ele deu para trás.

Barney disse:

– Não dei para trás. – Estive muito longe, disse a si mesmo. Não consegue perceber? – Chew-Z – disse. – Muito longe.

– É, você apagou por uns dois minutos – Leo disse com desprezo. – Chegamos logo depois que você se trancou aqui. Um sujeito... Norm alguma coisa nos deixou entrar, usando a chave mestra. É o responsável pela cabana, acho.

– Mas lembre-se – disse Anne –, a experiência subjetiva da Chew-Z não é conectada com a nossa relação de tempo. Para ele, podem ter passado horas ou até dias. – Virou-se para Barney com um olhar compreensivo. – Verdade?

– Eu morri – disse Barney. Sentou-se, enjoado. – Você me matou.

Houve um silêncio considerável, embaraçoso.

– Refere-se a mim? – perguntou Blau.

– Não – disse Barney. Não importava. Pelo menos não até a próxima vez em que tomasse a droga. Uma vez que isso acontecesse, viria a conclusão. Palmer Eldritch seria bem-sucedido, conseguiria sobreviver. E essa era a parte insuportável. Não a sua própria morte – que ia acabar chegando de qualquer jeito –, mas Palmer Eldritch conquistar a imortalidade. Túmulo, pensou. Onde está sua vitória sobre esta... coisa?

– Fico insultado – reclamou Felix Blau. – Quer dizer, que história é essa de que alguém vai matá-lo, Mayerson? Caramba, nós o tiramos do coma. E a viagem até aqui foi longa e difícil e, para o sr. Bulero, meu cliente, na minha opinião... arriscada. Esta é a região em que Eldritch atua. – Olhou ao redor, apreensivo. – Faça-o tomar essa substância tóxica – disse a Leo –, e depois vamos voltar para a Terra antes que alguma coisa terrível aconteça. Estou pressentindo. – Seguiu na direção da porta do compartimento.

Leo disse:

– Vai tomá-la, Barney?

– Não.

– Por que não? – Exaustão. Mais paciência.

– Minha vida significa muito para mim. – Decidi interromper minha expiação, pensou. Finalmente.

– O que aconteceu a você enquanto foi traduzido?

Ficou de pé, com muita dificuldade.

– Ele não vai contar – disse Felix Blau diante da porta.

Leo disse:

– Barney, foi a única coisa em que conseguimos pensar. Eu o tirarei de Marte, sabe disso. E a epilepsia do tipo Q não é o fim do...

– Está perdendo seu tempo – disse Felix, e desapareceu, saindo para o corredor. Lançou um último olhar envenenado para Barney. – Que erro você cometeu, depositando suas esperanças nesse cara.

Barney disse:

– Ele está certo, Leo.

– Você nunca vai sair de Marte – disse Leo. – Nunca vou te arranjar uma passagem de volta à Terra. Não importa o que aconteça a partir de agora.

– Eu sei.

– Mas não se importa. Vai passar o resto da vida tomando aquela droga. – Leo encarou-o, atônito.

– Nunca mais.

– O que vai ser, então?

Barney disse:

– Vou viver aqui. Como colonizador. Vou trabalhar na minha horta lá em cima e fazer tudo o que eles fazem. Construir sistemas de irrigação e coisas do tipo. – Sentia-se cansado e a náusea não havia passado. – Sinto muito.

– Também sinto – disse Leo. – E não entendo. – Olhou para Anne Hawthorne, também não viu resposta alguma ali. Deu de ombros, foi até a porta. Começou a dizer mais alguma coisa, mas desistiu. Com Felix Blau, partiu.

Barney ouviu o som dos dois subindo a escada até a boca da cabana, e o som finalmente acabou, e restou o silêncio. Foi até a pia e pegou um copo de água.

Após algum tempo, Anne disse:

– Eu entendo.

– Entende? – O gosto da água era bom. Lavou os últimos vestígios de Chew-z.

– Uma parte de você se tornou Palmer Eldritch – ela disse. – E parte dele se tornou você. Nenhum dos dois jamais poderá se separar por completo novamente. Você sempre será...

– Você está louca – ele disse, apoiando-se com exaustão na pia, tentando manter o equilíbrio. Suas pernas ainda estavam muito fracas.

– Eldritch conseguiu o que queria de você – disse Anne.

– Não – ele disse. – Porque eu voltei cedo demais. Eu teria que ter ficado lá por mais cinco ou dez minutos. Quando Leo der o segundo tiro, será Eldritch lá naquela nave, não eu. – E é por isso que não há nenhuma necessidade de perturbar meu metabolismo cerebral num esquema precipitado e maluco criado no desespero, disse a si mesmo. O homem logo estará morto... ou melhor, a *coisa* estará.

– Sei – disse Anne. – E tem certeza de que esse vislumbre do futuro que teve durante a tradução...

– É válido. – Porque ele não era dependente do que havia ficado disponível para ele durante sua experiência com a droga.

Além disso, tinha a sua própria habilidade de precog.

– E Palmer Eldritch também sabe que é válido – ele disse. – Fará, está fazendo, todo o possível para se livrar disso. Mas não vai. Não pode. – Ou, pelo menos, percebeu, é *provável* que não possa. Mas aí estava a essência do futuro: possibilidades entrelaçadas. E há muito tempo ele havia aceitado isso, aprendido a lidar com isso. Sabia, de forma intuitiva, que linha temporal escolher. *Assim* manteve seu emprego com Leo.

– Mas por causa disso Leo não irá usar a influência dele para ajudá-lo – disse Anne. – Não vai mesmo levá-lo de volta à Terra, falou sério. Não compreende a seriedade disso? Pude ver pela expressão no rosto dele. Enquanto estiver vivo, nunca...

– Não aguento mais – disse Barney – a Terra. – Ele também estava falando sério em relação às expectativas para sua própria vida que se apresentavam ali em Marte.

Se era bom o bastante para Palmer Eldritch, era bom o bastante para ele. Porque Eldritch vivera muitas vidas. Tinha uma sabedoria vasta e confiável na substância daquele homem ou criatura, o que fosse. A fusão de si mesmo com Eldritch durante a tradução havia deixado uma marca nele, um sinal de perpetuidade: era uma forma de consciência absoluta. Perguntou-se, então, se Eldritch havia ficado com alguma coisa dele em troca. Eu tinha algo à altura do conhecimento dele?, perguntou a si mesmo. *Insights*? Disposições de humor? Lembranças ou valores?

Boa pergunta. A resposta, decidiu, era não. Nosso oponente, algo reconhecidamente repulsivo e estrangeiro que ocupou o corpo de um ser humano como uma doença durante a longa viagem entre a Terra e Prox... e no entanto sabia muito mais do que eu sobre o significado de nossas vidas finitas, aqui. A criatura tinha uma visão mais ampla. Dos seus séculos de flutuação livre, enquanto esperava por alguma forma de vida passar, e que ele pudesse pegar e vir a ser... talvez essa seja a fonte de seu conhecimento: não a experiência, mas a meditação solitária e interminável. E, em comparação, eu não sabia – não havia feito – nada.

À porta do compartimento, Norm e Fran Schein apareceram.

– Ei, Mayerson, como foi? O que achou da Chew-Z na segunda vez? – Entraram, aguardando a resposta, esperançosos.

Barney disse:

– Não vai vender.

Decepcionado, Norm disse:

– Não foi essa a minha impressão. Eu gostei, e achei muito melhor do que a Can-D. Exceto... – Hesitou, franziu a testa e olhou para a esposa com uma expressão preocupada. – É que havia uma presença assustadora onde eu estava. Ela meio que desfigurava as coisas. – Explicou: – É claro que eu voltei...

Fran interrompeu:

– O sr. Mayerson parece cansado. Você pode dar o resto dos detalhes mais tarde.

Observando Barney, Norm Schein disse:

– Você é um sujeito estranho, Barney. Saiu da primeira dose e roubou a da garota aqui, da srta. Hawthorne; depois saiu correndo e se trancou no seu compartimento para consumi-la. E agora diz... – deu de ombros, com uma atitude filosófica. – Bom, talvez tenha apenas ingerido demais de uma única vez. Não foi moderado, cara. Quanto a mim, pretendo experimentar mais uma vez. Com cuidado, claro. Não como você. – Tranquilizando a si mesmo, disse alto: – Falo sério. Gostei da coisa.

– Exceto – disse Barney – pela presença que estava lá com você.

– Também a senti – disse Fran discretamente. – Não vou experimentar de novo. Tenho... medo disso. O que quer que tenha sido. – Ela sentiu um calafrio e se aproximou do marido. Automaticamente, pelo hábito antigo, ele pôs o braço em torno da cintura dela.

Barney disse:

– Não tenha medo. É algo que só está tentando viver, como todos nós.

– Mas era tão... – começou Fran.

– Qualquer coisa que seja tão antiga assim – disse Barney – nos pareceria desagradável. Não temos nenhuma noção de idade dessa dimensão. Dessa enormidade.

– Você fala como se soubesse o que era – disse Norm.

E sei, pensou Barney. Porque, como Anne disse, parte dela está aqui dentro de mim. E ficará, até que morra daqui a alguns meses e retenha sua porção de mim incorporada em sua própria estrutura. Assim, quando Leo matá-lo, percebeu, será um momento ruim para mim. Me pergunto o que sentirei...

– Aquela coisa – disse, dirigindo-se a todos eles, especialmente a Norm Schein e à esposa – tem um nome que vocês reconheceriam se eu lhes dissesse. Embora ela mesma jamais se chamaria assim. Fomos nós que lhe demos um título. A partir da experiência, de longe, ao longo de milhares de anos. Mas cedo ou tarde estaríamos fadados a confrontá-la. Sem a distância. Ou os anos.

Anne Hawthorne disse:

– Você quer dizer Deus.

Para ele não pareceu necessário responder com nada além de um leve aceno de cabeça.

– Mas... *cruel*? – sussurrou Fran Schein.

– Um aspecto – disse Barney. – Nossa experiência dele. Nada mais. – Ou já não os fiz ver isso?, perguntou a si mesmo. Deveria lhes contar como ele tentou me ajudar, à sua própria maneira? E ainda assim... como estava impedido pelas forças do destino, que parecem transcender a tudo o que é vivo, incluindo-o tanto quanto a nós mesmos.

– Minha nossa – disse Norm, com os cantos da boca virando para baixo numa decepção quase chorosa. Pareceu, por um instante, um garotinho que tinha sido enganado.

13

Mais tarde, quando suas pernas pararam de fraquejar sob seu peso, ele levou Anne Hawthorne até a superfície e mostrou a ela o começo de sua horta.

– Sabe – disse Anne –, é preciso coragem para desapontar as pessoas.

– Refere-se a Leo? – Ele sabia ao que ela estava se referindo. Não havia nenhuma controvérsia no que ele acabara de fazer com Leo, Felix Blau e toda a Ambientes P. I., junto com a organização da Can-D. – Leo é adulto – observou. – Vai superar isso. Reconhecerá que tem de lidar diretamente com Eldritch e conseguirá. – E, pensou, o processo litigioso contra Eldritch não teria obtido tantos resultados. Minha habilidade de precog me diz isso também.

– Beterraba – disse Anne. Ela havia se sentado no para-lama de um trator automático e estava examinando pacotes de sementes. – Detesto beterraba. Portanto, por favor, não plante nenhuma, nem mesmo as mutantes, que são verdes, altas, finas, com gosto de maçaneta de plástico do ano passado.

– Você estava pensando – ele disse – em vir morar aqui?

– Não. – Discretamente, ela inspecionou a caixa de capacitores homeostática do trator e mexeu na fita isolante desgastada e parcialmente incinerada de um dos cabos de força. – Mas espero poder jantar com o seu grupo de vez em quando. Vocês são nossos vizinhos mais próximos, infelizmente.

– Olha – ele disse –, aquele lugar em ruínas em que você mora...

– parou de falar. Identidade, pensou. Já estou adquirindo uma na esfera desta moradia comunitária de baixo nível que precisa de cinquenta anos de reparos constantes e detalhados nas mãos de especialistas. – Minha cabana – disse a ela – supera a sua. Qualquer dia da semana.

– Que tal domingo? Pode fazer duas vezes no domingo?

– Aos domingos – ele disse – não temos permissão. Lemos as Escrituras.

– Não brinque com isso – disse Anne, reservada.

– Não estou brincando. – E não estava, absolutamente.

– O que você disse antes sobre Palmer Eldritch...

Barney disse:

– Eu só queria lhe dizer uma coisa. Talvez duas, no máximo. Primeiro, que ele... sabe ao que me refiro... realmente existe, de fato está aí. Embora não como pensávamos e não conforme a experiência que tínhamos dele até agora. Não como talvez sejamos capazes de ter algum dia. E segundo... – hesitou.

– Diga.

– Ele não pode nos ajudar muito. Um pouco, talvez. Mas tem as mãos vazias, abertas. Compreende, quer ajudar. Tenta, mas... acontece que não é tão simples assim. Não me pergunte por quê. Talvez nem mesmo ele saiba. Talvez fique perplexo também. Mesmo depois de todo o tempo que passou refletindo sobre isso. – E todo o tempo que terá depois, pensou Barney, se conseguir escapar de Leo Bulero. Do Leo humano, um de nós. Será que Leo sabe o que está enfrentando? E se soubesse... tentaria mesmo assim? Manteria suas conspirações?

Leo tentaria. Os precogs conseguem ver o que está predeterminado.

Anne disse:

– Aquilo que encontrou Eldritch e entrou nele, o que estamos enfrentando, é um ser superior a nós e, como você diz, não podemos julgá-lo ou entender o que ele faz ou quer. É misterioso e está além de nós. Mas sei que você está enganado, Barney. Algo que esteja de mãos abertas e vazias não é Deus. É uma criatura moldada por algo maior que ela, como nós somos. Deus não foi moldado, e Ele não está perplexo.

– Senti nele – disse Barney – uma presença da deidade. Estava lá. Ele está aqui dentro de cada um de nós. – Especialmente naquele momento único, pensou, quando Eldritch me empurrou, tentou *me* fazer tentar.

– É claro – concordou Anne. – Achei que você tivesse entendido isso. Ele está aqui dentro de cada um de nós e, numa forma de vida superior como essa à que estamos nos referindo, Ele certamente estaria ainda mais manifesto. Mas... deixe-me contar minha piada de gato. É muito curta e simples. Uma anfitriã vai dar um jantar e tem um belo bife de T-bone de três quilos sobre a bancada da cozinha, aguardando para ser preparado enquanto ela estiver conversando com os convidados na sala de estar, tomando alguns drinques e coisas do tipo. Mas então ela pede licença para ir até a cozinha preparar o bife... e ele não está mais lá. E o gato da família está num canto, limpando o rosto tranquilamente.

– O gato pegou o bife – disse Barney.

– Será? Os convidados são chamados, discutem a situação. O bife sumiu, todos os três quilos. Lá está o gato, parecendo bem alimentado e feliz. "Pese o gato", alguém diz. Já tomaram alguns drinques, parece uma boa ideia. Então, eles vão até o banheiro e pesam o gato na balança. Ela marca exatos três quilos. Todos veem o peso indicado, e um convidado diz: "Pronto, achamos o bife". Estão satisfeitos, agora sabem o que aconteceu. Têm uma prova empírica. Então, um deles fica apreensivo e diz, confuso: "Mas onde está o gato?".

– Já ouvi essa piada antes – disse Barney. – E ainda não entendo a aplicação.

Anne disse:

– Essa piada apresenta a essência mais pura já alcançada para o problema da ontologia. Se refletir o bastante...

– Meu Deus – ele disse, nervoso –, são três quilos de gato. Não faz sentido... não tem bife nenhum se a balança indica três quilos.

– Lembre-se do vinho e da hóstia – disse Anne calmamente.

Ele ficou olhando para ela. A ideia, por um momento, pareceu ter ficado clara.

– Sim – ela disse. – O gato não é o bife. Mas o gato poderia ser uma manifestação do bife naquele momento. A palavra-chave aí é *é*. Não nos diga, Barney, que o que quer que tenha penetrado Palmer Eldritch é Deus, porque você não sabe tanto assim sobre Ele. Ninguém pode saber. Mas essa entidade viva do espaço intersistemas pode, como nós, apresentar-se à Sua imagem. Um modo que Ele escolheu para Se mostrar a nós. Se o mapa não é o território, *o vaso não é o ceramista*. Então, não fale em termos ontológicos, Barney, não diga *é*.

Ela sorriu esperançosa para ele, vendo se ele entendia.

– Algum dia – disse Barney – poderemos adorar aquele monumento. – Não o feito de Leo Bulero, pensou. Por mais admirável que fosse – que venha a ser, para ser mais preciso –, esse não será nosso objeto. Não, todos nós, enquanto uma cultura, faremos o que já estou tendendo a fazer: investiremos nele frágil e desprezivelmente nossa concepção de forças infinitas. E estaremos certos num sentido, porque essas forças estão lá. Mas, como Anne diz, quanto à sua natureza verdadeira...

– Estou vendo que você quer ficar sozinho com a sua horta – disse Anne. – Acho que vou indo para a minha cabana. Boa sorte. E, Barney... – ela estendeu o braço, pegou a mão dele e lhe deu um abraço sincero –, nunca se rebaixe. Deus, ou o ser superior que encontramos, não ia querer isso, e, mesmo se quisesse, você não deveria fazê-lo.

Ela se inclinou para a frente, beijou-o e seguiu andando.

– Acha que estou certo? – Barney gritou para ela. – Faz algum sentido tentar começar uma horta aqui? – Ou acabaremos do mesmo jeito que...

– Não me pergunte. Não sou nenhuma autoridade.

– Só se preocupa com a sua salvação espiritual – ele disse de modo grosseiro.

– Não me importo nem com isso mais – disse Anne. – Estou terrivelmente confusa, e tudo me perturba aqui. Ouça – ela voltou até ele, o olhar sombrio e abatido, sem luz –, quando você me segurou, para pegar aquela dose de Chew-Z, sabe o que eu vi? Quero dizer, *vi* de verdade, não só acreditei ter visto.

– Uma mão artificial. E uma distorção no meu maxilar. E meus olhos...

– Sim – ela disse com firmeza. – Os olhos mecânicos, em forma de fenda. O que isso significa?

– Significa que você estava vendo a realidade absoluta. A essência além da mera aparência. – Na sua terminologia, pensou, o que você viu se chama... estigma.

Por um momento, ela o observou.

– É assim que você realmente é? – ela disse em seguida, e afastou-se dele, com uma aversão estampada no rosto. – Por que você não é o que parece? Não é assim agora. Não entendo. – Acrescentou, hesitante: – Queria não ter te contado a piada do gato.

Ele disse:

– Vi a mesma coisa em você, querida. Naquele instante. Você me repeliu com dedos que decididamente não eram aqueles com os quais nasceu. – E aquilo poderia tão facilmente aparecer de novo. A Presença permanece conosco, em potencial quando não em realidade.

– É uma maldição? – perguntou Anne. – Quer dizer, temos o relato de uma maldição original de Deus. É isso que está se repetindo?

– Você deveria saber; você se lembra do que viu. Todos os três estigmas. A mão morta, artificial, os olhos de Jensen e o maxilar radicalmente alterado. – Símbolos da sua morada, pensou. No meio de nós. Mas não solicitados. Não invocados de modo intencional. E... não temos nenhum sacramento mediador com que possamos nos proteger. Não podemos forçá-los por meio de nossos rituais cuidadosos, consagrados, hábeis e minuciosos, a fim de confiná-

-los a elementos específicos tais como pão e água ou pão e vinho. Está solto, estendendo-se em todas as direções. Olha em nossos olhos, e olha *de dentro* deles.

– É um preço – concluiu Anne – que temos que pagar. Pelo nosso desejo de passar por aquela experiência com a Chew-Z. Como a maçã, originalmente. – O tom dela era horrivelmente amargo.

– Sim – ele concordou –, mas acho que já paguei. – Ou fiquei por um triz de pagar, decidiu. Aquela coisa, a qual só conhecemos em seu corpo terrano, queria me substituir no instante de sua destruição. Em vez de o Deus morrer pelo homem, como já nos ocorreu, encaramos, por um momento, um poder – o poder superior – nos pedindo para perecer por *ele*.

Isso significa que ele é mau?, perguntou-se. Acredito no argumento que dei a Norm Schein? Bom, isso certamente o torna inferior ao que veio dois mil anos antes. Parece não ser nada mais nada menos que, como Anne coloca, o desejo de um organismo criado a partir do pó de perpetuar a si mesmo. Todos temos isso, todos nós gostaríamos de ver um bode ou um cordeiro esquartejado e incinerado em nosso lugar. Oferendas têm que ser feitas. E não nos importamos em sê-las. Na verdade, nossa vida inteira é dedicada a esse único princípio. Assim como é a dele.

– Tchau – disse Anne. – Vou deixá-lo sozinho. Pode se sentar na cabine daquela draga e sair cavando à vontade. Talvez, da próxima vez que o vir, haja um sistema de irrigação completo instalado aqui. – Sorriu mais uma vez para ele, brevemente, depois saiu caminhando na direção de sua própria cabana.

Após algum tempo ele subiu os degraus da cabine da draga que estava usando antes e acionou o mecanismo impregnado de areia, que começou a ranger. Seu guincho era um protesto pesaroso. Estaria mais feliz, concluiu, se permanecesse adormecido. Aquilo, para a máquina, era o chamado estridente da última trombeta, e a draga ainda não estava pronta.

* * *

Ele havia cavado talvez um quilômetro de vala irregular, ainda sem água, quando descobriu que uma forma de vida nativa, algo marciano, o espreitava. Parou a draga de imediato e examinou-a à luz ofuscante do sol frio marciano para distingui-la.

Parecia uma velhinha magra e faminta de quatro, e ele se deu conta de que provavelmente era o chacal sobre o qual havia sido alertado repetidas vezes. Em todo caso, o que quer que fosse, era óbvio que não se alimentava há dias. Encarava-o vorazmente, mantendo distância... Em seguida, projetados telepaticamente, seus pensamentos atingiram-no. Então, ele estava certo. Era o chacal.

– Posso comê-lo? – perguntou a criatura, ofegante, com o maxilar avidamente frouxo.

– Deus, não – disse Barney. Tateou pela cabine da draga em busca de algo que servisse como arma. Suas mãos fecharam-se em torno de uma pesada chave inglesa, que mostrou ao predador marciano, deixando que a ferramenta falasse por ele. Havia uma grande mensagem na chave inglesa e no modo como ele a segurava.

– Desça dessa geringonça – pensou o predador marciano, num misto de esperança e necessidade. – Não consigo alcançá-lo aí em cima. – Esta última parte pretendia, certamente, ser um pensamento secreto, retido no espaço privado, mas por alguma razão foi projetada também. A criatura não tinha astúcia alguma. – Vou esperar – decidiu. – Ele vai ter que acabar descendo.

Barney virou a draga para o outro lado e seguiu na direção da Chances de Catapora. Gemendo, ela tiniu numa velocidade enlouquecedora de tão lenta. Parecia falhar a cada metro. Ele teve a intuição de que ela não conseguiria seguir em frente. Talvez a criatura esteja certa, disse a si mesmo. É possível que eu tenha que descer e enfrentá-la.

Poupado, pensou com amargor, pela forma de vida imensamente superior que entrou em Palmer Eldritch e que apareceu em nosso sistema vindo do espaço... e devorado por essa besta raquítica. O término de um longo voo, pensou. A chegada final que nem cinco minutos antes, com meu talento de precog, consegui prever. Talvez eu não quisesse... como diria triunfante o dr. Smile, se estivesse aqui.

A draga ofegou, travou violentamente e depois, contraindo-se dolorosamente, cedeu. Sua vida palpitou por um momento e depois morreu ao parar.

Por algum tempo, Barney ficou sentado em silêncio. Posicionada diretamente diante dele, a velhinha chacal marciana comedora de carne humana observou, sem nunca tirar os olhos dele.

– Está bem – disse Barney. – Aí vou eu. – Saltou da cabine, brandindo a chave inglesa.

A criatura lançou-se na direção dele.

Quase alcançando-o, a pouco mais de um metro, guinchou de repente, virou e passou correndo sem tocá-lo. Ele girou e viu-a ir embora.

– *Impuro* – ela pensou consigo mesma. Parou a uma distância segura e examinou-o amedrontada. A língua de fora. – Você é uma coisa impura – informou-o abatida.

Impuro? Pensou Barney. Como? Por quê?

– Simplesmente é – respondeu o predador. – Olhe para si mesmo. Não posso comê-lo, eu passaria mal. – Permaneceu onde estava, curvada de decepção e... aversão. Ele a horrorizara.

– Talvez sejamos todos impuros para você. Todos nós da Terra, estranhos neste mundo. Pouco familiares.

– Só você – disse com desânimo. – Olhe para... ugh! Seu braço direito, sua mão. Tem algo intoleravelmente errado com você. Como pode conviver consigo mesmo? Não pode se purificar de alguma forma?

Ele não se deu ao trabalho de olhar para o próprio braço e para a mão, era desnecessário.

Calmamente, com toda a dignidade que pôde reunir, seguiu andando sobre a areia solta.

* * *

Nessa noite, quando estava se preparando para se deitar no beliche apertado de seu compartimento na Chances de Catapora, alguém bateu à sua porta.

– Ei, Mayerson. Abra.

Vestiu o robe e abriu a porta.

– Aquela nave comercial voltou – declarou Norm Schein, agitado, agarrando-o pela lapela do robe. – Sabe, a do pessoal da Chew-Z. Tem alguma pele sobrando? Se tiver...

– Se quiserem falar comigo – disse Barney, tirando as mãos de Norm do seu robe –, terão que descer aqui. Diga isso a eles. – Fechou a porta em seguida.

Norm saiu inquieto.

Ele se sentou à mesa em que fazia as refeições, pegou um maço – seu último – de cigarros terranos da gaveta e acendeu um. Ficou sentado, fumando e meditando, ouvindo acima e ao redor do compartimento os ruídos de seus companheiros afoitos. Camundongos em grande escala, pensou. Que sentiram o cheiro da isca.

A porta do compartimento abriu-se. Ele não ergueu a cabeça para olhar. Continuou fitando a superfície da mesa, o cinzeiro, os fósforos e o maço de Camels.

– Sr. Mayerson.

Barney disse:

– Sei o que vai dizer.

Depois de entrar no compartimento, Palmer Eldritch fechou a porta, sentou-se diante de Barney e disse:

– Correto, meu amigo. Eu o deixei ir pouco antes de acontecer, antes de Leo atirar pela segunda vez. Foi a minha decisão tomada com cautela. E tive muito tempo para refletir sobre o assunto. Pouco mais de três séculos. Não vou lhe dizer por quê.

– Não me importa o motivo – disse Barney. Continuou olhando para baixo.

– Não pode olhar para mim? – disse Palmer Eldritch.

– Sou impuro – disse Barney.

– QUEM LHE DISSE ISSO?

– Um animal no deserto. E nunca havia me visto antes. Bastou chegar perto de mim para saber. – Enquanto ainda estava a um metro e meio de distância, pensou consigo. O que é uma distância razoável.

– Hmm. Talvez o motivo dele...

– Não tinha nenhuma droga de motivo. Na verdade, exatamente o contrário... estava quase morrendo de fome e ávido para me comer. Portanto, deve ser verdade.

– Para a mente primitiva – disse Eldritch –, o impuro e o sagrado são confundidos. Reunidos simplesmente na categoria de tabu. O ritual para eles, o...

– Ah, droga – disse com amargor. – É verdade e você sabe disso. Estou vivo, não morrerei naquela nave, mas estou poluído.

– Por mim?

Barney disse:

– Tente adivinhar sozinho.

Após um instante, Eldritch deu de ombros e disse:

– Está bem. Eu fui banido de um sistema estelar, que não identificarei porque não importa para você, e passei a residir onde aquele empresário selvagem e louco por dinheiro do seu sistema deparou-se comigo. E parte disso foi transmitida a você. Mas não muito. Vai se recuperar de forma gradual, ao longo dos anos. Vai diminuir, até desaparecer. Seus companheiros de cabana não notarão porque foram tocados também. Começou assim que participaram do consumo do produto que vendemos a eles.

– Eu gostaria de saber – disse Barney – o que estava tentando fazer quando apresentou a Chew-Z para o nosso povo.

– Perpetuar-me – disse calmamente a criatura sentada diante dele.

Ergueu a cabeça então.

– Uma forma de reprodução?

– Sim, o único modo possível para mim.

Com uma aversão incontrolável, Barney disse:

– Meu Deus, teríamos todos nos tornado seus filhos.

– Não se aflija com isso agora, sr. Mayerson – disse a criatura, e sorriu de um jeito humano, jovial. – Apenas cuide de sua pequena horta lá em cima, continue seu sistema de irrigação. Francamente, eu anseio pela morte. Ficarei contente quando Leo Bulero fizer o que já está maquinando... Ele começou a preparação, agora que você se recusou a tomar a toxina perturbadora do metabolismo cerebral. Seja como for, desejo-lhe sorte aqui em Marte. Eu gostaria de ficar, mas as coisas não deram certo e ponto final.

Eldritch ficou de pé então.

– Você poderia reverter a situação – disse Barney. – Retomar a forma em que estava quando Palmer o encontrou. Não precisa estar lá, habitando aquele corpo quando Leo abrir fogo contra você.

– Poderia? – O tom era de sarcasmo. – Talvez algo pior esteja esperando por mim se eu deixar de aparecer lá. Mas você não ficaria sabendo. Você é uma entidade cujo tempo de vida é curto, e num tempo curto há muito menos...

Fez uma pausa, pensando.

– Não me conte – disse Barney. – Não quero saber.

Quando ergueu a cabeça para olhar novamente, Palmer Eldritch não estava mais lá.

Acendeu outro cigarro. Que confusão, pensou. É assim que agimos quando finalmente conseguimos entrar em contato, depois de tanto tempo, com outra raça senciente da galáxia. E é assim que *ela* se comporta, tão mal quanto nós, e pior sob alguns aspectos. E não há nada para redimir a situação. Não agora.

E Leo pensou que, ao sair para confrontar Eldritch com aquele tubo de toxina, tínhamos alguma chance. Irônico.

E aqui estou, sem ter sequer consumado o ato infeliz para o benefício do tribunal, fisicamente, basicamente, impuro.

Talvez Anne possa fazer algo por mim, pensou de repente. Talvez haja métodos para fazer uma pessoa retornar à sua condição original – pouco lembrados, infelizmente – antes que a última contaminação, mais aguda, se estabeleça. Tentou se lembrar, mas sabia tão pouco sobre o neocristianismo. De todo modo, valia a pena tentar. Dava a impressão de que poderia haver esperança, e ele precisaria disso nos próximos anos.

Afinal, a criatura que residia no espaço profundo e que havia tomado a forma de Palmer Eldritch apresentava alguma relação com Deus. Se não era Deus, como ele mesmo havia concluído, era pelo menos, então, uma parte da Criação de Deus. Portanto, parte da responsabilidade estava com Ele. E, pareceu a Barney, Ele provavelmente era maduro o bastante para reconhecer isso. Fazê-Lo admitir, no entanto, poderia ser outra história. Mesmo assim, ainda valia a pena conversar com Anne Hawthorne. Ela poderia conhecer técnicas para alcançar até mesmo isso.

Mas, de alguma forma, ele duvidava. Porque tinha uma percepção aterrorizante, simples, fácil de se pensar e exprimir, e talvez se aplicasse a ele mesmo e àqueles à sua volta, a esta situação.

Havia algo que podia ser chamado de salvação. Mas...

Não para todos.

Na viagem de volta à Terra após sua missão malsucedida a Marte, Leo Bulero discutiu sem parar detalhes minuciosos, trocando ideias com seu colega, Felix Blau. Estava óbvio para ambos o que teriam de fazer.

– Ele está o tempo todo viajando entre um satélite mestre em torno de Vênus e os outros planetas, além de sua propriedade em Luna – Felix observou em resumo. – E todos nós sabemos quanto é vulnerável uma nave no espaço. Até mesmo uma pequena punctura pode... – fez um gesto ilustrativo.

– Precisaríamos da cooperação da ONU – Leo disse num tom pessimista. Porque ele e sua organização só tinham permissão para usar armas portáteis. Nada que pudesse ser usado por uma nave contra outra.

– Tenho dados a esse respeito que podem ser interessantes – disse Felix Blau, vasculhando a pasta. – Nosso pessoal na ONU tem acesso ao escritório de Hepburn-Gilbert, como você pode ou não estar sabendo. Não podemos *forçá-lo* a fazer nada, mas podemos pelo menos discutir. – Pegou um documento. – Nosso secretário--geral está preocupado com a aparição constante de Palmer Eldritch em todas as chamadas "reencarnações" que os usuários de Chew-Z vivenciam. É inteligente o bastante para interpretar de forma correta o que isso implica. Então, se continuar acontecendo, sem dúvida, poderemos obter mais cooperação da parte dele, pelo menos em termos confidenciais. Por exemplo...

Leo parou de repente.

– Felix, deixe-me perguntar uma coisa. Há quanto tempo você tem braço artificial?

Felix olhou para baixo e resmungou algo com surpresa. Em seguida, olhando fixamente para Leo Bulero, disse:

– E você também tem. E tem algum problema com seus dentes. Abra a boca, vamos ver.

Sem responder, Leo ficou de pé e entrou no banheiro masculino da nave para se examinar no espelho que ia até o piso.

Não havia dúvidas. Até os olhos também. Resignado, voltou a se sentar ao lado de Felix Blau. Nenhum dos dois falou por algum tempo. Felix remexeu nos documentos de modo mecânico – meu Deus, pensou Leo, de modo *literalmente* mecânico! – e Leo alternou entre observá-lo e olhar pela janela, entediado, vendo a escuridão, as estrelas e o espaço interplanetário.

Finalmente, Felix disse:

– Meio desconcertante no começo, não?

– É, sim – concordou Leo, com a voz rouca. – Quer dizer... Ei, Felix, o que vamos fazer?

– Aceitar – disse Felix. Olhava de modo fixo e intenso para as pessoas nos outros assentos do corredor. Leo olhou e viu também. A mesma deformidade no maxilar. A mesma mão brilhante e incorpórea, uma segurando um homeojornal, outra um livro, uma terceira com os dedos tamborilando irrequietos. Ininterruptamente, até o término do corredor e o começo da cabine do piloto. Lá dentro também, percebeu. É com todos nós.

– Mas não entendo bem o que significa – Leo reclamou, impotente. – Estamos em... você sabe. Traduzidos por aquela droga asquerosa, e isto é... – fez um gesto – estamos os dois loucos, é isso?

Felix Blau disse:

– Você tomou Chew-z?

– Não. Desde aquela injeção intravenosa em Luna.

– Eu também não – disse Felix. – Nunca. Então, espalhou-se. Sem o uso da droga. Ele está em toda parte, ou melhor, *isto* está por toda parte. Mas isso é bom. Decididamente fará Hepburn-Gilbert reconsiderar a posição da ONU. Ele terá que encarar exatamente o que esta coisa significa. Acho que Palmer Eldritch cometeu um erro, foi longe demais.

– Talvez não pudesse evitar – disse Leo. Talvez o maldito organismo fosse como um protoplasma. Teve que ingerir e crescer... espalhou-se de modo instintivo cada vez mais longe. Até ser destruído na fonte, pensou Leo. E somos nós que vamos fazê-lo, porque eu, pessoalmente, sou um *homo sapiens evolvens*: sou o humano do futuro sentado bem aqui neste assento agora. *Se* conseguirmos a ajuda da ONU.

Sou o Protetor, disse a si mesmo, da nossa raça.

Cogitou se essa influência maligna já havia atingido a Terra. Uma civilização de Palmer Eldritches, cinzas, descarnados, curvados e imensamente altos, cada qual com um braço artificial, dentes excêntricos e olhos mecânicos em forma de fenda. Não seria agradável. Ele, o Protetor, encolheu-se diante da visão. E se atingir nossa mente?, perguntou-se. Não só a sua anatomia, mas a mentalidade também... o que aconteceria ao nosso plano de matar a coisa?

Ah, aposto que isto não é real, Leo disse a si mesmo. Sei que estou certo e Felix não. Ainda estou sob a influência daquela única dose. Nunca cheguei a voltar... Esse é o problema. Pensando nisso, sentiu alívio, porque ainda havia uma Terra real ilesa. Era apenas ele que fora afetado. Não importava quão genuínos pareciam Felix ao seu lado, a nave e a lembrança de sua visita a Marte para cuidar de Barney Mayerson.

– Ei, Felix – ele disse, cutucando-o. – Você é uma ficção. Entende? Este é um mundo particular meu. Não posso provar, claro, mas...

– Sinto muito – disse Felix, lacônico. – Está enganado.

– Ah, que é isso! Vou acabar acordando ou o que quer que seja que a pessoa faz quando aquele troço miserável está fora do sistema. Vou beber bastante líquido, sabe, lavar isto das veias. – Acenou. – Aeromoça. – Fez um gesto de urgência. – Traga nossas bebidas agora. Bourbon e água para mim. – Olhou inquisitivo para Felix.

– O mesmo – murmurou Felix. – Só que quero um pouco de gelo. Mas não muito, porque, quando derrete, a bebida fica ruim.

A aeromoça aproximou-se prontamente, bandeja estendida.

– O seu é com gelo? – perguntou a Felix. Ela era loura e bonita, com olhos verdes da textura de pedras polidas de boa qualidade, e quando se inclinou para a frente, seus seios unidos e esféricos ficaram parcialmente expostos. Leo notou e gostou. No entanto, a distorção na mandíbula dela estragou a impressão geral, e ele se sentiu decepcionado, enganado. E agora, ele viu que os lindos olhos com cílios longos tinham desaparecido. Tinham sido substituídos. Ele virou o rosto, desconcertado e deprimido, até ela sair de perto. Seria especialmente difícil, percebeu, em relação a mulheres. Não esperava com nenhum prazer, por exemplo, a primeira visão de Roni Fugate.

– Você viu? – Felix perguntou, enquanto tomava a bebida.

– Sim, e isso prova que devemos agir rápido. Assim que aterrizarmos em Nova York, procuramos aquele tonto malicioso que não serve para nada do Hepburn-Gilbert.

– Para quê? – perguntou Felix Blau.

Leo ficou olhando para ele, depois apontou para os dedos artificiais reluzentes que seguravam o copo.

– Até que estou gostando deles agora – disse Felix, meditativo.

Foi o que achei, pensou Leo. É exatamente o que eu estava esperando. Mas ainda tenho fé de que vou pegar a coisa, se não esta semana, na próxima. Se não este mês, em algum outro. Eu sei. Conheço a mim mesmo agora e sei o que posso fazer. Tudo depende de mim. O que é ótimo. Vi o suficiente do futuro para nunca desistir, mesmo que eu seja o único a não sucumbir, o único que ainda continue vivo da forma antiga, da forma pré-Palmer Eldritch. Isso não é nada mais do que a fé nos poderes implantados em mim desde o começo, dos quais posso – no fim – lançar mão para derrotá-lo. Então, num certo sentido, não sou eu de fato. É algo *em* mim que nem mesmo aquela coisa chamada Palmer Eldritch vai poder alcançar e consumir, porque, uma vez que não sou eu, não é algo que eu tenha a perder. Sinto-o crescer. Opondo-se às alterações externas, não essenciais, o braço, os olhos, os dentes. Não é tocado por nenhum desses três, por essa trindade cruel e negativa: a alienação, a realidade indistinta e o desespero que Eldritch trouxe com ele de Proxima. Ou melhor, do espaço intermediário.

Ele pensou: vivemos milhares de anos sob uma única praga dos velhos tempos que já corrompeu e destruiu parcialmente nossa santidade, e isso vindo de uma fonte superior a Eldritch. E se não pode destruir nosso espírito completamente, como é que isto pode? Talvez ele vá terminar o trabalho? Se acha que sim... se Palmer Eldritch acredita que foi por esse motivo que chegou aqui... está enganado. Porque esse poder que foi implantado em mim sem o meu conhecimento... *não foi sequer atingido pela influência maligna antiga e original.* Que tal?

Minha mente evoluída me diz todas essas coisas, pensou. Aquelas sessões de Terapia E não foram em vão... Posso não ter vivido tanto quanto Eldritch num sentido, mas, no outro, vivi. Vivi cem mil anos, em virtude da minha evolução acelerada, e com isso me tornei muito sábio. Meu dinheiro foi bem aplicado. Nada poderia estar mais claro para mim agora. E lá nos refúgios de férias da Antártida, vou me juntar aos outros como eu. Seremos uma associação de Protetores. Salvando o resto.

– Ei, Blau – disse, cutucando com o cotovelo artificial a semicoisa ao seu lado. – Sou seu descendente. Eldritch surgiu de outro espaço, mas eu vim de outro tempo. Entendeu?

– Hum – murmurou Felix Blau.

– Olhe para a minha cabeça evoluída, minha testa grande. Sou um cabeça de bolha, certo? E esta crosta não está só no alto, está em tudo. Portanto, no meu caso, a terapia realmente vingou. Então, não desista ainda. Acredite em mim.

– OK, Leo.

– Fique por perto por um tempo. Vamos entrar em ação. Posso estar olhando para você através de dois olhos artificiais do tipo Jensen luxvid, mas ainda sou eu aqui dentro. OK?

– OK – disse Felix Blau. – O que você disser está bom, Leo.

– "Leo"? Por que fica me chamando de "Leo"?

Sentado com as costas retas e rígidas no assento, apoiando-se com as duas mãos, Felix Blau observava-o com ar de súplica.

– Pense, Leo. Pelo amor de Deus, *pense.*

– Ah, é. – Sobriamente, assentiu com a cabeça. Sentiu a repreensão. – Desculpe. Foi apenas um deslize temporário. Sei ao que está se referindo. Sei do que está com medo. Mas não significou nada. – Acrescentou: – Vou continuar pensando, como você disse. Não vou me esquecer de novo. – Acenou com a cabeça, solene, em promessa.

Esta nave seguiu acelerando, cada vez mais próxima da Terra.

OS TRÊS ESTIGMAS DE PALMER ELDRITCH

TÍTULO ORIGINAL:
The Three Stigmata of Palmer Eldritch

PREPARAÇÃO DE TEXTO:
Débora Dutra Vieira
Marcos Fernando de Barros Lima

REVISÃO:
Hebe Ester Lucas
Luciane H. Gomide

CAPA E PROJETO GRÁFICO:
Giovanna Cianelli

ILUSTRAÇÃO DE CAPA:
Rafael Coutinho

ADAPTAÇÃO DE MIOLO:
Desenho Editorial

DIAGRAMAÇÃO:
Join Bureau

DIREÇÃO EXECUTIVA:
Betty Fromer

DIREÇÃO EDITORIAL:
Adriano Fromer Piazzi

EDITORIAL:
Daniel Lameira
Tiago Lyra
Andréa Bergamaschi
Débora Dutra Vieira
Luiza Araujo

COMUNICAÇÃO:
Thiago Rodrigues Alves
Fernando Barone
Júlia Fobes

COMERCIAL:
Giovani das Graças
Lidiana Pessoa
Roberta Saraiva
Gustavo Mendonça

FINANCEIRO:
Roberta Martins
Sandro Hannes

Copyright © Philip K. Dick, 1964

Copyright © Laura Coelho, Christopher Dick e Isa Hackett, 1992, copyright renovado

Copyright © Editora Aleph, 2010
(edição em língua portuguesa para o Brasil)

Todos os direitos reservados. Proibida a reprodução, no todo ou em parte, através de quaisquer meios.

DADOS INTERNACIONAIS DE CATALOGAÇÃO NA PUBLICAÇÃO (CIP) DE ACORDO COM ISBD

D547t   Dick, Philip K.
Os três estigmas de Palmer Eldritch / Philip K. Dick ; traduzido por Ludimila Hashimoto. – 2. ed. - São Paulo : Aleph, 2022.
256 p. ; 14cm x 21cm.

Tradução de: The three stigmata of Palmer Eldritch
ISBN: 978-85-7657-498-9

1. Literatura norte-americana. 2. Ficção científica. I. Hashimoto, Ludimila. II. T tulo.

2021-4052   CDD 813 / CDU 821.111(73)-3

ELABORADO POR VAGNER RODOLFO DA SILVA CRB 8/9410

ÍNDICES PARA CATÁLOGO SISTEMÁTICO:
1. Literatura americana : Ficção 813
2. Literatura americana : Ficção 821.111(73)-3

EDITORA ALEPH
Rua Tabapuã, 81, cj. 134
04533-010 – São Paulo – SP – Brasil
Tel.: [55 11] 3743-3202
www.editoraaleph.com.br

TIPOLOGIA:	Versailles – 55 Roman [texto]
	Helvetica [entretítulos]
PAPEL:	Pólen Soft 80 g/m² [miolo]
	Supremo 250 g/m² [capa]
IMPRESSÃO:	Rettec Artes Gráficas e Editora [março de 2022]
1ª EDIÇÃO:	abril de 2010 [1 reimpressão]